AF424267

Con los ojos cerrados

Orlando Becerra Combariza

CON LOS OJOS CERRADOS

Índice

*A Campo Elías Becerra y
Julia Cecilia Combariza,
que me dieron la vida.*

Me encuentro ante un portal de columnas dóricas de mármol rosado de singular pureza cuyo sostén en el espacio es una nube blanca que irradia innumerables luces de colores luminosos. Bajo el dintel, un anciano robusto y saludable de caudalosa barba blanca como de espuma, como dijera no recuerdo quién, sin pronunciar palabras, me invita a pasar con ademanes finos. Al traspasar el umbral advierto que estoy en la Ciudad Divina y mi regocijo es infinito. Entonces, doy gracias a Dios por no haber caído en la laguna de fuego y azufre.

Mi alegría, como el sitio en que me encuentro, es limpia, sin venganza. Me siento agradecido por haber nacido y vivido en la pobreza; por haber presenciado y padecido impotente la injusticia y por haber permanecido casi todo el tiempo atribulado. Pero un sentimiento de culpa como una gota de tinta mancha mi alegría y necesariamente tengo que arrepentirme de haber renegado de mi condición en muchas ocasiones, de haberme rebelado algunas veces y de haber clamado exigiendo justicia.

Inevitablemente siento vergüenza por no haber sido capaz de refrenarme en las oportunidades en que los instintos o la razón me desbordaron; así como por haber creído que debía acceder a todos los derechos. Me he sentido con derechos por el simple hecho de haber nacido y por no haber tenido la suficiente fe para esperar con paciencia esta grandiosa recompensa. Reconozco con tristeza que me faltaron mansedumbre y humildad en gran medida.

Aunque inhibido, me dispongo a conocer la ciudad de calles de oro y de cristal y la fuente del agua de la vida, a cuyo lado crece también el árbol llamado de igual modo, que da su fruto cada treinta días, pero sólo veo gente orando por doquier.

Sé que en cualquier momento voy a encontrarme ante el trono de mármol albo y puro del Todopoderoso, que refulge sobre un copo de nubes transparentes teñidas de zafiro, ágata, amatista y esmeralda. Siento gran gozo y a la vez un estremecimiento de temor porque sé que no estoy limpio de culpa. Comienzo, pues, a recorrer el paraíso y aunque por todas partes en este etéreo lugar encuentro gente, si así se le puediese llamar, no logro saber quiénes son, pues sus cabezas son óvalos sin volumen que sostienen inexplicablemente cabellos lacios, ondulados o crespos de diferentes longitudes y colores como único rasgo distintivo; sólo por eso y con temor a equivocarme, puedo saber si se trata de hombres o mujeres, porque aquí han llegado de todos los sitios de la tierra, de todos los modos, usos y costumbres, y de todos los tiempos transcurridos. Hay en todos ellos, eso sí, una ausencia total de facciones en sus óvalos planos e incoloros.

Todos estos seres, sin excepción, llevan una especie de túnica holgada de color gris perla que desde el cuello les llega a los tobillos y también sin excepción alguna, todos en grupos grandes o pequeños permanecen orando; a donde llega la mirada encuentro miles y miles de ellos en igual actitud de alabanza. Están diseminados por todas partes, en todas direcciones: arriba, abajo y en todos los costados, ya que aquí el espacio se ocupa íntegramente y no a la manera convencional y pobre que nos correspondió en la tierra, donde era inconcebible ocupar un lugar en el espacio sin tener un punto de apoyo material.

Con desearlo únicamente, me traslado de inmediato en espíritu de un lugar a otro y sólo encuentro en todas partes más y más seres orando o entonando cánticos. Y así lo harán por siempre, pues, aquí no existe más tiempo que el presente. Una vez cruzado el umbral de alguna de las doce puertas que se encuentran repartidas de a tres en cada uno de los puntos cardinales, quedan borrados el antes y el después.

Ante lo visto, en lo más íntimo de mí, siento tristeza y desencanto; no puedo negar mi desilusión. Tengo que admitir lo lejos que está todo esto de las expectativas que me había creado en torno a lo que llaman recompensa.

Queriendo revivir la esperanza doy en pensar que deben existir otros estratos, otros ámbitos y me propongo llegar hasta ellos, asumiendo que los seres que he visto hasta ahora deben estar purgando una pena. . . . . pero en seguida todo lo que tengo ante mí se aleja y se acerca de repente en movimientos como de zoom, bruscos, violentos, que se repiten varias veces antes de comenzar a girar vertiginosamente; primero en un sentido, luego en el opuesto, hasta quedar convertido en una mancha borrosa, ringlete veloz que confunde, trastorna e indispone. Mareado, con náuseas, finalmente veo que todo se nubla ante mis ojos y cayendo al vacío atravieso el espacio sideral a una velocidad que ni la luz podría igualar. . . . .

Mi mente viajera, entonces regresa rauda y se posa suavemente sobre la estrecha realidad de nuevo. Abro los ojos y reconozco el lugar. No sé si es de día o de noche; las horas aquí fluyen uniformes desde que me opuse rotundamente a que volvieran a abrir las pesadas cortinas. Los colores y las formas perdieron su independencia en este cuarto apenumbrado; pero a mí eso me gusta, porque me ayuda a olvidar dónde me encuentro.

La enfermera de vez en cuando entra para echar un vistazo a la botella, a la aguja en el lomo de mi mano, al estrecho tubo de plástico por donde se desliza el suero, o para suministrarme algún medicamento.

A ella, los primeros días, solía hacerle una que otra pregunta, pero ahora dejo que se vaya sin decirle nada; incluso cada vez que puedo finjo dormir para no tener que responderle.

El doctor sigue viniendo todas las mañanas. Sé que es por las mañanas porque no creo que haya cambiado su rutina. Habla en voz baja con la enfermera, me toma la presión, me ausculta con su fonendoscopio, me palpa con sus manos y cada vez se esfuerza más por darme aliento con lo que me dice. He dado en pensar que su esfuerzo es inversamente proporcional al estado en que me encuentro y entonces, el efecto de sus palabras es cada vez menos eficaz. Aún así se lo agradezco porque sé que es un hombre de corazón limpio; lo sé, lo supe desde el día en que me dijo, con su mano de finos dedos sobre mi hombro: "Julián, lo siento, pero no he podido saber qué es lo que tienes. Debes permanecer hospitalizado para hacerte un estudio. Estoy algo desconcertado... créeme. Quédate, que aquí cuidaremos bien de ti". No había quitado sus ojos de los míos ni un instante y sentí que no me miraba sino que, sin proponérselo, me daba a conocer su corazón. Así es él.

Siento la tela del pijama adherida al cuerpo, está empapada, como cuando era niño y me orinaba en la cama; al igual que mi madre entonces, que solía ponerme algún plástico debajo de las sábanas, la enfermera me ha puesto una sábana impermeable debajo de las corrientes, que también están empapadas. . . . por el sudor. Estoy sudando de nuevo. . . . ¿por qué será que sudo tanto?. . . . . y por qué me estaré quedando sin cabello. . . . se me cae por montones. . . . se queda sobre la almohada si levanto la cabeza. . . . ¿por qué habré perdido tanto peso?. . . . . he perdido veintisiete kilos. . . . otra vez tengo calor. . . . siento los labios resecos. . . debo de tener fiebre. . . . . sí, seguro tengo fiebre. . . . por qué será que no me abandona. . . . . mis defensas no funcionan. . . . me lo dijo el doctor. . . . y todas esas preguntas íntimas que me hizo. . . . será que él piensa que me contagiaron. . . . no, ¡qué cosas se me ocurren!. . . . oh, Dios mío. . . . . no puede ser. . . . . ¿Aún tendré ese color terroso que me asustó la última vez que me miré al espejo?. . . . . Dios mío. . . ¿qué será lo que tengo?. . . . ¿Será cáncer? Sí, sí, eso debe ser. . . . sería menos vergonzoso. . . ¡Cuánto tiempo me quedará Dios mío!.
. . . .
. . . .

No, no debo llorar. . . . . tengo que borrar las huellas de las lágrimas. . . . debo ser fuerte. . . . lo mejor es no pensar en eso. . . . debo dormir. . . . ¡Si tuviera otro sedante de esos!. . . . . Sí, debo dormir. . . . . o pensar en algo diferente. ¡Eso es! Pensar en algo remoto o en alguien lejano. . . sí. . . lejano. . . como Susana. . . o Víctor que está tan lejos. . . sí, Víctor. ¿Qué será de Víctor?. . . . hace mucho que no lo veo. . . una vez dejé de verlo por años. . . . recuerdo el día en que nos reencontramos. Fue un diciembre. . . precisamente a mediados de diciembre del setenta y cinco; durante una de las primeras ferias artesanales que se realizaron en el Parque Nacional de Bogotá. . . . . Yo exponía una suerte de filigrana rústica hecha en hilos de plata de diferentes calibres, que elaboraba desde cuando había renunciado definitivamente a seguir trabajando como actor de teatro. . . . . Allí me lo encontré cara a cara y por pura casualidad. Un momento antes me había dedicado a ordenar la vitrina en la que exhibía las delicadas figuras de plata, que el sol había entibiado y hacía brillar a través del cristal. Cuando ya tenía debidamente organizadas las mariposas de hebras plateadas, las diminutas lágrimas de hilo ensortijado, las frágiles espirales, los rosetones mateados y las minúsculas borlas que hacían parte de mi bisutería, me incorporé y me encontré de repente con su cara a treinta centímetros de la mía. Estaba del otro lado de la vitrina. Cuando me vio inclinó levemente la cabeza hacia atrás, fijó sus ojos vivos en mí y mientras sonreía con malicia, como solía hacerlo, intentó una broma.

—¿Podría hablar con el señor gerente? —su flacura y palidez contrastaban con la vivacidad de sus ojos oscuros.

—El señor gerente no atiende sin cita previa.

—En ese caso, me gustaría hablar directamente con el dueño—, siguió haciéndose el serio.

—Está bien; pero le anticipo que no hay vacantes —dije sacudiéndome delicadamente las solapas con el revés de la mano, para mantener el tono de la conversación.

Víctor no pudo contener por más tiempo la risa que hacía rato se veía en sus ojos, en su boca, en toda la geografía de su cara y tuvo que ceder al volcán que desde su interior hizo erupción. Luego, sus ademanes adquirieron una expresión de exagerada cordialidad.

—¡Qué gustazo, caramba! ¡Esto hay que celebrarlo! —dijo abriendo los brazos.

Había conocido a Víctor Lara algunos años atrás como estudiante de la escuela de arte dramático Luis Enrique Osorio y con él y Rodrigo Cruz habíamos fracasado en el intento de crear un grupo de teatro. Por los días en que inicié mi fugaz carrera de orfebre, por allá en el setenta y dos, Víctor estuvo tratando de colocar mis baratijas en el comercio, con tan malos resultados que a la primera semana estaba más abatido que Willy Loman en La muerte de un Viajante, y a la segunda desistió.

Minutos más tarde estábamos sentados frente a dos jarros de cerveza, en un pequeño bar tenuemente iluminado y tranquilo al que habíamos llegado por casualidad. Todas las paredes del local tenían un enchape de caoba oscuro que se elevaba hasta un metro con veinte de altura; las mesas quedaban aisladas entre sí por los altos espaldares de las sillas dobles, tapizadas en cordobán marrón. A cada mesa le correspondía un pequeño quinqué empotrado en la pared que alumbraba apenas su sector asignado.

En ese lugar que no encajaba para nada con lo agitado y bullicioso del mes que transcurría, comenzamos a contarnos lo que hacíamos cada uno por aquellos días.

Golpeando con suave vigor los extremos de un cigarrillo sobre los cuadros del mantel escocés, empezó a contarme que hacía parte de un grupo de teatro fundado uno o dos años antes; que en ese momento se encontraban luchando por conseguir una sede propia y que justamente durante esa semana estaban presentándose en una sala alquilada, con una obra escrita por uno de los dramaturgos del grupo; la obra recogía hechos reales ocurridos el año anterior durante una invasión de tierras en una población pequeña y apartada.

Sin hacer más que las pausas estrictamente necesarias para fumar o tomarse un sorbo de cerveza, me fue diciendo que doscientas familias tratando de dar solución por sus propios medios al problema de la vivienda, habían tomado posesión de unos terrenos ociosos cuya propiedad compartían el municipio y la Caja Agraria; que tres días después de la ocupación, en un enfrentamiento con la policía habían caído sin vida cinco de los ocupantes, entre ellos un niño; que la gente había continuado defendiéndose y que en un acto sin precedentes habían colocado sobre una carreta los cuerpos de sus compañeros caídos y habían tomado las calles del pueblo. "Salvador Allende se llama actualmente ese barrio y su escuela lleva el nombre de uno de los caídos aquel día", terminó diciendo Víctor con visible emoción, mientras aplastaba con fuerza la colilla dentro del cenicero.

En ese momento se oía a Dizzy Gillespie tocando That's all y yo fijé los ojos en Víctor, pero me extravié de la conversación, porque me dio por pensar que Gillespie con su música acelerada y sostenida era el único que rompía con el ambiente calmo del lugar, dándole a la vez un toque de alegría y calor. Se me antojó que la percusión y en especial los platillos eran una fuente, un géiser del que brotaban infinidad de partículas sutilísimas de luz y de color; y la trompeta y los cobres en general, cintas de vivos colores semejantes a los que con vigor y armonía manipulan las bailarinas orientales para llenar momentáneamente el escenario con delicadas y fugaces figuras que se van transformando imperceptiblemente cada una en consecuencia de la anterior.

Cuando retomé el hilo, le oí decir que así estaban respondiendo los sectores populares y las capas medias, cada día más empobrecidos, a las políticas gubernamentales de vivienda, que desde 1972 fomentaban el sistema de valor constante y disminuían los recursos del Instituto de Crédito Territorial y el Banco Central Hipotecario. Dijo que habían ocupado predios de la Texas Petroleum Company en Puerto Boyacá, terrenos de la Iglesia en Buenaventura o terrenos ejidales en muchos municipios y que en todas partes habían sido rechazados por la fuerza.

Contó también que esa modalidad de lucha por un techo propio se había instaurado en la época del cuarenta, en Cali, bajo la dirección de Julio Rincón, concejal de esa ciudad nacido en el Cauca. Dizque Rincón, fiel a sus principios, había rechazado un soborno y entonces lo sacaron engañosamente de su casa con la disculpa de que iban a mostrarle unos terrenos, una noche de junio de 1951, y había sido asesinado.

Con todo esto, creo, quería darme a entender que era un trabajo que rebasaba lo emocional de aquella historia, ya que contaba con el respaldo de una investigación a fondo que habían hecho sobre el tema.

Antes de despedirme le prometí a Víctor ir a una función, pues, a lo largo de la charla me había invitado reiteradamente y a mí me resultaba grata la idea de reencontrarme con algunos amigos, con quienes había tomado parte en el montaje de una obra de teatro de creación colectiva y quienes, según Víctor Lara, pertenecían también al nuevo grupo.

Nunca pensé que el hecho, aparentemente sin importancia, de asistir a una representación teatral cambiara el curso de mi vida; pero en efecto así sucedió.

Me encontré, de pronto, ante un escenario en el que aparecían con claridad una serie de ideas, sentimientos e intuiciones que desde tiempo atrás bullían confusamente en mi interior sin que hubiera podido precisar en imágenes, ni formular en ideas claras para llevar a escena.

Sabía, eso sí, que debía existir una forma adecuada de mostrar en el teatro personajes como los de Baroja en La Busca, como los de Lewis en Los Hijos de Sánchez, los de Steinbeck en Las Uvas de la Ira y como muchos de los que había conocido en la vida real. Pensaba que ese tipo de gente y sus vidas debían poblar los escenarios. Ese día al ver, entre otros, a un maestro de escuela, a un conductor de bus y a un desempleado, todos con sus respectivas familias, buscando en una acción conjunta y coordinada remediar su falta de vivienda, me sorprendió y emocionó sobremanera.

Cuando cayó el telón aplaudí emocionado hasta que me dolieron las manos y aquella noche en medio de una confusa avalancha de sentimientos, deambulé largo rato por las calles del barrio La Candelaria. Pero andando por esas antiguas calles mis pensamientos no tomaron el rumbo de la historia, ni me hice conjeturas ni preguntas, como otras veces, al pasar frente a la casa donde viviera el pintor Gregorio de Arce y Ceballos, en la Calle de La Rosa. Tal vez pasé sin darme cuenta bajo el balcón donde Feliciana, su hija, se asomaba para contemplar a don Fernando de Caicedo y Salavarrieta, su enamorado, que vivía en la casa de enfrente y quien salía también a su balcón con igual propósito. Sin duda pasé sin advertirlo, por la calle de San Bruno, ante la derruida casa del doctor José Raimundo Russi, abogado de pobres por voluntad propia, vinculado a actividades delictuosas y fusilado el 17 de junio de 1851, a la edad de treinta y cinco años, bajo el cargo de asesinato en la persona de Manuel Ferro. Así mismo debí pasar ante el palacio de San Carlos, mansión que en otro tiempo perteneciera a don Juan Manuel Arrubla, quien la vendió al gobierno para que la convirtiera en residencia de El Libertador y de una de sus ventanas tuvo que saltar Bolívar, la noche del 25 de septiembre de 1828 e ir a guarecerse debajo del puente del río San Francisco para poder conservar la vida. De igual manera, quizá, pasé por muchos sitios que en otras ocasiones me habían hecho detener curioso; pero que esa noche ni los vi. Me había conmovido sobremanera, como ya dije, encontrar en un escenario personajes de mi entorno, padeciendo y luchando por hallar soluciones a problemas como los que tenía la mayoría de la gente que hasta ese día había conocido.

Ya de madrugada, al irme a casa, una sensación de dulce regocijo apresuraba mis pasos, como si hubiera hallado el camino que tiempo atrás en un mal momento había perdido. Luego vinieron los reproches y quise, cuanto antes, hablar con Víctor Lara a fin de comunicarle mi decisión de volver a los escenarios y pedirle que planteara en su grupo mi petición de ingreso.

Una semana más tarde con Rodrigo Cruz y Fabiola Moreno ensayábamos lo que sería mi primer trabajo con el grupo de teatro La Carreta. Fabiola era una morena de voz cálida, alta y fina como el tallo de un lirio y su risa blanca y generosa siempre estaba presente ante mis ocurrencias. En la obra éramos marido y mujer, y durante los ensayos cada vez que se acercaba para hacerme una supuesta curación, yo podía aspirar el olor limpio de su cabellera y sentía cierta frescura que emanaba de toda ella. Era en verdad refrescante tenerla cerca.

Los detalles de la obra se me borran, incluso el nombre, pero en líneas generales, se trataba de una pieza corta en la que se mostraba un acto heroico de un cortero y su familia durante una huelga en un ingenio azucarero. Un cortero había sido herido durante un enfrentamiento entre el ejército y los huelguistas, su estado de salud era precario; pero con su esposa y su pequeño hijo reducían a palo de escoba, en una escena bastante irreal por cierto, a un teniente y varios soldados que habían llegado hasta su casa, perfectamente armados, con el fin de arrestarlo.

Rodrigo Cruz la había escrito a partir de los relatos que hicieran algunos músicos de La Carreta a su regreso de La Paila, a donde habían ido a llevar su solidaridad y sus canciones a los trabajadores del ingenio Riopaila que se encontraban en huelga.

Después de dos largas semanas de ensayos quedó listo aquel pequeño drama, que bien visto no pasaba de ser un panfleto bastante elemental, pero que cumplía a cabalidad los fines para los que había sido creado, que parecían no ser otros que los de aglutinar gente para que luego un orador pudiera llevarles su mensaje político y estar presentes en cuanta carpa erigieran los huelguistas de cualquier empresa, ya que estábamos en época electoral y por lo tanto, en campaña.

Y es que La Carreta era un grupo de clara filiación política que cumplía con las directrices y las tareas de su partido. Ésta y algunas otras particularidades las conocí en una reunión a la que fui citado poco tiempo después de vincularme. A dicha reunión asistí con una actriz y un actor recién ingresados también y con algunos más que llevaban algún tiempo allí; pero que junto con nosotros constituían el sector considerdo más atrasado políticamente.

La reunión la dirigió Ramón Paz. Ramón o Blablá Paz, como lo llamaban, era un activista político destacado, algo corpulento que ceceaba muchísimo al hablar y que cuidaba una abundante barba roja detrás de la cual se ocultaba su prominente quijada. Hay que decir que este Paz no daba tregua si de hablar se trataba y era en especial adepto a los temas políticos. Total que en una reunión que al comenzar calificó de breve nos tomó como suyos durante más de cuatro horas a lo largo de las cuales se internó por los vericuetos de la historia del partido. Luego, sin ninguna prisa se explayó haciendo un análisis pormenorizado de la realidad nacional, señalando las diferencias, grandes o no, con el análisis que a su vez hacían los otros partidos políticos por aquel entonces, para concluir que nuestro país respondía a las características típicas de una neocolonia. Y cuando creíamos que había terminado se ensañó explicando en detalle el rol del arte y por ende nuestro, en nuestro país en aquel momento.

Bueno, volviendo al cuento... con aquella obra estuvimos atareados hasta mediados de abril, cuando se celebraron las elecciones parlamentarias; hacíamos entre cuatro y cinco funciones por día en los barrios o en los pueblos a donde nos desplazábamos según el calendario de actos elaborado por el partido.

Fueron aquellas semanas agitadas, semanas vividas en una permanente carrera; la mayoría de las veces teníamos que viajar maquillados y en el mejor de los casos, llegábamos cuando el público estaba comenzando a impacientarse con nuestro retraso. Antes de que el jeep en que viajábamos se detuviera, estaba rodeado de una bandada bulliciosa de chicos que querían ver de cerca a los actores, y no bien habíamos acabado de detenernos y apearnos, ellos estaban ya descargando por su cuenta y riesgo todos nuestros corotos. Así parece que funcionan los chicos en cualquier lugar del mundo, según lo he podido ver en el cine y leer en algunas historias de diversos lugares.

El parque, la plaza o el recinto a donde nos íbamos a presentar, se colmaba con anticipación, pues la gente acudía a la invitación que se había escuchado por megáfono o altoparlante en todo el vecindario desde unos días atrás, y con reiterada intensidad, el día del acto. "¡Atención! ¡Atención! El teatro La Carreta, de Bogotá, hoy en la plaza tal y tal, a tal hora, presenta su obra, tal y tal, completamente gratis". La asistencia, por supuesto, era garantizada en todas partes.

La gente, generalmente, se identificaba de inmediato con el cortero y su lucha, y en cada oportunidad que tenían mostraban su beligerancia y solidaridad; incluso no faltaron ocasiones en que una sencilla mujer del lugar, viéndome sudoroso en el escenario, llegó espontáneamente hasta mí para poner en mis manos un vaso de limonada o una totuma con guarapo; a esto, desde luego, contribuía el que no siempre estábamos en un escenario convencional, sino que muchas de nuestras presentaciones tenían lugar al descampado; en una cancha de baloncesto, en un atrio, en un solar, en un parque, sobre un andén; en fin, donde las circunstancias nos brindaran las mejores, o por lo menos las mínimas condiciones.

Pero como todo en la vida está hecho de contrastes y altibajos, tampoco faltaron los contratiempos; como aquel día en El Espinal, cuando en plena función un teniente y dos agentes de la policía irrumpieron en el escenario y suspendieron la función. En principio el teniente exigió el permiso de las autoridades locales; pero cuando los organizadores del acto se lo enseñaron, lo arrugó en la mano y sin leer comenzó a pasearse hurgando y pateando entre la escenografía. Por fin se detuvo cuando encontró lo que sin duda estaba buscando: una escopeta de palo y un viejo y herrumbroso machete de utilería. Eso y los trajes que usaban los actores que tenían el rol de militares le bastó para oponerse a que la función continuara.

Los subalternos siguiendo órdenes de su superior recogieron todos nuestros trebejos y los arrumaron en el carropatrulla, procurando dañarlos, eso sí; luego a los actores nos subieron a empellones.

En la inspección un hombre grueso y bajito de facciones romas, de pelo lacio y lustroso obligado con fijador a ir hacia atrás y con bigote de brocha, escuchó el sumario del teniente mientras nos miraba por los ángulos de los ojos. Luego comenzó:

—¿Ustedes conocen la gravedad de los hechos que acabo de escuchar? ¿Tienen conciencia de eso?

—Señor inspector, nosotros creemos...

Y él interrumpiendo con brusquedad:

—No. No señores, así no nos vamos a entender. Hable uno solo. No me vengan a formar algarabía que esto no es una plaza de mercado.

Decido, entonces, tomar la iniciativa, levanto la mano y comienzo a hablar.

—Señor inspector, nosotros contamos con el visto bueno de la alcaldía para esta función.

—Ah ¿si? ¿Y también tienen permiso de portar armas y de tener en su poder prendas de uso privativo de las fuerzas armadas?

—Señor inspector, las armas son inocuas y...

—Sí, tiene razón, las armas son inicuas y mucho más inicuas en manos de civiles o de la subversión.

Fabiola entonces intervino.

—Señor inspector, él quiere decir que las armas son inofensivas.

—Vea señorita, si no le queda grande el título, su compañero y yo estamos hablando en español y no necesitamos traductor para entendernos. Estamos en el Tolima. Esto no es Rusia ni China, donde seguramente necesitarán intérprete.

La provocación no podía ser más burda pero retomé la palabra con el mejor tono conciliador, mientras apaciguaba a mis compañeros con un ademán.

—Yo, señor inspector, le estaba diciendo que esas armas —los dos policías ya habían puesto "el cuerpo del delito" a los pies del inspector—, las usamos únicamente para la representación teatral y son prácticamente de juguete.

—¿Y estas prendas también son por joder? —dijo estrujando entre su mano una de las guerreras de nuestro vestuario teatral.

Alfredo, uno de los organizadores del acto que hacía rato se contenía para no intervenir, explotó:

—¡Nada de lo que hacen ellos es por joder, señor inspector! Lo que sucede es...

Y el inspector interrumpiendo nuevamente le impidió continuar.

—Lo que sucede es que a usted lo tengo entre ojos y si no se calla ya, lo voy a guardar. No olvide que no está en la plaza... pública, sino en mi oficina.

Rodrigo, Fabiola, los otros actores y uno o dos más de los organizadores que nos acompañaban se encargaron de calmar a Alfredo que seguía soltando su inconformidad en frases cortas y aisladas.

Alfredo era un aspirante al Concejo Municipal de la localidad y durante su campaña, en varios actos públicos había denunciado los atropellos del inspector y los desaciertos de la administración. Total que lo que más le convenía en aquella situación era no acercar la pólvora al fuego.

—Señor inspector, estas prendas no son de uso privativo de las fuerzas armadas —aventuré a decir—, en Bogotá las venden en el comercio a quien las quiera comprar. Todas tienen marquillas comerciales; además son una imitación. Si me permite...

—Imitación o no —dijo cerrándome el paso y agregó poniendo fin a la discusión—, el caso es que el palo no está para cucharas; la situación del país es muy delicada y las prendas y ustedes se quedan aquí hasta que investiguemos su procedencia. Por otra parte, yo no tenía conocimiento de que ese evento se iba a realizar.

Los asistentes al teatro se habían ido detrás de nosotros, ellos y los que se sumaron por el camino, más los que seguían llegando, se arremolinaban cada vez en mayor número frente a la inspección. Desde donde estábamos se oía crecer un rumor de protesta que se levantaba de esa pequeña multitud.

—Señor, ¿qué vamos a hacer entonces con esa gente que pide la función? —pregunté poniendo un tinte de ingenuidad en la voz.

—¡Problema suyo! Yo no tengo ningún compromiso con ellos. Usted verá cómo les responde —dijo disfrutando su respuesta y dándonoslo a saber a través de todos los rasgos burdos de su cara; luego, alargando un poco las palabras mientras me apuntaba con el índice, sentencioso agregó—:Devuélvanles la plata y que se vayan a sus casas. Teniente, organíceme la devolución de ese dinero.

—La función era gratis, inspector —se dejó oír Alfredo.

El inspector, sin mirar para nada a Alfredo, subió el volumen de su voz y nos dio a conocer la conclusión que había sacado automáticamente.

—¡Dispérsemelos ya teniente! Y ustedes esperen a que haga unas averiguaciones para ver en qué situación quedan.

Entró a su despacho y cerró la puerta con tanta energía que las dos paredes de madera y cristal martillado, que formaban su pequeña oficina en un rincón del salón, vibraron por algunos segundos. El teniente hizo una seña a los policías para que lo siguieran y se dirigieran a la calle con él; nosotros quisimos salir también;

hicimos ademanes de seguirlos, pero antes de llegar a la puerta se detuvo y giró para evitar que saliéramos.

—¿Y a ustedes quién los invitó? No se me mueven de aquí, ¿oyeron?

Nos quedamos solos en el espacioso salón de paredes de ladrillo lacado y por un momento únicamente se oyeron el ronroneo y el chirrido de los rodachines resecos del ventilador. Una desvencijada baranda de madera, color café, que chirriaba al menor contacto, dividía la estancia en dos. De un lado quedaba un amplio y viejo escritorio de metal que sostenía una decrépita máquina de escribir; un archivador de gavetas, metálico, de color gris, en un rincón y en el otro, el que ayudaba a formar una de las paredes de madera y cristal, las polvorientas banderas de Colombia y de la Policía Nacional, que alguien había recargado allí hacía mucho tiempo. Del otro lado de la baranda sólo había una banca como de iglesia, pegada a la pared que daba a la calle.

Allí permanecimos esforzándonos por saber los acontecimientos de afuera. En realidad esto no duró mucho pues en seguida se levantaron una algazara y una rechifla incontenibles que por momentos se acallaban, para volver a levantarse de inmediato con mayor brío. Cuando la gritería estaba en su punto máximo, por una de las pequeñas ventanas que tenía en lo alto la pared del lado de la calle y que más parecía un tragaluz, penetró una piedra rompiendo con estruendo el cristal; en seguida ingresó el teniente, él sí por la puerta, desde luego, y algo descompuesto iba a toda prisa para el despacho; pero se detuvo a mitad de camino cuando el inspector, que se asomó asustado y confuso, le requirió:

—¿Qué fue eso?
—Se amotinaron. Esos revoltosos se amotinaron allá afuera —dijo con una gran dosis de rabia en su voz temblorosa.

En cuanto se encerraron a deliberar, Alfredo salió y arengó a los que estaban protestando. Nosotros desde adentro lo oíamos con nitidez, pues tan pronto salió todos los sonidos se acallaron y antes de que empezara a hablar reinó el silencio. Les decía que esa era una prueba más de la forma equivocada en que se venía manejando la cultura, errada en la administración local; que una obra que había sido presentada en muchas partes del país sin ningún problema, incluyendo a Bogotá, Ibagué y Girardot, encontraba insalvables obstáculos en esa ciudad por la posición terca y malintencionada del inspector de policía, de quien se conocían muchas otras arbitrariedades que la gente no debía olvidar y comenzó a enumerarlas. A todo esto la gente respondía con aplausos y consignas exigiendo que no se nos detuviera por más tiempo.

Después de algunos minutos el inspector salió de su gabinete seguido del teniente y llegando hasta nosotros nos recriminó:

—¿Se dan cuenta de lo que han provocado?

—Señor inspector, si usted nos permite, nosotros hacemos la función y le aseguro que la gente se va a calmar.

—¿Sí?, no se las tire de vivo conmigo —me respondió—. La situación de ustedes no es tan fácil de resolver, pero óiganme bien: ¿Se quieren ir?

Nosotros nos miramos rápidamente buscando un acuerdo tácito ante la inesperada pregunta y recelando un poco le dijimos que sí.

—Entonces cojan sus mierdas esas y me desocupan inmediatamente la ciudad.

Como nosotros, desconcertados, no decíamos ni hacíamos nada, agregó:

—Bueno, ¡piérdanse a ver! Tienen media hora para que salgan de El Espinal.

Comenzamos a recoger nuestros trebejos que esperaban sobre el percudido baldosín del piso.

—Ah, y díganle al bocón ese de su camarada que tenga la lengua quieta o se la voy a cortar, porque esto no se queda así.

Me incorporé como un resorte con algunos elementos de utilería y vestuario que ya tenía en las manos para decirle: "¡Dígaselo usted!"; pero le dije: "Muchas gracias, inspector y salimos a la calle".

La gente nos recibió con una ruidosa explosión de alegría y sombreros al aire. Luego, comenzaron a pedir en coro que hiciéramos la función; pero al enterarse, por boca de Alfredo, que habíamos sido dejados en libertad con la condición de que abandonáramos la ciudad de inmediato, volvieron al abucheo, a las manifestaciones de inconformidad y a los chiflidos. Lanzaban al aire con gran fogosidad, como antes, sus sombreros, abajos a los enemigos de la cultura y vivas al arte popular. En seguida expresaron su irreductible voluntad de no irse de allí mientras no se obtuviera el permiso para que se llevara a cabo la representación.

Ni el teniente con todo su personal disponible, ni las muestras de agresividad y violencia que alcanzaron a dar, fueron suficientes para despejar el lugar; antes, por el contrario, lo que consiguieron con su hostilidad fue que la gente se radicalizara más y que el descontento que se venía calentando llegara a su punto de ebullición.

Después de un intenso forcejeo verbal con el teniente y luego de algunas idas y venidas de él a donde el inspector, nos invitó a pasar al despacho a dos representantes del grupo con el fin de llegar a algún acuerdo.

El inspector nos recibió, esta vez sí, en su oficina y nos mostró dos sillas frente a su escritorio a Fabiola y a mí, que resultamos ser los delegados. Antes de que hubiéramos acabado de sentarnos nos preguntó qué pensábamos hacer los señores artistas para sacarlo del lío en que lo habíamos metido; le dije que el señor inspector sabía perfectamente que nosotros no habíamos provocado en absoluto esa situación, que la gente se había sentido agredida por la interrupción abrupta del espectáculo, con la actuación del teniente y los agentes sobre el escenario; y que por otra parte, la solución estaba en manos de él, a lo que nos respondió que nosotros, que parecíamos saber tanto, deberíamos saber qué hacer.

Le dijimos que lo único que se nos ocurría era lo ya dicho: que se nos permitiera hacer la función, con lo cual, pensábamos, la gente se calmaría y que en seguida saldríamos para Gualanday como estaba previsto en nuestro itinerario; a lo que dijo que ahí estaba lo malo, que qué pena, que no se iba a poder, que la función ya había sido suspendida y que él no iba a ser quien rompiera el principio de autoridad ni mucho menos; pero que tenía algo para proponernos: que le dijéramos a la gente que la función no se podía hacer por razones técnicas o de horario y que quedaba aplazada para el siguiente domingo, día para el cual él se comprometía, si era preciso, a gestionar o expedir el permiso y a hacer algunas averiguaciones para que todo se hiciera como debía ser.

Le dijimos que ahí estaba lo malo también, que qué pena, que ese domingo precisamente teníamos dos presentaciones en la ciudad de Coyaima; que ya estaban anunciadas y para las que contábamos con los debidos permisos. Dijo que no importaba; que lo principal era solucionar el problema de momento; que tratáramos de cuadrar los horarios y que si no alcanzábamos a llegar, alguna disculpa se daría. A lo cual respondimos que no; que estábamos casi seguros de que no podríamos cumplir y que no debíamos, bajo ningún punto, ni en Coyaima ni allí, arriesgar la credibilidad que la gente tenía en nuestro grupo, como él podía comprender.

Preguntó si esa era nuestra última palabra; le dijimos que sí. Dio un golpe en el escritorio y nos gritó que qué era entonces lo que queríamos. Le dijimos que nada; que nosotros habíamos salido con la intención de abandonar la ciudad como él nos lo había ordenado; pero que la gente no aceptaba que nos fuéramos sin hacer la presentación y que por eso estábamos de nuevo ante él.

Se levantó y con las manos cogidas atrás se paseó por el reducido espacio libre que le quedaba. Afuera los gritos y las exclamaciones persistían; las bocinas de algunos carros que se habían unido a la protesta acrecentaban el vigor de una naciente revuelta que parecía no querer detenerse.

El inspector, en cambio, sí se detuvo; apoyó los puños sobre su escritorio y echándose hacia nosotros tanto como le fue posible, nos dijo:

—Hagan su maldita función y se me largan enseguida.

—Sí señor —dijimos y en cuestión de segundos estábamos ante el público haciendo la v de la victoria.

Alfredo, entre tanto, adelantándose un poco a los acontecimientos, había enviado a alguien al teatro para que montara la escenografía, por si acaso, pero el administrador se había negado rotundamente a ceder de nuevo el local, desconociendo de plano los términos del contrato. Nadie, ni el mismo Alfredo que fue a convencerlo, pudo hacer retroceder al administrador en su obcecada decisión; como ningún argumento fuera lo suficientemente fuerte para vencer su resistencia, esa noche tuvimos que hacer nuestra función frente a la inspección y sobre una tarima improvisada con mesas que de algunos bares cercanos nos ofrecieron en un acto espontáneo de buena voluntad.

Tal como lo leí no sé dónde: "Cuando se es muy joven, o mejor, cuando no se cuenta con la suficiente experiencia, se suele llegar a conclusiones demasiado pronto"; por eso mientras rodábamos en el jeep hacia Gualanday, aquella tibia noche, ninguno de nosotros se hubiera atrevido a poner en duda la elección, que ya estábamos celebrando, de Alfredo al Concejo Municipal de la ciudad, ni nos cansábamos de exaltar el enorme respaldo de las gentes de El Espinal a aquel movimiento político. Era el producto de un persistente y bien dirigido trabajo, pensábamos. No de otra manera nos podíamos explicar los acontecimientos de ese día, sin tener en cuenta para nada que todo había sido consecuencia de un error gordo del craso inspector en los días anteriores que había enfurecido a los habitantes. Tan decepcionado debió quedar él ese día, como nosotros, semanas después, cuando nos enteramos de la ridícula cantidad de votos que alcanzó Alfredo en aquellas elecciones.

Hablando con franqueza, no creo que con esos actos se haya conseguido votos allí; ni en ninguna otra parte; ni que en últimas eso sea lo que importe, pues, lo que hace que el balance de aquellos días sea favorable, es que a pesar de que vivíamos desplazándonos continuamente, nunca faltaron oportunidades para hacer amistad con gentes sencillas, que nos daban sus impresiones de la obra y a la vez nos contaban sus penas y alegrías, con lo cual nos permitían avanzar en nuestro trabajo y nos brindaban la oportunidad de ver de cerca e incluso compartir, aunque fuera momentáneamente, lo grato y doloroso de sus vidas. Abriéndonos no sólo sus casas sino también sus corazones nos dejaban conocer sus afectos, sus rencores, sus sueños, sus pesares, sus dificultades, sus luchas, sus canciones, sus triunfos, sus derrotas. En fin, todo el material con que a diario iban haciendo la historia de sus vidas y la de sus pueblos, por supuesto.

En días pasados, una tarde, la jefa de enfermeras entró a mi habitación un tanto apresurada y se detuvo cuando ya estaba cerca de mí, comenzó a decirme: "Julián ante todo quiero pedirte que seas comprensivo y sepas tomar lo que te voy a decir...".

En ese momento, no sé por qué, pensé que traía una noticia fatal sobre mi salud y sentí que la punta helada de un alfiler recorrió vibrando todo el interior de mi cuerpo en la fracción más ínfima de un milisegundo. El ángulo exterior de mi ojo izquierdo volvió a titilar sin control, como me ocurre con alguna frecuencia en los últimos días y no tuve la serenidad necesaria para pensar que una noticia como la que me imaginé me daría, no le correspondería a ella transmitírmela, y que de ser así seguramente no habría llegado corriendo.

La conmoción que me causaron sus palabras iniciales bloqueó por completo mis sentidos y sin comprender del todo de qué se trataba, la oí decir que mi habitación era la única disponible de las que tenían conexión para oxígeno y que como no contaban con pipetas que pudieran acercar hasta la cama de un paciente que lo necesitaba para poder seguir con vida, me pedía encarecidamente que se la cediera por uno o a lo sumo dos días, mientras lograban reubicarlo adecuadamente.

Dijo también que yo sufriría algunas incomodidades y molestias, pues iba a compartir la habitación con cuatro pacientes más; pero que ella se encargaría de que fuera por el menor tiempo posible. Aquí se refirió a los servicios y atenciones que recibían los pacientes del pabellón al que me trasladaría en caso de que aceptara su petición y dijo que estaba en capacidad de asegurar que, salvo ciertas comodidades, en esencia no había diferencia con el lugar en el que me encontraba.

En mi total confusión no solamente fui incapaz de manifestar algún reparo, sino que una sensación de regocijo que crecía en mi interior a medida que brotaban sus palabras, me hacía experimentar un sentimiento de gratitud hacia ella; por eso en cuanto pude le dije que no veía ningún inconveniente, que contara con mi habitación; pero en realidad lo que quería era abrazarla y darle las gracias, como si acabara de dictar el veredicto por medio del cual se me perdonaba la vida.

Mientras la enfermera que se encargó de mi traslado empujaba la silla de ruedas por el pasillo de baldosines relucientes, tal vez acudiendo a un mecanismo de defensa, de manera inconsciente eché a pensar que sería mejor estar en compañía de otros pacientes con quienes podría conversar y de esa manera alejar aunque fuera momentáneamente las dudas que me erosionaban.

Cuando traspasamos la puerta encuentro que la habitación es más amplia de lo que había imaginado y aunque alberga cinco camas, aún queda suficiente espacio entre una y otra.

En el costado oriental hay un ventanal que va casi de pared a pared y enmarca una ladera pelada y ocre en la que se obstinan allá a lo lejos algunas viviendas como de invasión. Desde mi cama puedo verlas con nitidez y si me detengo un poco alcanzo a distinguir a sus moradores que entran y salen en sus quehaceres diarios; o algunos chicos corriendo tras de una pelota o jugando con un gozque.

Contra la pared del norte se alinean tres camas. En una de ellas, la que está cerca a la ventana, se encuentra un pequeño hombre, enjuto y disminuido que tapa permanentemente su cabeza con la única frazada que le han asignado, dejando completamente al descubierto su cuerpo desnudo, pues todo lo que lleva puesto es una franela corta. Las enfermeras optaron por no ponerle ropa interior con el fin de simplificar la operación a la hora de cambiar las sábanas, cuando la fetidez les anuncia el momento.

Si bien a este hombre de pelo cenizo y rostro amarillento no se le oye en absoluto en las horas del día, durante la noche no hace más que lamentarse y maldecir con una energía que nadie se atrevería a sospechar de su menguada apariencia.

En las noches, cuando todo parece quedar en silencio él da inicio a sus injurias contra los médicos y las enfermeras que no acceden a "ponerme una inyección p'a que me muera". En sus quejidos e imprecaciones se muestra inconforme hasta con Dios por no "acordarse" de él.

La primera noche, después de oírlo por más de tres horas, estuve a punto de pedirle que se callara; pero en vista de que nadie chistaba opté por quedarme silencioso hasta que el sueño se impuso. Y es que uno al igual que el perro del herrero, como dicen, termina por acostumbrarse.

En ese mismo costado, hacia el centro y prácticamente frente a mi cama, se encuentra la de Joaquín. Joaquín es un larguirucho bigotudo de piel apergaminada y blanca. Tiene treinta y ocho años, seis hijos, otro "en camino" y un homicidio a cuestas, según me ha contado en las charlas que por momentos sostenemos desde nuestras camas. Su mayor ilusión es volver a su pequeña parcela en no se qué municipio de Santander y dedicarse al cultivo del estropajo, pues hablando con alguien aquí, ha llegado a la conclusión de que es un renglón con futuro y un cultivo para el que su predio es propicio, ya que allí brota espontáneamente sin que nadie lo siembre.

Él, al igual que Gritopelao, como las enfermeras llaman al de la cabeza tapada, fusionando dos de sus características, no sabe aún qué enfermedad tiene; pero se muestra seguro de poder llevar a cabo sus planes.

Un poco más cerca dede la puerta y enfrentada al baño, que está a mi izquierda, se encuentra la cama de un jardinero de veintisiete años, de quien no sé su nombre. Fue traído por un dolor punzante y hasta ahora inexplicable, que lo atacó en el cuello una tarde mientras cortaba el pasto en un antejardín de Santa Ana. Acudió al puesto de salud donde le ordenaron quietud y unas inyecciones de tiamina; pero el dolor no cedió, sino que fue avanzando por el mismo costado en forma descendente hasta llegar a la pierna y el pié, que ahora no puede apoyar. La mayor parte del tiempo deambula por el cuarto saltando y saltando sobre su pié sano, como un gallinazo.

A mi derecha, en el espacio que hay entre el ventanal y mi cama, se encuentra un albañil de mediana edad, que desde que ingresó al hospital apenas da señales de vida a través del monitor del aparato que mide su frecuencia cardiaca; dizque el domingo en la tarde se encontraba en su barrio con dos colegas, con quienes suele pasar los días de descanso bebiendo cerveza, de forma repentina sufrió un desmayo del que aún no ha regresado. Sus amigos lo trajeron tan pronto comprendieron que no se trataba de algo pasajero.

El común denominador de los cinco pacientes que nos encontramos en este recinto, como habrá podido advertirse, es que todos carecemos de un diagnóstico preciso, a pesar de que algunos, como Joaquín y yo, llevamos más de un mes hospitalizados.

Cuando el doctor López dijo que era necesario hacer un estudio para llegar al fondo del problema, yo asumí que estaría hospitalizado tres o cuatro días, o a lo sumo una semana; pero hoy, un mes después, no conozco el diagnóstico y no podría asegurar si es que me lo ocultan, como había dado en pensar, o si es que ellos, cosa que ahora me inclino a creer, tampoco han sacado nada en claro.

En esta habitación, rodeado de gente en iguales condiciones, se han multiplicado mis dudas y cada día se hace más frágil mi confianza.

A veces pienso que debería aceptar lo que Marla viene proponiendo: trasladarme a una clínica particular. Ella dice que de ser necesario adelantaría una campaña para recaudar fondos. Tiene el convencimiento de que muchos cantantes, músicos y artistas en general participarían gustosos en una jornada artística a beneficio, y que algunos colectivos de teatro harían aportes, donarían funciones o algún porcentaje del recaudo en taquilla. Dice que iría a las estaciones de radio y a los noticieros de T. V. para dar a conocer el caso, lo mismo que a las asociaciones y círculos de artistas. Asegura que pondría a funcionar la solidaridad de mucha gente, al menos de buena parte de quienes han visto mis trabajos. Yo no la he dejado dar un paso en tal sentido porque cierto pudor me lo impide.

Ella ha estado pendiente de mí, viene casi a diario aunque sea por unos pocos minutos, que de seguro le escamotea a sus ocupaciones.

Marla Cámaro interpreta a María de El Malentendido, en la puesta en escena que dirigí por encargo de un par de amigos que se asociaron cuando concibieron el proyecto.

Durante los dos meses anteriores a mi hospitalización estuve por completo dedicado al montaje de la obra. En la última semana, hacia el martes, cuando ya estaban hechos todos los arreglos para estrenar el viernes, mi estómago se convirtió en una cascada de vidrios rotos que me obligaba a correr al sanitario con demasiada frecuencia.

Sin darle mucha importancia lo atribuía al exceso de grasa y condimentos que usaba la cocinera del restaurantucho aledaño al teatro en donde almorzaba por aquellos días, junto con algunos actores del elenco, a quienes también beneficiaba el no tener que hacer un desplazamiento mayor para alimentarse.

Los productores, con tres personas más que conformaban su equipo, habían estado muy activos y para entonces ya habían finiquitado, para usar la palabra predilecta de uno de ellos, los detalles concernientes a la temporada, al estreno y al cóctel que se daría; cóctel al que asistiría el embajador francés, algunos políticos y las personalidades artísticas de la ciudad.

Los ensayos extras de algunas escenas que no me tenían del todo satisfecho, junto con la avalancha de cosas menudas que tiene que resolver un director en los días previos a un estreno, coparon mi tiempo, y la consulta médica en que venía insistiendo Marla se fue aplazando de un día a otro, sin que fuera posible hacerla hasta pasado el estreno, cuando, a la mañana siguiente, se presentó sin dar aviso en mi apartamento, con la decisión tomada de no dejar pasar un día más. Yo estaba hirviendo unas guayabas partidas en cruz; y ella no accedió a esperar más que el tiempo necesario para que me tomara una taza de esa agua. Partimos en su cupé.

El médico de turno quiso confirmar su diagnóstico inicial mediante un parcial de orina, un coprológico y un cuadro hemático, cuyos resultados conoceríamos dos horas más tarde.

Mientras esperábamos, Marla y yo jugamos triqui dentro de su carro, en cualquier papel sobre el que pudiéramos hacer la doble equis que necesitábamos.

Cuando entramos nuevamente al consultorio, el doctor ya tenía sobre su mesa los resultados y en cuanto me vio se puso a explicarme que una amibiasis aguda, como había supuesto, era lo que me tenía en aquel estado. Mientras hablaba fue escribiendo en su talonario de recetas el nombre de un amebicida y el de un antidiarreico a base de óxido de aluminio. Finalmente anotó las cantidades necesarias y las dosis en que debía tomarlas. Dijo que era necesario comenzar de inmediato el tratamiento y me tranquilizó diciéndome que desde la primera toma iba a experimentar mejoría.

Después de comprar los medicamentos acordamos con Marla pasar el día en su penthouse, que está en un viejo edificio de La Soledad, pues se obstinaba en cuidar de mí.

Lo que quedaba de esa tarde y buena parte de la noche estuvimos viendo películas en su videocasetera; pero atentos, sin que lo mencionáramos, a la evolución de mi estado.

El tiempo corría y yo también, cada vez con más frecuencia, al sanitario. A eso de las dos o tres de la mañana Marla se opuso definitivamente a seguir esperando y prácticamente contra mi voluntad me trajo de nuevo.

Cuando llegamos al hospital, entró corriendo, pues en el trayecto yo había entrado en un estado de semiinconsciencia que la puso muy nerviosa; regresó casi en seguida con dos paramédicos y una camilla.

En uno de los pasillos, una enfermera que vino a nuestro encuentro puso en mi vena la aguja por donde comenzó a penetrar el suero que goteaba desde la botella que ella procuraba mantener a cierta altura, mientras nos desplazábamos, ya con más tranquilidad.

A la mañana siguiente el doctor López fue a evaluarme y quizás queriendo descartar las dudas y los errores en su diagnóstico se entregó a compilar cuanto dato pudiera serle útil. Me hizo un riguroso examen e indagó por mis antecedentes quirúrgicos y familiares. No dio a conocer la impresión que había obtenido pero me dijo que era indispensable que permaneciera hospitalizado para poder hacer un estudio. Bueno, creo que esto ya lo he dicho. . . . . . . el caso es que ordenó de inmediato un cuadro hemático, un hemocultivo y un parcial de orina.

Como me quejara porque una estudiante de enfermería había

tratado en vano de tomarme unas muestras de sangre y ante mi negativa a continuar prestándome a sus pinchazos, la jefa de enfermeras personalmente se encargó de tomar las muestras y cada media hora llegaba con sus bandas de goma, sus jeringas y su mechero, con el que esterilizaba el ambiente por donde hacía su trayecto la muestra de la vena al tubo de vidrio.

En los días subsiguientes se me practicó una punción lumbar con el fin de examinar el líquido cefalorraquídeo para descartar meningitis o esclerosis, no sé; también fui llevado a Rx para una tomografía. No quería omitir, manifestó el doctor, ningún procedimiento que pudiera arrojar luz sobre las causas de mi "patología".

Cuando pienso que aún no se ha podido establecer cuál es mi enfermedad me aterrorizo, pues intuyo que sigue avanzando sin ser atacada y que de prolongarse esta situación, me destruirá.

La semana pasada mediante un procedimiento que llaman aspirado tomaron muestras de medula ósea y me practicaron un frotis de sangre periférica. También tomaron minúsculas muestras de tejido del intestino grueso para analizarlo.

Los resultados de las biopsias y el del VIH, que también ordenó, creo que toman varios días, no sé cuántos; pero lo que sí creo saber es que si no se apuran todo va a resultar inútil. . . . .
. . . .

La serenata de lamentos de Gritopelao empezó hará unos diez minutos, lo que equivale a decir que es cerca de la medianoche. En los breves intervalos entre grito y grito llega hasta mí, como de muy lejos, una melodía simple y arrancherada; es el pequeño radio de Joaquín, que deja sobre la almohada prácticamente pegada a una de sus orejas. En forma casi imperceptible oigo entrecortadas las frases de la canción que se mezclan con las del viejo: "Cuando lejos me encuentre de ti"... "Acuérdate de mí, te lo ruego señor"... "Cuando quieras que esté yo contigo"... "Llámame, llévame a tu lado"... "No hallarás un recuerdo de mí"... "¿Para qué vivir así?"... "Ni tendrás más amores conmigo"... "¿Total, qué vida me espera?"... "Yo te juro que no volveré"... "No seas cruel, pon tus ojos en mí"... "Aunque me haga pedazos la vida"... "Llévame contigo"... "Si una vez con locura te amé"... "¿Qué me estás cobrando?"... "Ya de mi alma estarás despedida"... "Lo que pido es una inyección que me duerma para siempre".

Este. . . . digamos, pasatiempo de ensamblar las líneas de una canción con las palabras que incidentalmente se oyen solíamos hacerlo los de La Carreta, durante los minutos que nos tomábamos para descansar, mientras adelantábamos la construcción de la sede; porque es que La Carreta en su esfuerzo por hacerse de una sede propia había comprado una vieja casona en el barrio colonial de La Candelaria, cerca de la plazuela del Chorro de Quevedo, donde según la crónica, don Gonzalo Jiménez de Quesada fundó la ciudad de Santafé de Bogotá en 1538.

Allí, con el concurso de todos los actores, en jornadas con ánimo de fiesta que casi siempre prolongó el entusiasmo, para decirlo con una expresión que me parece haber leído en alguna parte, se habilitó en primera instancia un salón de altas paredes blancas y desnudas, con piso en baldosas de gres. Aquel reducido espacio de cuarenta metros cuadrados, cubierto con tejas de barro sobre varas rollizas de eucalipto fue inicialmente el centro vital de nuestras actividades. Ahí hacíamos clases de música, danza, canto, expresión corporal, historia del teatro; dictábamos conferencias, desarrollábamos talleres de actuación, ensayábamos nuestras obras, e incluso, más adelante, alojábamos entre cincuenta y sesenta personas que cada noche acudían a las funciones, durante las primeras temporadas que dimos con piezas cortas de un acto.

Todo esto sin contar las repetidas ocasiones en que era solicitado para cualquier evento o actividad partidista, como la elaboración de afiches y pancartas, el empaque de votos antes de elecciones, la celebración de actos o reuniones políticas y cuanto beneficio se pudiera derivar del uso de aquel recinto.

Una mañana, tendido sobre su piso frío durante un ejercicio de relax, recordé cómo años atrás, cuando esa casa era el estudio de un conocido fotógrafo, yo venía a pasar las noches bajo ese mismo techo por no tener a dónde ir. El fotógrafo había destinado generosamente un cuarto de la parte posterior de la casa para que en él viviera un viejo y por entonces derrotado actor de teatro, quien a su vez generosa y pícaramente, cuando caía la noche nos abría la puerta al poeta Hugo Nelson y a mí.

En ese mismo cuarto apartábamos, o mejor, amontonábamos en algún rincón las ollas de barro, los estribos de bronce, las pailas de cobre, las planchas de hierro colado que se calentaban con carbón de palo y demás objetos que durante el día permanecían dispuestos como en una exposición. Una vez que habíamos hecho sitio, tendíamos nuestras esteras y recostados contra la pared yerta nos dedicábamos a leer algún libro, a estudiar nuestros libretos, o el poeta a escribir algo así como: "Vivo en una ciudad que está llena de calles y ningún camino"......

No había vuelto allí desde cuando un director me ofreció techo y comida a cambio de que le actuara Janiack en su montaje de Los Justos, de Camus, que se encontraba preparando para el Festival Nacional de Teatro próximo a realizarse.

En aquel mismo salón una tarde gris de mayo del setenta y seis, Lucas Pardo Alayón, miembro del taller de dramaturgia, se dirigía a los demás integrantes de La Carreta, que en pleno le escuchaban. Era alto y enjuto, estrecho de hombros y algo desgarbado. Con la mirada fija en un punto de la pared de enfrente, mirando lejos, mucho más allá de ella, con el ceño fruncido y achicando un tanto los ojos, en un gesto que en adelante le viera hacer innumerables veces, echó a hablar pausadamente. Dijo que en principio, cuando le propusieron, no especificó quiénes, la idea de escribir una obra de teatro sobre la huelga de El Palmar, le había dado miedo; tampoco dijo de qué. No conocía del caso más que lo publicado por los periódicos capitalinos y no todo, pues por aquellos días no tenía cabeza para otra cosa que no fuera la vida de un ciclista, personaje central del drama que estaba escribiendo. No creía, por tanto poder desplazarse a corto, ni siquiera a mediano plazo hasta Pasto, Valledupar y San Alberto, lugares que estaría obligado a visitar en caso de aceptar aquel proyecto. Estas y muchas otras razones, en últimas ciertas, lo habían apresurado a posponer el proyecto, viendo a ver si podía sacarle el bulto al tema, aunque para ser franco, dijo, no le seducía. Pero ahora estaba agradecido, quería aclarar, con todos aquellos que tuvieron que ver con su aceptación de ese trabajo; en especial con Gustavo Adolfo Lince. Sus últimas palabras brotaron con mayor fluidez y cuando nombró al director general de La Carreta lo miró e hizo una pausa. Pausa que el aludido aprovechó para cobrar, como solía hacerlo, yendo directo como un estoque al corazón de las cosas:

—Este hombre no me creía cuando le decía que se podía hacer una vaina épica hermosísima —dijo señalándolo con el índice mientras recorría con los ojos los rostros de los demás. Es que quería enfrentarlos a todos.

—Bueno, no sólo algo épico... —acotó Lucas más preocupado por la defensa del tema que por la actitud que el otro le endilgaba— sino que tiene infinitas posibilidades.

—¿Se dan cuenta? ¿Se dan cuenta? —enfatizó Lince empeñado en resaltar su acierto y terminó sorbiendo con energía un poquito de aire por la nariz, como el que inhala coca; simultáneamente sus labios cerrados y apretados se desplazaron hacia abajo como en un tic, ampliando por un instante el sector que, de salirle, le correspondería al bigote. Era un gesto muy suyo, equivalente al del torero cuando envalentonado le da la espalda al toro, que rendido y acezante permanece inmóvil. El pase del desprecio, creo que le llaman los taurófilos.

El primer paso que dio Lucas Pardo Alayón, según dijo, fue sumergirse a fondo en el estudio de la colección de cuanto análisis, comentario o simple alusión había hecho la prensa bogotana y, o, la de provincia; colección que afortunadamente con gran esmero seleccionara, recortara y clasificara un militante del frente obrero del partido que desde el inicio mismo del conflicto, por su propia voluntad y sin un propósito específico, asumió como tarea sin que hasta entonces se le hubiera escapado nada importante de cuanto se diera a conocer. El acercamiento al tema así obtenido fue suficiente para que brotara en él tal interés que, antes de lo que se pudiera suponer, lo tenía resolviendo, al menos en teoría, los pormenores de un viaje al corregimiento de San Alberto en el municipio de Río de Oro, donde la Empresa de Industrias Agrícolas El Palmar S. A. tenía su plantación de palma africana desde la década del sesenta.

"Lo del ciclista puede esperar", se decía. Para tranquilidad de su inquieta conciencia unos nudos sin resolver que se habían presentado en la acción mantenían algo estancado el argumento. Quizás dejarlo reposar un poco fuera conveniente; sí, lo retomaría luego con una nueva perspectiva, como solía sucederle. Estas reflexiones, junto con otras semejantes, fueron las que en últimas dieron solución al conflicto interno que se le había formado desde cuando vislumbró que tendría que suspender el proyecto del ciclista en el que venía trabajando desde hacía meses.

En San Alberto muy poquito a poco, en un lapso demasiado breve, aunque parezca contradictorio, había logrado crear un intrincado pero consistente tejido de relaciones que a medida que había ido creciendo lo fue llevando de la peluquería al bar, del bar al granero, del granero al taller, del taller a la granja, de la granja a una vereda, y de vereda en vereda hasta visitarlas todas, incluso las más pequeñas y apartadas como La Llana, San Rafael, El Caño de La Mona y El Barro; estas últimas enclavadas en el departamento de Santander y colindante con Puerto Mosquito.

A todos estos apartados lugares llegó tras insoladoras jornadas bajo un fiero sol que parecía empecinado en hacerlo desistir.

Luego, mirando el entramado de cañas y palma seca mientras le rasuraban la barba; bajo una lámpara de gasolina espantando las polillas; frente a una cerveza sobre las rústicas tablas de una mesa elemental; recargado en un taburete de baqueta a la puerta de un rancho de paja en una noche clara; y en muchas otras disímiles situaciones, se había ido granjeando la amistad de diversas personas que, en cuanto desaparecía la bruma de la desconfianza que volvía ambigüos los hechos, le permitían conocer en sus relatos el pasado y el presente de aquella región que ahora les dolía.

Fue así como supo que por allá por los años cincuenta y siete y cincuenta y ocho un señor apellidado Orduz había aparecido por allí con la engañosa pretensión de comprar una importante extensión de tierra, para establecer un negocio de ganadería a gran escala, que iba a beneficiar a la región. Ante la negativa rotunda de la gran mayoría de pequeños propietarios, campesinos pobres y colonos que habían hecho sus parcelas desbrozando monte con métodos rudimentarios y enraizados cariñosamente en ellas, el tal

Orduz había dado en usar sin ningún escrúpulo cuanta artimaña le fue posible para expropiarlos ilegalmente. Usando, pues, el chantaje, la coacción, las falsas atenciones, y cuando no, la violencia descarada; dicho señor había ido conformando lo que más tarde sería la División Primera de la plantación de palma de la Empresa de Industrias Agrícolas El Palmar S. A., llamado por entonces Gracol, Grasol, o algo así. Por desgracia dizque a todo esto contribuía la actitud cómplice de las autoridades locales, para quienes Orduz organizaba grandes fiestas.

En otras palabras dijo, que cuanto se dijera sería poco para tratar de pintar, aunque fuera parecido no más, el cuadro de horror, miseria y desolación que dejó Orduz en toda la zona con sus tropelías y extravagancias. Total que, precisó Alayón, resultaría mejor oír de viva voz algunos relatos que había recogido en su cassettera. Dicho esto se levantó de su sitio para operar la grabadora que había dispuesto sobre una mesa junto a algunos cassettes. Tomó el primer cassette de una pila que había hecho con ellos, lo extrajo del estuche, lo introdujo en la cassettera y antes de echarlo a rodar requirió: "Atención, pongan mucha atención", dejó el estuche en el lugar que había previsto para eso y regresó a sentarse. Con las piernas estiradas, el cuerpo echado hacia atrás y los dedos de sus manos entrelazados en la parte podterior de la nuca se entregó a escuchar como si lo hiciera por primera vez.

Casi todos los presentes aprovecharon para cambiar de posición en sus asientos y uno que otro para toser como queriendo aclararse la voz, aunque era obvio que ninguno iba a hablar. La cinta giró como con pereza y casi en seguida empezamos a oír:

"Mi nombre es María Aleyda de Rozo... y aunque soy viuda así está en la cédula. Vinimos para este lado en el cuarenta y pico; mucho antes del cincuenta, muchísimo. Llegamos allá para ese lado, lo que llaman ahora La Pedregosa. En eso todo esto era maleza, y para allá... pues mucho más.

Eso él echó a tumbar monte, a limpiar de esa maleza que era así de alta... y a acabar con toda esa rastrojera que estaba cundida de culebras. Varias veces estuvieron a punto de picarlo... sino que mi Dios es muy grande. Es que para donde uno diera un paso las veía deslizarse como rayos en todas direcciones; como si hubieran visto candela. Poquito a poco y con la ayuda de otros que habían venido a lo mismo logramos hacer un clarito para poner una medio sementera. Eso era limpiando de continuo porque la yerba crecía de un día para otro; ya con el tiempo y mucho sufrimiento logramos tener despejado un pedazo más o menos, para echar un arroz que era el fin que él venía persiguiendo. Pero con tan mala suerte que por esos días se agravó el Alberio. Estaría así o un poco menos, porque aquí había llegado volantón. El caso es que le había cogido una soltura que ni hablar... Eso qué remedio no le hacía yo... lo habido y por haber, como se dice. Me decían una cosa, me decían otra y yo corra y hágale, pero nada. Lo que está por suceder fue que no valió nada, Dios mío. Eso a él le tocó agarrar con el chino para Bucaramanga con lo poco que teníamos y con algo que por ahí le habían prestado; pero ya era tarde. No era para este mundo. Eso por aquí a muchos les pasó lo mismo. Y a otros los cogieron las fiebres palúdicas. Claro, con este clima, con tanta plaga como había, y sin agua sana... porque todo lo más, era un pozo que ahí cerquita había. Pero esa era un agua ahí quieta... de la que comíamos, lavábamos y nos bañábamos... y de la que nos salían unos puercos que la gente echó a temer. ¿Pero qué más nos tocaba?... En fin, eso fue duro en esos días.

Ya andando el tiempo nos vimos por fin establecidos. Eso había venido gente de todas partes buscando el mismo destino y unos pensaban una cosa y otros otra; pero hablaban y acordaban para el bien de todos. Así fue que acercaron el agua de una quebrada que allá, para ese lado corría y cada cual echó a hacer mejoras y poco a poco empezaron a verse los resultados y a hacerse la vida un poquito... digamos así, más llevadera.

Ya después el arroz comenzó a darse por todos estos lados y la gente echó a hacer ranchos digamos más... ¿cómo le dijera?... más duraderos, mejor dicho. No como al principio que se conformaban con tener dónde meter la cabeza... con tal de no dormir al sereno, aunque no fuera más. Bueno, también sería por falta de esto, ¿no?... sí, porque donde no hay dinero no hay nada. Mejor dicho, y para no alargar el cuento, en menos de nada esto se volvió una región de progreso, pudiéramos decir. O al menos se vivía. Y se vivía en paz. Y aunque no había abundancia nadie se moría de hambre. Unos tenía puercos y gallinas, otros algunas reses... pocas; pero bueno, algo es algo. Es que no faltó quien sembrara pasto, porque había que ganarle la carrera a la maleza, que parecía crecer ante los ojos, como ya le dije. Y el que podía echaba arroz, sacaba yuca o tenía su platanera. La comida no faltaba. Luego, echaron a aparecer los vendedores de cacharro que recorrían todo esto con la mercancía cargada en una bestia. Y la gente empezó a sacar también sus productos a los mercados más cercanos. Mejor dicho, esto echó a tener vida como cualquier lugar civilizado. De pronto fue que pusieron la inspección; una vez, me acuerdo, vinieron por aquí por todos estos lados, preguntando cuántos vivíamos en cada rancho y si eran hombres o mujeres, niños o ancianos. Dizque querían saber cuánta gente había en toda Colombia. Bueno, ya nos tenían en cuenta, ¿no?... hasta los políticos comenzaron a acercarse para las elecciones; con eso le digo todo.

Se vivía, ya le dije. Y así pasaron y pasaron los años; con dificultades; pero cada cual iba mejorando. Hasta que apareció Orduz. Eso llegó de muy amigo. A donde nosotros llegó una tarde muy atento repartiendo trago, con el embuste de que iba a poner una hacienda ganadera; Rozo al principio le creyó. Eso hablaba muy bonito de todo lo que iba a hacer, y dele trago. Al rato, ya chispos, estaban haciendo planes. Le decía a Rozo que le compraba la tierra y que le iba a dar trabajo en la hacienda. Ya traía listos los papeles y a juro que Rozo le firmara. Yo fui la que no dejé; le dije que viniera al otro día y hablaran en su juicio. Ese no estaba borracho, sino que se hacía; y ¡echó a mirarme con un odio! En cambio el Rozo sí no se podía tener. Si no es porque me le opongo habría hecho lo que el otro quería. Como pude me di mañas de hacerlo ir sin firmar nada.

A la mañana siguiente estuvo muy cumplido insistiendo en lo de la venta; pero a Rozo, con lo que yo le había contado, le había entrado desconfianza y le dijo que él ya no vendía. El otro, como si fuera obligación, se puso guapo cuando vio que no pudo convencerlo y se fue verraco diciendo que ya veríamos lo que nos iba a pasar por haberlo hecho perder su tiempo. Al Rozo tampoco le gustó la amenaza y hasta le faltó al respeto. El caso es que hasta ahí llegó la amistad y el compadrazgo de que habían hablado el día anterior mientras jartaban. A los pocos días ya no lo nombrábamos ni nos acordábamos de él y todo pareció seguir como si nada. Pero una noche llegaron a caballo como unos ocho o diez y Orduz al amando de ellos. Eso era que ya tumbaban el rancho ese a puros golpes y patadas diciendo que dónde estaba ese tal por cual que no tenía palabra. Rozo, que parecía no conocer el miedo, salió a darles la cara y les dijo que cuál era la vaina. Pero antes de que pudiera hacer nada lo maniataron con un rejo, con las manos en la espalda y comenzaron a patearlo, a golpearlo y el Orduz desde el caballo a echarle fuete. A mí uno de esos me tiró al suelo y con el cañón del revólver así en la boca, me decía: "Si se mueve o grita se los suelto todos vieja hijuetantas".

Eso daba coraje y tristeza al mismo tiempo, ver con qué saña le pegaban. Parecía que le estuvieran cobrando quién sabe qué crimen y que quisieran saciarse en la venganza. Cada golpe como que lo levantaba en vilo y se lo tiraban de uno al otro en un ruedo así... que habían formado, previniendo tal vez, que no se escapara. Al momentico lo tenían todo reventado y bañadito en sangre. Las piernas no le respondían; se le doblaban ni que fueran de trapo... y rodaba cada vez que intentaba volver a levantarse. Entonces, a como pudo le dijo a Orduz que lo matara... que le hiciera el favor de darle un tiro en cambio de humillarlo de esa forma. El Orduz lo miraba por encima de las gafas burlándose con esos ojos que tenía: desjetados por debajo y rojos. Como una hiena se le fue acercando cuando lo vio tirado en el piso y destapando una botella de aguardiente decía risueño el desgraciado, que cómo se le ocurría que él fuera a matar a su compadre, y menos antes de que le firmara la escritura... que más bien hicieran un brindis por el negocio que iban a cerrar. Diciendo esto hizo una seña y uno de esos pájaros se acercó con los papeles y un esfero; otros dos levantaron a Rozo cogiéndolo así, por debajo de los hombros. Orduz le dijo entonces: "¿Va a firmar, compadre? ¡Diga a ver para soltarlo!", tomó un trago a pico de botella y le regó a Rozo un poco en la cabeza mientras los demás se carcajeaban. Rozo levantó la cabeza, que tenía desgonzada y con todas las fuerzas que le quedaban le escupió en la cara. "Máteme doctor, no sea hijueputa", le decía y lo miraba con los ojos como brasas. El viejo se asustó y brincó hacia atrás, porque cobarde sí era. Pero en seguida como que se dio cuenta de que nada podía hacerle el Rozo en ese estado, lo embistió a patadas con más rabia. "Téngalo duro", les decía a los otros. "No lo vayan a soltar que estos son traicioneros". Y hasta que no lo dio por muerto no se volvió a montar en su caballo. "Se acabó la diversión por hoy, muchachos. Vámonos ya." Y se fueron yendo sin ninguna prisa.

Yo igual lo di por muerto y aullando les decía que me mataran también. Seguí tras ellos un buen trecho insultándolos, tirándoles piedras y diciéndoles quién sabe qué más cosas, hasta que ya no pudieron oírme de lo lejos que iban y de lo ronca que me había puesto.

Entonces, regresé a donde Rozo, había caído a llorar desconsolada. Era que me sentía como si no tuviera nada por dentro. Como si no más fuera la pura piel vacía. Y me senté así, a su lado a llorar y llorar como una Magdalena. Pero de pronto, no sé por qué, pensé que en ese cuerpo aún había vida. Traje agua, le eché en la frente, le desabotoné la camisa y comencé a lavarle con cuidadito las heridas. Al rato me pareció que se movía. Me acerqué, puse cuidado... y ¡claro, respiraba! El corazón por allá debajo de tanto hinchazón y moretones se oía latir despacito; como lejos. Entonces me volvió el alma al cuerpo y me entró una fuerza que me hacía sentir capaz de cualquier cosa.

Lo entré al rancho y con cuidadito lo acosté en la cama. Le di a beber agua, lo desvestí y comencé a ponerle paños de agua con vinagre por todo el cuerpo. Era que estaba... que ni un Cristo, ¡Dios mío!... Al rato, después de que había reaccionado, le di dos aspirinas que desaté en agua. Era todo lo que tenía, porque ni alcohol ni nada. Claro que él no se quejaba, pero el dolor debía ser muy grande...

Bueno, así estuve hasta que aclaró.

Al otro día llegó el compadre Polo que era sobandero de los buenos y dijo que tenía unas costillas rotas, una clavícula, un brazo y una pierna fracturados, pero que para la golpiza se diera por bien servido. Mandó hacerle baños de árnica, malva, caléndula y ortiga blanca; y que le hiciera tomar varias veces en el día agua de caléndula y guabas.

Todos me decían que fuera a la inspección a dar a conocer el caso. Así lo hice dos o tres días después. El inspector antes de que acabara de contarle todo, me interrumpió diciendo que eso sí quién nos mandaba a no cumplir los compromisos, que tuviéramos palabra, que ya no éramos niños, que arregláramos por las buenas con el doctor Orduz, que era una gran persona, y que él no tenía tiempo para perder en pendejadas. Mejor dicho, fui allá a que me regañaran. Iba por leña... por lana, digo y salí fue trasquilada.

Como dos meses después de todo esto que le cuento, salió Rozo por allá por los lados de La Esperanza, a donde unos hermanos de apellido Contreras a palabrear con ellos la cogida del arroz, porque ellos siempre le ayudaban. Dizque allá estuvo y después de hablar lo que tenían que hablar dizque se vino. El caso es que eran más de las diez de la noche y nada que asomaba. Yo comencé a pensar feo y a dar vueltas y vueltas para aquí y para allá en esa cama. Era que no me cogía el sueño y sí una sudadera y una opresión aquí en el pecho... que por nada me dejaba.

Eso yo oía ladrar perros; me parecía oír disparos, caballos que pasaban al galope, hombres que gritaban. Una noche terrible, mejor dicho. Por fin me vine a dormir. Yo creo que ya de madrugada.

Cuando aclaró me levanté, tomé café y salí para donde el compadre Alcides a ver qué aconsejaba; pero en esas llegaron los hijos de un señor Lisandro que tenía finca por los lados de La Hondonada. Desde que los vi me imaginé lo peor. Les leí en la cara que me traían malas noticias; y claro, uno de ellos, el menor, me dijo que lo habían encontrado a la orilla del camino, esa madrugada.

Yo creo que no había una sola parte del cuerpo donde no le hubieran dado un machetazo. Era difí... era difícil... hasta para mí, reconocerlo...

Perdone usted estas lágrimas, don Lucas. Mire cómo le volví su pañuelo... Déjeme yo ahora se lo lavo.

Por consejo de todos después del entierro, me fui para Ocaña, a donde la hija. A estarme allá unos días. Pero con esa pobre llena de hijos y con las necesidades que uno veía que pasaban, no me quise quedar por mucho tiempo. Como a las dos o tres semanas regresé y cómo le parece que encontré a gente de Orduz instalados en mi casa. Dizque eso no era mío ya. Que le pertenecía al viejo. Y mis cosas las habían arrumado todas en una enramada que habían hecho así, hacia un lado. Pues ahí, casi que a la intemperie tuve que dormir esa y algunas otras noches, hasta que vinieron el inspector y Orduz a echarme. Eso traían papeles dizque firmados por Rozo y todo; y hacían constar que le habían entregado la plata; con todo firmado por él y todo como debía ser. Bueno, el caso fue que al fin me echaron, porque ¡cómo no iban a ganar ellos!

Ahí sí que comenzó, como se dice, mi calvario. Eché a rodar de un lado para otro. Ya donde el compadre, ya donde la hija o donde alguna persona de buen corazón. Y en todas partes yo me acomedía, porque ¡cómo iba a convertirme en una carga! La gente comenzó a salir de sus propiedades. A muchos les pasó igual que a mí, otros regalaban por cualquier precio y otros cogían para donde podían con el fin de evitar más desgracias o pensando en salvar algo... La desbandada fue grande. ¡Yo para dónde cogía!

Eché a trabajar en una y otra cosa. En lo que se presentara, mejor dicho. ¡Cómo es la vida, Dios mío! hasta lavándoles la ropa a los trabajadores que venían de otras partes cuando esto se volvió una plantación de palma.

¡Cómo malhayaba yo por esos días no haber tenido aunque fuera otro hijo!, pero no ve que después de la hija quedé que no servía para nada.

Bueno, no sé qué más quiera saber señor... Don Lucas. Ese ha sido hasta ahora mi destino y quién sabe qué más me aguarde. Pero que se haga la voluntad divina, porque qué más, ¿no es cierto?...".

Cuando su voz comenzó a oírse presentando agradecimientos a María Aleyda, Lucas Pardo Alayón llegó nuevamente hasta la grabadora y detuvo la cinta. En el salón se levantó de inmediato una oleada de expresiones, toses y carraspeos que cambió en un rumor sordo el silencio que hasta el instante anterior había suscitado el relato de la campesina.

Ya dije que aquel día La Carreta se hallaba reunida en pleno, y esa era una de las primeras oportunidades que yo tenía de ver a todos sus miembros juntos. Los músicos, que habían hecho su ingreso al salón a último momento, retrasando algunos minutos el inicio de la sesión, fueron los primeros en abandonar sus asientos para estirar las piernas y los brazos, y desentumecer todo el cuerpo. Como acostumbraban a sentarse en el mismo sector, el vacío que formaron en sus nueve sillas parecía indicar que la reunión se había terminado.

Los tres titiriteros, que en aquella ocasión se encontraban también en sitios aledaños, reiniciaron una discusión que los había ocupado durante casi dos horas y que habían suspendido para dar paso a la reunión general, sin haber logrado conciliar en ninguno de los puntos.

Juan Darío Urrea sin desaprovechar ni un solo momento el desorden, saltó de inmediato a su pequeña oficina desde donde manejaba la parte administrativa del grupo. Él siempre estaba atareado solucionando problemas financieros, dándole la cara a los acreedores, organizando alguna temporada, alguna gira; solicitando en alquiler una sala, pidiendo un sobregiro a los bancos y atendiendo mil cosas más de ese orden, que estaban bajo su responsabilidad.

En ese mismo instante casi todos los actores también se disgregaron. Unos fueron hacia los baños, otros a aprovisionarse de cigarrillos, algunos a tomarse un café o a llamar por teléfono y uno que otro salió al patio con el único fin de cambiar de aire.

Gustavo Adolfo Lince había formado espontáneamente un corrillo en el que se encontraba Jorge Enrique Truque, que como caso excepcional había acudido a aquella reunión. Truque se había forjado ya una reputación como dramaturgo en el ámbito nacional y se permitía cierta laxitud en sus relaciones con La Carreta, consciente tal vez del régimen especial con que las manejaba Lince; manejo, que por otra parte, contrastaba en forma abismal con la inflexibilidad que aplicaba en sus exigencias a los demás miembros del grupo. El caso es que con Truque, René Mendoza, dramaturgo también, y Ernesto Mallarino, el más viejo de los directores y Lince intercambiaban comentarios respecto de lo que acabábamos de oír, cuando de repente se puso a gritar: ¿Qué pasa, carajo? ¿Dónde están todos?... ¿Quién levantó la reunión?... Y continuó gritando y zapateando con su pie derecho hasta cuando vio que actores, músicos y titiriteros regresaban presurosos a ocupar sus puestos, incluso aquellos que no habían tenido el tiempo suficiente para hacer lo que se proponían cuando dejaron el salón.

Estando en el corrillo Lince había visto de reojo que Pardo Alayón había sacado el cassette que habíamos venido oyendo y lo había reemplazado con otro; se dio cuenta también de que adelantando y atrasando la cinta por fin había logrado ubicarla en el sitio que buscaba y estaba listo para continuar. En ese momento fue que comenzó a gritar y a zapatear y uno no podía saber si realmente estaba iracundo o fingía estarlo, sobre todo cuando dijo con una serenidad inusitada, una vez que vio que todos habían vuelto a ocupar sus sitios: "Bueno, continuemos que esta vaina está buena". Y se frotó las manos con más energía de la necesaria.

En esta ocasión la cinta reprodujo una voz aguda, pero firme y sonora que empezó diciendo:

"Yo, como ya le había dicho patrón, llegué aquí entre los primeros. De esto hace ya... ¡uh! calcule usted, si todavía no se habían comenzado a recoger ni las primeras pepas.

Me acuerdo que llegamos en un camión, una tracalada, que salimos de El Socorro, más dos o tres que se unieron por el camino. Eso nos trajeron como a ganado; pero con la necesidad, el ansia de trabajar y lo ilusionados que estábamos ni sentimos el viaje. Claro, a El Socorro llegaron a prometer cielo y tierra: que buenos sueldos, que vivienda, que primas, que prestaciones, que esto, que lo otro, que lo de más allá y que lo de más acá; total... calcule usted. Eso fue así la gente que se enganchó, patrón. Yo, de pingo al fin y al cabo, porque ¡quién me mandó! ¿Luego es que no había otro destino para mí?

La cosa es que yo por aquellos días andaba, como dicen, entusado. La mujer que yo quería con todo mi corazón, como dice la canción, me había despreciado. Calcule. Mejor dicho, prefirió quedarse con un viejo a quien decía no poder ver, pero que tenía platica de la buena, eso sí.

Yo, patrón, soy propiamente de San Gil, pero acabado de criar, digamos, en El Socorro; y desde que llegamos a establecernos allí, la conocí. Porque ellos vivían, digamos allá y nosotros, como decir, aquí. Vecinos, vecinos toda la vida, mejor dicho. Eso fue llegar no más y ser amigos en seguida. Al día siguiente ya andábamos para un lado y para otro jugando aquí y allá, como si hubiéramos sido amigos desde siempre, calcule usted. Así fuimos creciendo, entre juegos y diversiones y sin que ni ella ni yo nos diéramos cuenta, poquito a poco nos llegó el amor. Eso era que no queríamos sino estar juntos a toda hora. Teníamos los mismos gustos y las mismas aficiones. Que yo recuerde, creo que nunca estuvimos en desacuerdo, calcule. Llegado el momento, inclusive, hicimos planes para el futuro, porque la cosa iba en serio, patrón.

Ya por esos días yo me ganaba la vida jornaliando, porque hacía rato se había acabado lo poco que nos quedó cuando salimos de San Gil huyendo para salvar el pellejo. Y aunque no mucho, algo se conseguía. Ahí íbamos paso a paso. Un poco apretados, pero ahí íbamos. De pronto fue que todo lo enredó la fulana, perdone usted patrón, pero su nombre no lo volví a pronunciar, ni la volveré a nombrar mientras viva. Decía que todo lo enredó aquella cuando de un día para otro le dio por casarse con el viejo ricachón que hacía rato la requería.

Yo me iba chiflando y andaba como con ganas de hacer algún disparate, pero por esos días comenzó a oírse lo de la plantación de palma y sus halagos. Para mí era la forma de salirme del infierno en que me hallaba, ¿sí o no? Calcule. Y sin pensarlo de a mucho me fui a apuntar en la lista de los que se querían enganchar. Yo fui uno de los primeros. ¡Por Dios! Hice lo que había que hacer calladito, sin decirle nada a nadie, y el día que nos vinimos, cuando me subí al camión me dije para mis adentros, me hice la promesa de no volver hasta que estuviera en una mejor condición. Y hasta el día de hoy nadie me ha visto por allá. Aunque a veces pienso, patrón, que es una forma de castigarme a mí mismo. En fin, Dios sabrá.

Bueno, la cosa es que llegando aquí, patrón, me di cuenta del error que había cometido. No sólo yo. Creo que de todos los que veníamos no hubo uno que no pensara lo mismo; pero yo ya no me podía echar para atrás. Cómo le parece, patrón, que de estar ganado quince pesos diarios, porque a eso estaba ya el jornal, vinimos a ganar aquí únicamente nueve. Esa no más era una razón suficiente para no continuar, sin contar lo de la tal vivienda que resultó no ser más que una especie de cambuche donde dormíamos todos regados en el piso y casi a la intemperie, expuestos a toda clase de plagas; ¡porque sí abundaban, Dios mío! Algunos se regresaron. Los menos bobos, digo yo.

Eso la gente de contado echó a enfermarse. Unos de paludismo, otros de disentería, porque la única agua bebible era la que había en un aljibe lleno de sapos y ranas y cuanto bicho se pueda imaginar. Muchos fueron víctimas de las culebras. ¡Porque era que había en demasía! Y el clima, patrón. ¡El clima! Es que treinta y siete o treinta y ocho grados no son cualquier cosa, y más para el que no está acostumbrado.

Pero las semanas y los meses comenzaron a pasar, y yo de soberbio aguante y aguante hasta que terminé acostumbrándome. Es que no podía regresar derrotado, patrón. ¡Cómo hubiera sido! Calcule. Total que todas las que he pasado yo mismo las busqué.

Andando el tiempo comenzaron a hablar de sindicato. Que a ver si mejorábamos, que nos teníamos que unir, que teníamos que exigir y todos esos cuentos de ellos, usted sabe, patrón. Yo no fui a ninguna de esas reuniones; a mí eso nunca me ha gustado. Fíjese, patrón, cuánto tiempo llevan pidiendo una cosa y otra: ¡años!... ¿Y qué han conseguido? Nada que valga la pena. O, algunos sí han logrado mejorar; pero ellos solos, los directivos. ¿Y a otros no los envainaron?... a ese tal Morelo y los demás de la junta directiva. Eso quién sabe en qué no se pusieron de acuerdo y terminaron así, vea: enfrentados. A lo mejor esos no se transaron con lo que les ofrecieron, sino que querían más. Tanta idera a Bucaramanga de mucho banquete, de parranda con mujeres y quién sabe qué más, mire en lo que vino a terminar. Eso es lo que han hecho con todas las juntas directivas. A eso es a lo que le llaman negociar. Quién sabe con estos en qué no pudieron compaginar, como dicen, y ahora están, como le digo, de punta. ¡Pobres pingos! Porque eso es como pelea de tigre con burro amarrado. ¡Pero eso sí, quién les manda!

Bueno, volviendo al cuento, yo poco a poco como que me fui olvidando de la que me trajo hasta aquí. Porque fue ella la que me hizo venir, ¿sí o no, patrón? Y entonces pasando el tiempo..............".

En ese momento se produjo un apagón que dejó el salón completamente en tinieblas, pues ya era de noche, y un ¡aaaah! general salió espontáneamente de la boca de cuantos nos hallábamos allí; pero antes de que se extinguiera por completo, El Enano, cantante y alma del grupo musical, chaparro macizo que no dejaba pasar oportunidad sin mostrar su guasería a la que tenía bien acostumbrado al grupo, dijo haciéndose el bravo: "No apague la luz, Martín. Suba el taco otra vez, ¡hombre!", y Lince que se lo creyó: "¡Qué es esta vaina, carajo!" y apoyó su estallido golpeándose los muslos con las palmas de las manos.

"¿Un apagón, no lo ve?", añadió El Enano distorsionando la voz, con lo que provocó risas y una respuesta aún más airada del director general, que por ningún motivo quería pasar de ingenuo: "Pues claro que me di cuenta que es un apagón; es obvio. Pero ¿por qué van a sabotear la reunión? Es un apagón nada más. Nadie ha levantado la sesión, anarquistas de mierda. Quietos todos que Elvira va atraer unas velas", y dirigiéndose a la aludida con tono meloso: "Vaya a ver mijita, no se demore", tono diametralmente opuesto al que usaba cuando comúnmente se dirigía a ella; y para despejar cualquier duda agregó: "La reunión no se ha acabado. Quietos todos en sus sitios".

"¿Velas?... ¿Yo de dónde voy a sacar velas?", dijo Elvira risueña y nerviosa dentro de la mayor extrañeza, pues, como de costumbre, no acababa de entender.

"¡A mí qué!, ¡mire a ver qué hace!", explotó nuevamente Lince al verse sin aliado y tomando la pregunta para sí; de inmediato y dando por resuelto el caso se dirigió a Lucas: "Pardo, ¿falta mucho? ¿Hay algo que podamos hacer sin luz?".

—Realmente no es mucho lo que falta. Creo que yo podría contarles lo demás —respondió Pardo y agregó como para él—: Eso me lo sé de memoria, prácticamente.

—Y qué esperamos, entonces —volvió a intervenir Lince mientras hacía sonar las palmas de sus manos una contra otra y dando un mayor volumen a su voz, buscó acallar los diferentes rumores que se levantaban por todo el salón—. ¡Silencio que Lucas va a continuar con el relato, el testimonio que veníamos escuchando!

Él se sabe esta vaina de memoria —quiso informarle a los demás lo que ya todos sabían—. Bueno, ¡dele a ver!

Sí... —empezó diciendo Lucas—, lo que viene a continuación es prácticamente un reconto de la vida afectiva de Chucho. Chucho se llama —aclaró— el compañero que estábamos escuchando. Su relación con la empresa, que es lo que nos interesa, ya ha quedado planteada, y podemos ver a través de sus palabras...

—Los comentarios dejémoslos para después ¡hombre! —interrumpió Lince bruscamente, que no acababa de reponerse de la incomodidad que le produjeran las respuestas de Elvira—, lo que importa son los hechos, lo que el tipo cuenta. Concrétese a eso, Pardo, o no vamos a acabar nunca. Deje esa maldita costumbre de hacerle comentario a todo ¡hombre!

—De acuerdo, de acuerdo —acotó Lucas bajando considerablemente la voz y como diciéndose a sí mismo susurró: "Don't worry, don't worry". Era corriente oírle expresiones en inglés. Alguien contó alguna vez que le habían enseñado a leer y a escribir antes en inglés que en español, por orden expresa de su padre.

Luego sin pausa alguna se entregó a contar que, pasando el tiempo y sin que él mismo lo advirtiera, Chucho terminó por acostumbrarse a su nueva vida:

—Evitando al máximo todo tipo de relación que estuviera al margen de las estrictamente laborales y manteniendo apenas, digamos... una fría y distante cordialidad con sus paisanos de San Gil y sus viejos conocidos de El Socorro, dizque cayó en un aislamiento que lo excluía del juego de cartas en las noches, de las bebetas de los sábados, del juego de tejo, de rana o de los dados de los domingos, y en general de cuanta actividad que involucrara a sus coterráneos, pues nunca le faltó, eso sí, una buena disculpa, viendo a ver si podía echarle tierra a aquel asunto, "unforgivable". Mejor dicho, el hombre no quería nada de nada —dijo finalmente Lucas Pardo y celebró la conclusión a la que había llegado con esa forma ruidosa de reír que tenía; uno se lo podía imaginar aquella noche echado hacia atrás con los labios rígidos y entreabiertos sacudiendo apenas la cabeza en un gesto reiterativo, ya que era experto en hallar en cuanto decía, motivos de hilaridad que sólo él podía advertir—. Pero como su propósito no era estar solo —continuó— sino lo más alejado posible de todos aquellos que de alguna forma pudieran traerle a la memoria a la que quería olvidar, optó por hacer una que otra incursión al pueblo. Incursiones que a medida que se fue afianzando la amistad con una fulana de un bar, "a waitress", se hicieron más frecuentes.

Rubiela se llamaba la copera. Ruby la llamaba Chucho y dice que era una mona ni bonita ni fea, pero que fue su salvación.

A ver: parece que el tipo ya estaba desmoralizado. Claro, el aislamiento y las condiciones en que vivía y trabajaba lo estaban haciendo pensar seriamente en regresar a El Socorro —acotó Lucas que no renunciaba definitivamente a los comentarios—. La tal Rubiela, entre paréntesis, yo me la imagino como la mona esa que trae las empanadas aquí... —dijo Lucas y su propia risa le impidió continuar; pero para todos fue claro que aludía a una mujer de unos treinta años o más, no gorda del todo, que se forraba en unas faldas cortas y estrechas que le daban un toque vulgar sin hacerle perder cierto atractivo sensual que tenía. Ella aparecía de vez en vez a media mañana irradiando frescura con el pelo aún mojado y una canasta de empanadas que vendía al menudeo entre los actores y se permitía con todos un trato confianzudo y suspicaz, yendo en sus respuestas más allá de lo que se pudiera esperar. Con su voz cálida respondía de inmediato con desparpajo y picardía a las bromas y piropos que en charla le solían lanzar. Ya casi al final de su risa prolongada, Pardo volvió a empalmar la historia—, ...decía que la tal Rubiela fue su salvación, según él, porque desde la tarde sofocante de domingo en que por primera vez llegó Chucho al lugar, la fulana lo había atendido a todo dar. La mujer, tal vez, fue deferente y simpática, tanto que él de inmediato se animó a solicitarle que lo acompañara y ella aceptó complacida. Fue una tarde de pocos clientes en el bar, como en todos esos bares y cantinas de los pueblos a la hora de la siesta; eso les había permitido hablar a sus anchas de cuanta cosa se les ocurrió. Ya al anochecer había aumentado un poco la afluencia de parroquianos; pero, dizque ella siempre regresaba después de atenderlos a reanudar con entusiasmo la conversación que interrumpían forzosamente. Parece que, al promediar la noche, de mutuo acuerdo, cediendo digamos... al dulce deseo que hacía rato los aguijoneaba por igual, decidieron ir a pasar lo que faltaba de la noche en la casa de ella. Mejor dicho no aguantaron más —dijo Lucas queriendo hacer una síntesis y se echó a reír con ganas. Le tomó demasiado tiempo poder controlar su risa para continuar diciendo que según su descripción era una casa amplia de una sola planta con un patio grande y un solar extenso donde siempre ondeaban, sobre cuerdas tendidas de lado a lado, prendas femeninas y en ocasiones tal cual camisa de hombre. Sobre un costado del terreno se alineaban seis o más habitaciones ocupadas por otras tantas colegas de Rubiela; luego había un cuarto de baño de uso común y un poco más atrás una cocina espaciosa con una gran estufa de carbón que nadie había vuelto a usar.

Dizque al poco tiempo, dos o tres veces a la semana iba a amanecer con ella; aunque casi en seguida había advertido que lo que más disfrutaba no era el sosiego que hallaba en su compañía, ni el calor del afecto que ella le brindaba; tampoco el placer que como mujer le ofrecía en las noches ardientes que solían pasar, y eso que la tal Rubiela al parecer era una maromera de las más versátiles, sino una grata sensación de individualidad y seguridad que experimentaba por el simple hecho de despertar bajo un techo confiable. Esa mediana privacidad y esa semiestabilidad, junto con algunos otros beneficios de orden práctico derivados de esa relación de pareja, como el tener ropa limpia, tal cual comida casera y uno que otro programa con calor de hogar, como el de perecear la mañana de un domingo hablando de cualquier cosa o viendo la tele, hicieron que Chucho se apegara a ella. Y aunque no la quería, al principio quería quererla. Sin embargo, muy pronto supo también que sus esfuerzos en esa dirección serían inútiles y entonces optó por aceptar los hechos como venían, atribuyéndoselos a la ley de la compensación. Esa gente no se complica —acotó Lucas y volvió a reír exageradamente.

Cuando logró controlarse continúo diciendo que el hombre creía que de esa manera la vida le retribuía sus sufrimientos pasados y cuando algún sentimiento de culpa surgía en su interior, lo despachaba de inmediato diciéndose que él también había amado honestamente una vez sin ser correspondido y listo. En la oscuridad se oyó el roce de las palmas de sus manos como queriendo quedar completamente limpias—. Incluso los pequeños gastos que en principio había asumido Chucho, como contraprestación, bien pronto empezó a cubrirlos ella, que nunca le exigió nada.

Algunos meses transcurrieron sin sobresaltos en sus amoríos. Rubiela parecía haber franqueado las puertas del cielo y contrariando sus costumbres, idealizaba los hechos tomándolos sin ninguna objetividad y más bien acomodándolos a como deseaba que fueran. Estaba viviendo un romance excepcional y definitivo, a lo cual contribuía el no haber tenido nunca ni el menor indicio del desamor, que Chucho con habilidad relegaba a su fuero interno. Él, por su parte comenzó a tomarse como el más listo entre sus semejantes y en consecuencia dio en ver a sus compañeros con ojos desdeñosos. Se extrañaba del alto precio que los demás tenían que pagar, ya fuera en lo económico o en lo sentimental, por un poquito de lo que a él sin ningún costo le daban de sobra.

El tiempo pasaba sin modificar en nada sus vidas, ya que ellos en nada querían modificarlas, hasta que un domingo de abril, en que cumplía años la mamá de Rubiela, decidieron viajar a Aguachica aprovechando la ocasión para que Chucho la conociera. Pues bien, allí no sólo conoció a la suegra, sino también a Aracely, una hermosa chica, hermana menor de Rubiela, que andaba por los dieciocho o diecinueve años y de quien quedó irremediablemente enamorado desde el primer momento.

El domingo siguiente, pretextando un viaje al que supuestamente lo enviaba la empresa, cayó por allí sin que Ruby se enterara. Esa y otras dos citas subrepticias fue todo lo que necesitó para convencer a Aracely de que se fuera con él. Eficiente, ¿no? —comentó Lucas antes de dejar oír su risa nuevamente y luego continuó diciendo que libre de toda sospecha y sin ninguna explicación aprovechó la primera oportunidad que se le presentó para llevarse, en ausencia de Rubiela, las pocas pertenencias que tenía donde ella y se instaló con la otra en un cuartucho que había rentado algunos días antes. Allí, libre también de todo remordimiento, ya que justificaba su acción diciéndose que a él también lo habían traicionado una vez, se entregó en cuerpo y alma, a levantar su hogar...

En este punto al encenderse de nuevo los bombillos el relato quedó interrumpido.

Juan Darío Urrea, que de muy cachaco y fino de vez en cuando se salía para permitirse una broma, fingía dormir en su sitio en una posición inverosímil para hacer más evidente el chiste. Su humor, con el que de vez en cuando solía sorprender al grupo, recurría muy poco a las palabras. Sus chistes eran más para ver que para ser oídos. Al iluminarse el recinto, Juan Darío parecía dormir profundamente. Se diría que por efecto del sueño poco a poco se había ido deslizando de su silla hasta quedar apoyado en la parte superior de su espalda; la cabeza caía incómodamente sobre su pecho presionada desde atrás por la parte inferior del rígido espaldar de la silla. Sus brazos completamente desgonzados caían a los lados. Sus piernas se apoyaban pesadamente, una en el regazo de Amalia y la otra en el muslo de Ramiro, a quienes les había correspondido sentarse a derecha e izquierda respectivamente, y aunque buena parte de su cuerpo pendía incómodo y arqueado en el aire, la expresión de su rostro aparentemente dormido era de una placidez y un confort inequívocos; y aunque le faltaba un zapato y llevaba la camisa desabotonada y por fuera, el pantalón tan escurrido como el de Cantinflas y las gafas sobre el bigote, cualquiera diría que dormía tan plácidamente como el bebé más sano. En esa posición permaneció hasta que consideró que lo habían visto todos. Se tomaba tiempo preparando sus bromas y se cuidaba bien de que no pasaran inadvertidas para nadie.

Lince celebró la ocurrencia y rió de buena gana cuanto quiso; pero de repente, sin ninguna transición regresó a su sitio y dijo:

—Bueno, siéntense que vamos a continuar. Se acabó el recreo —y dirigiéndose a Pardo—, ¿falta mucho, flaco?

Cuando todos ocuparon de nuevo los puestos que habían dejado para ver a Urrea, y una vez aplacadas las risas y los comentarios, Lucas respondió:

—Prácticamente eso es todo—. Hizo una pausa, era evidente que estaba revisando su archivo interior para no permitir que algo importante se le escapara. Por último afirmó—: Sí, creo que eso es todo. En seguida el hombre cuenta resumidamente cómo vinieron los hijos poco a poco. Dice que se sintió con raíces en el lugar y que se estableció definitivamente. Con eso termina. No sé si hay algún comentario o si pudiéramos pasar ya a lo otro.

Lince reaccionó como un resorte:

—¿Qué es lo otro?

—Pues…, todo lo que tiene que ver con el sindicato y la empresa. El conflicto que se dio y el juicio que les siguieron a los de la junta directiva. Lo que yo considero la parte central de todo esto…

—Hombre, pues vamos a eso —propuso Lince con vivacidad y fingiendo, como solía hacerlo, cierto grado de extrañeza—. ¿Qué esperamos para pasar a esa parte que es quizá la de mayor interés? ¡Ah! Pero un momentico —y como si justo en ese momento hubiese recordado algo, habló para todos—. En cuanto a los comentarios, claro que los hay, mejor dicho, tiene que haberlos. ¿Oyeron? Aquí nadie pasa de agache. Nadie va a quedarse con la jeta callada. Todos, absolutamente todos tienen que opinar —y de enfático pasó a condescendiente—. Bueno, pero eso será al final. Por ahora terminemos de oír la exposición.

De nuevo sorbió con energía aire por la nariz y con un ademán le pidió a Lucas que continuara. Pero Lucas Pardo en vez de continuar se incorporó y en su sitio, ya de pie, bostezó mientras estiraba lentamente los brazos a lado y lado; luego se empinó y por un instante quedó parado sobre la punta de sus pies; cuando descendió dijo:

—Voy al "pipirum"—, y se dirigió a la puerta.

Lince se apresuró, entonces, a dar la contraorden: "Cinco minutos de descanso".

Quince minutos más tarde, cuando casi todos habían regresado a ocupar sus respectivos puestos, Lucas Pardo dijo que en seguida haría un recuento del paso de Alejo Morelo por la Empresa de Industrias Agrícolas El Palmar, de cuyo sindicato llegó a ser presidente y cargo desde el cual fraguó y llevó a cabo el asesinato del jefe de personal, doctor Álvaro Augusto Hernández, según acusaciones de la empresa.

Anticipó que la historia aunque resultaba coherente era superficial; que adolecía en muchos tramos de información precisa y estaba llena de lagunas y meandros; pero que con todo y eso, dijo, la daría a conocer tal como la logró hilvanar a partir de múltiples testimonios de personas que conociera en un segundo viaje que hizo a San Alberto y en otros posteriores que lo llevaron a Valledupar y a San Juan de Pasto, como también de la juiciosa lectura de los expedientes a los que accedió gracias a los abogados que tuvieron que ver con el caso.

Hechas estas salvedades, se entregó a contar que Alejo Morelo llegó a la región de San Alberto en 1960, acompañado de un tío suyo con quien saliera de casa en busca de un mejor destino.

Era la primera vez que se alejaba de Bolívar, una pequeña vereda en la provincia de Vélez, donde había nacido casi veinte años atrás.

En principio, dizque aceptaron enrolarse de jornaleros en una finca más pequeña que grande, conscientes de que era una solución coyuntural, pues su anhelo era enganchar en una empresa que les brindara mayores garantías, les pagara prestaciones sociales y les ofreciera alguna estabilidad.

En aquella finca, como era fácil suponer, no permanecieron mucho tiempo, pues de pregunta en pregunta antes de cumplir la primera semana llegaron a saber que en Hipilandia, una plantación de palma africana, estaban recibiendo personal y antes de lo que pudiera esperarse se presentaron a un señor apellidado Parra, quien con el aval de ser de filiación política conservadora los contrató de inmediato.

Durante algún tiempo Alejo estuvo yendo de un oficio a otro hasta desempeñar todos los posibles para un trabajador no calificado en aquella empresa; luego logró cierta estabilidad como operador de motosierra y andando el tiempo adquirió fama y destreza de buen motosierrista. En total fueron cuatro años al servicio de Hipilandia, tiempo en el cual consiguió muchos amigos, conoció a su primera esposa, nacieron sus dos hijos mayores y surgieron no pocos compadrazgos.

Al cabo de ese tiempo mal aconsejado por un compadre decidió establecerse en Bucaramanga, donde permaneció por un año largo trabajando para un veterinario de nacionalidad peruana, propietario de una modesta granja avícola, quien terminó exigiéndole disponibilidad las veinticuatro horas del día y pagándole la mitad de lo que le había prometido.

Parece que no pasaba día sin que Alejo lamentara el haber dejado su anterior trabajo; pero el orgullo no le permitía volver a Hipilandia, de donde salió por su propia decisión.

Una tarde en Bucaramanga, cuando regresaba de traer unas bolsas de permanganato de potasio que le mandó comprar el peruano, para purificar el agua que bebían los pollos, casualmente se encontró en plena quince con treinta y cinco a Diomedes Carvajal, un antiguo compañero de trabajo en Hipilandia que por entonces laboraba en la Empresa de Industrias Agrícolas El Palmar, donde según él, estaban necesitando operadores de motosierra.

La mala voluntad que desde meses atrás le había cogido a su patrón, la reciente separación de Alicia su mujer, la nostalgia por el verde y ese visceral placer que sintió siempre ante una extensión de tierra labrantía, fueron más de lo que necesitaba para que no hiciera ninguna objeción a la propuesta de Diomedes de salir a la mañana siguiente para San Alberto. Así que, una vez más siguiendo los consejos de otro, le dio un giro a su vida.

En aquella ocasión tuvo que presentarse a un holandés que tenía a su cargo contratar el personal de campo en la empresa agrícola El Palmar.

El pelirrojo holandés, que no se atenía más que a los hechos, después de escuchar a Alejo contarle todo el relato de su experiencia en Hipilandia, le dijo:

—De todas formas, debo hacerte una prueba— y saliendo de la

oficina echó a andar hacia el campo.

Alejo se quedó donde estaba, esperando que el otro regresara. Treinta o cuarenta pasos alcanzó a andar el holandés antes de advertir que hablaba solo; entonces se detuvo, giró, se llevó un dedo a la boca, chifló, le hizo una señal a Morelo para que fuera con él y reanudó la marcha. El extranjero caminaba muy de prisa y por más que Alejo se esforzaba por reducir la distancia entre los dos, no logró alcanzarlo. Por fin, después de unos veinte minutos de ir casi trotando detrás del holandés, lo vio internarse en una arboleda cuajada que se levantaba a un lado del camino, y a poco de allí detenerse en un claro que tiempo atrás alguien había formado en medio de los árboles.

Un hombre en demasía acuerpado, de unos treinta y cinco años esperaba sentado en el suelo. A su lado resplandecía bajo los rayos del sol una motosierra. Cuando el hombre vio al holandés se puso en pie de inmediato y lo saludó con respeto reverencial; pero su saludo no obtuvo respuesta alguna porque el holandés, que parecía estar apurado a todo momento, prefirió ir al grano.

—Necesito tu motosierra para hacerle una prueba al amigo —y sin esperar respuesta le hizo una seña a Alejo para que cogiera la herramienta. Morelo apenas tuvo tiempo de agacharse y levantar la motosierra para no quedarse rezagado del extranjero que ya se dirigía a los árboles.

—Éste, quiero que derribes éste —dijo frente a un grueso samán que se elevaba quince o más metros por encima de ellos; pero de inmediato se alejó como buscando otro y cuando lo halló se apoyó con el brazo extendido en un caracolí y corrigió—: Mejor éste.

Alejo se cercioró de que la máquina estuviera en buenas condiciones, eligió el sitio donde caería el tronco, prendió la motosierra y sin más ni más comenzó a hacer un corte horizontal. Trabajaba concentrado sin mirar más que la línea que iba formando la hoja dentada en la madera húmeda; cuando llegó al centro del tronco retiró la sierra por el mismo camino que acababa de hacer y sin apagar el motor se dirigió al lado opuesto del árbol donde sacó un bocado en forma de cuña que practicó con dos incisiones precisas; finalmente apartándose a una distancia prudente lo empujó con su brazo provocándole la caída por su propio peso. El árbol se inclinó lento al principio y luego se vino abajo produciendo un estruendo apoteósico y un crujir de ramas que como fustas golpearon la tierra.

Cuando todo quedó nuevamente en silencio Alejo giró hacia el holandés y el que los había esperado en el bosque, que atentos desde el principio no habían perdido uno solo de sus movimientos, dos o tres pasos atrás.

—Eres en verdad bueno —dijo el pelirrojo plenamente convencido y con alegría de niño. Luego agregó—: Pero no puedo darte sierra... porque no hay sierra. ¿Aceptarías trabajar como ayudante de Fajardo? —y señaló al grandulón.

—Acepto —dijo Alejo fiel al aforismo: "Del ahogado el sombrero" y no dejó entrever su decepción.

—Bien... —repuso el patrón —. Fajardo, este será tu ayudante. Sigue en lo que estabas cuando te hice llamar —dio media vuelta y sin más instrucciones emprendió el regreso dejando solos a sus subordinados.

Según Lucas Pardo, dos semanas más tarde, después de que el holandés tuviera diferentes oportunidades de ver en acción al nuevo ayudante, admiró su habilidad hasta el punto de llegar a trocarle el cargo con Fajardo, y dizque en menos de lo que Morelo imaginó se encontró con sueldo de motosierrista.

Todo esto sucedía a mediados de 1965, y antes de que terminara el año Alejo Morelo ya era amigo personal de los diecisiete integrantes de la cuadrilla de motosierristas y de sus respectivos ayudantes, de algunos empleados de oficina y de una gran cantidad de obreros de otras dependencias.

En mayo del año siguiente cediendo a la reiterada invitación de un colega, asistió con desgano a una asamblea de informes del sindicato, durante la cual cooptarían para nombrar un miembro de la junta directiva fallecido recientemente.

Ese día un número importante de obreros copaba en forma inusual las tres cuartas partes del galpón de zinc y piso de cemento con rojo mineral del salón sindical de Grasol. Los asientos eran notoriamente escasos y Alejo, de pie en la parte posterior del recinto soportaba la intervención del presidente del sindicato, que desde hacía más de una hora venía tratando de hacerles ver lo beneficioso que resultaría para el sindicato llevar a cabo su propuesta de darle una serenata al señor Mariano Peñarete, subgerente de la empresa, y a su dignísima esposa con motivo de su octavo aniversario de casados, próximo a celebrarse.

Morelo creyendo haber cumplido con la cortesía se despidió del colega que lo invitara y se disponía a dejar el lugar, pero el rumor y las chanzas que levantaban los bromistas a su paso provocaron el enojo del orador.

—Infortunadamente hay compañeros que cuando se dignan asistir a las reuniones lo hacen con el único fin de sabotear. Esperemos que el compañero se retire para ver si podemos continuar.

Los bromistas tomando como una licencia lo que acababan de oír abrieron las compuertas a sus burlas.

—Déjalo buscar el baño que está purgado —acotó alguien levantando un tanto la voz y mirando en otra dirección para no ser identificado.

—Déjalo salir que tiene la novia esperando —agregó un moreno bigotudo y alto que había entrado en bicicleta y había permanecido todo el tiempo sentado en ella; mientras hablaba, describió con una mano un círculo amplio frente a su barriga.

—No lo retengan que en la casa lo deben estar aguardando con lo del desayuno.

Y alguien complementó:

—Claro porque como anoche no llegó

Y otro:

—No ve que tenía asamblea con las fulanas.

Y uno más:

—Y de allí no se va hasta que lo echan.

Cada ocurrencia acrecentaba las risas y el alboroto, que terminaron por instalarse definitivamente en el recinto haciendo imposible que la asamblea se reanudara, con lo cual se consiguió hacer entrar en ebullición la ira del presidente sindical.

—¡Compañeros pido una moción de orden!
—Es intolerable, compañeros, que se acuda al sabotaje para evitar que una proposición sana prospere —cuando advirtió que su explosión surtía efecto, quiso aprovechar la oportunidad para poner la situación a su favor recurriendo a un viejo truco que manejado con habilidad siempre le había resultado eficaz: Los haría sentir culpables para que no dijeran no a su propuesta—. ¿Por qué no podemos, pregunto yo compañeros, distencionar un poco la tirantez que existe entre la empresa y el sindicato? ¿Por qué no podemos aclimatar la paz y hacer más armónicas nuestras relaciones?... Esto sin lugar a dudas nos permitiría llegar más rápidamente a acuerdos para el bien de todos. Pero veo que hay interesados en que las cosas no sean así. Hay intereses mezquinos que pretenden enfrentarnos a toda costa. Sería bueno escuchar sus argumentos. Sería bueno que nos expusieran sus razones. Sería bueno, compañeros, saber por qué no podemos actuar civilizadamente. ¡Que hablen, pues! ¡Que se manifiesten sin miedo los enemigos de la paz y la convivencia! Que nos digan de una vez por todas por qué debemos permanecer indefinidamente enfrentados, en vez de trabajar mancomunadamente por el bien de todos; por el bien de nuestras familias, por el bien de nuestra empresa, por el bien de nuestra región, ¡por el bien de nuestra patria!

Con estas palabras, que pronunció en tono airado, logró el presidente no sólo restablecer el orden, sino que llegó incluso a intimidar a su auditorio, cosa que le satisfizo, y después de una pausa en la que el silencio fue más pesado que unos coturnos de plomo, como se dice en el medio teatral, retomó envalentonado su discurso para llegar a donde se proponía.

—Y sepan de una vez que se equivocan del todo quienes piensan que sembrando el caos y la anarquía van a impedir la acción del sindicato, como en otras oportunidades. Porque es bueno, compañeros, que se sepa que nuestras conquistas no han sido mayores precisamente porque algunos enemigos del movimiento han logrado infiltrarse para frenar nuestra lucha. ¡Pero esta vez no pasarán! Porque todos vamos a estar atentos para detectar y desenmascarar a esos enemigos de los trabajadores, a esos enemigos de la empresa, a esos ¡enemigos de Colombia!

Hay que afinar los sentidos para descubrirlos y denunciarlos sin temor alguno. Sí, compañeros hay que denunciar a todo aquel que hable mal de nuestro sindicato o de su junta directiva. Compañeros, tenemos enemigos; pero afortunadamente esos enemigos ya se están dando a conocer. Son personas que calumnian y quieren desprestigiar al sindicato y su junta directiva; personas que no dan la cara, que no asisten a las asambleas ni exponen claramente lo que piensan, pero que hablan en corrillos solapadamente. Con la ayuda de todos ustedes, compañeros, esos enemigos del sindicalismo ¡no pasarán!

Las palabras del presidente del sindicato de Grasol fueron recibidas con un aplauso unánime de los demás miembros de la junta directiva y uno que otro obrero del auditorio que se les sumó.

Alejo Morelo, que desde que comenzó a oír la reprimenda sintió en sus adentros cómo las partes de un mecanismo se movían y las ruedas dentadas de unos piñones querían ponerse en marcha, en cuanto terminó el último aplauso abrió la boca para dejar fluir las palabras, que de lo contrario hubieran brotado violentamente por sus poros; y en una actitud desconocida en él, se encontró hablando en público.

—Señores, yo creo... —empezó a decir con un deseo vehemente de poner las cosas en claro; pero sin saber lo que diría a continuación, entró en un silencio denso y bochornoso que de inmediato creó en él una desazón infinita, conjurada solamente cuando se le ocurrió ligar a lo anterior—: ...Creo que no voy a poder retirarme de aquí, aunque fuera cierto lo del purgante.

La risa general que provocó su inesperada salida hizo añicos la gravedad que se cernía en el lugar y el aire se tornó liviano y respirable. En adelante sus palabras parecieron no hallar obstáculo para dar forma a las ideas que se sucedían con rapidez.

—Con el respeto que merece el señor presidente del sindicato, me veo obligado a contradecirle en uno o dos punticos de los que trató. Yo, señores, como primera medida, no soy ningún enemigo del sindicalismo ni mucho menos de la patria o la paz, como acaban de tildarme, si no fue que entendí mal. Tampoco tengo yo, señores, la más mínima culpa de que el sindicato no haya logrado poner fin al régimen de contratistas, acabar con los despidos, solucionar el problema de las viviendas, mejorar el servicio médico o aumentar en algo que valga la pena los sueldos, por el simple hecho de que yo no asista a las asambleas, hable en corrillos, como todo el mundo lo hace en esta empresa, no mal del sindicato, sino de lo que es la realidad; o porque haya querido hoy salirme de la reunión. ¿Será que el señor presidente me está confundiendo con otra persona? O ¿será más bien, y me perdonan, que aprovechando el desorden que sin querer por mi culpa se formó, se van a lavar las manos, como se dice, y le van a echar el ganso al más pendejo?

Mi nombre, señor presidente, por si hay alguna confusión, es Alejandro Morelo, trabajo aquí desde junio del año pasado y hasta donde tengo conocimiento y les consta a todos no he hecho más que amigos en esta empresa y ninguna enemistad, que yo sepa.

Ya por último, si me exigen mi opinión, tengo que decir que no estoy de acuerdo con la propuesta serenata. Si algunos quieren hacerla, que la hagan. Están en su derecho; pero que lo hagan a nombre propio y con sus propios recursos. Que no se comprometa para esto al sindicato.

Bueno... eso es lo que yo pienso; pero creo que lo justo es que se someta a votación y que no se le dé tantas vueltas al asunto.

Cuando Alejo bajó el tono de su voz dando a entender que había llegado al final de su intervención, un aplauso entusiasmado ensordeció el salón y se oían repetidamente expresiones y gritos vivando al orador imprevisto.

Entre tanto, sobre la tarima donde se hallaban sentados los directivos del sindicato, Antonio Beltrán Potes, el presidente, paseaba su rechoncha figura; iba de un lado a otro tratando de sosegar con ademanes el entusiasmo del auditorio y aunque su intención era mostrarse afable e indulgente, la expresión de su grasienta cara de ahuyama sobre su cuello de rana contradecía rotundamente ese propósito. Su sonrisa falsa y congelada al igual que sus ojos desorbitados hablaban claramente de una excitación mayor que la de aquellos a quienes pretendía calmar. Pero todos sus esfuerzos fueron inútiles y solamente cuando la euforia llegó a su punto máximo comenzó a decrecer con la misma espontaneidad con que había ascendido y poco a poco retornó la calma.

Cuando Beltrán Potes consideró que su voz podría ser escuchada quiso arremeter de nuevo.

—El compañero Morelo se refiere a temas que no vienen al caso como son los despidos, el régimen de contratistas, la vivienda y algunos otros que mencionó; pero ya que tocó esos puntos yo quiero decirle que no debemos olvidar tampoco así no más los beneficios que bien o mal derivamos todos de la empresa. No debemos olvidar, compañeros, que muchos de nosotros ocupamos viviendas que nos proporciona Grasol; no olvidemos y agradezcamos más bien que tenemos una empresa que nos brinda la oportunidad de trabajar y que incluso ha permitido y apoyado este sindicato. No seamos desagradecidos, compañeros. Sin ir más lejos, yo los invito a que miren a su alrededor; este techo, estas paredes, estos enseres, todo esto ha sido conseguido con aportes de la empresa; total, compañeros que no podemos desconocer de plano las prerrogativas que Grasol nos brinda.

—Yo, señor presidente, jamás he sido un desagradecido ni pretendo... —comenzó a responder Alejo Morelo en tono más pausado, conociendo en esta ocasión sí, hasta donde llegarían sus palabras; pero súbitamente fue interrumpido.

—¡Un momento, compañeros!...

Era Trifulco Rojas, un morocho que se abanicaba constantemente con el sombrero vueltiao que sostenía en su mano izquierda y que venía insistiendo desde el comienzo de la última intervención de Beltrán Potes para que lo dejaran hablar; como su petición no fue atendida decidió no esperar más y subiendo al máximo el volumen de su voz lo interrumpió.

—... Yo veo que esta vaina se está convirtiendo en un diálogo entre los dos señores y así no vamos a ningún lado. ¿Por qué no dejamos el ping pong ahí y concretamos algo? Ya es mediodía y seguimos empantanados. Mejor dicho, yo propongo que decidamos de una vez lo de la serenata y pasemos al punto que nos falta. ¿De acuerdo?

Se dirigió a todos los presentes mirando a uno y otro lado; con ademanes que podrían parecer exagerados acompañó sus palabras y con movimientos amplios y desenfadados llegó a desplazarse algunos pasos en distintas direcciones, para retomar su sitio cada vez. Todo esto lo hizo con el mismo ímpetu con que mostrara momentos antes el entusiasmo que le produjeron las palabras de Morelo. Ímpetu, que por lo demás, mostraba en todo su vigor cada vez que la emoción lo anegaba y gracias al cual se había granjeado el apelativo de Trifulco.

El caso es que su propuesta no pudo haber sido más oportuna y suscitó un clamor de aceptación inmediato que nadie, ni el señor Beltrán podría soslayar. Los directivos, entonces intercambiaron comentarios allá entre ellos y luego por boca del presidente comunicaron su decisión de aceptar la propuesta. Cuando Beltrán Potes estaba dando las últimas instrucciones de la mecánica que se emplearía para la votación, Trifulco Rojas volvió a interrumpir.

—Yo creo, señores, que en vez de ponernos a pendejiar con una urna y papelitos en los que digan sí o no y tal; y con aquello de préstame tu esfero que no tengo y no sé qué más vainas que nos van a embrollar, lo mejor que podemos hacer, es decir: levanten la mano los que estén de acuerdo y luego los que no, punto. Y despachamos esa cosa así —terminó chasqueando los dedos y de inmediato se oyó el respaldo unánime de la asamblea. De nuevo los directivos entraron en conciliábulo allá en el estrado y el desorden se generalizó en la sala. Frases de apoyo a Trifulco Rojas se oyeron por todo lado hasta que Beltrán Potes se puso de pie frente a los asistentes, que fueron acallando sus voces poco apoco.

—Compañeros, hemos decidido aceptar la proposición del compañero Rojas y por tanto vamos a proceder en consecuencia.

El silencio, entonces, fue total.

—Compañeros, levanten la mano los que están de acuerdo con la serenata... uno, dos, tres, seis, ocho... Los compañeros que estén de acuerdo con la serenata que levanten la mano, por favor —repitió Antonio Beltrán vocalizando exageradamente, luego volvió a contar —uno, dos, tres, cuatro, seis, ocho... y como recordando algo alzó rápidamente su mano y dijo nueve; luego giró con agilidad hacia sus compañeros de junta directiva y exclamó: quince. Volvió a girar hacia la asamblea y con el brazo en alto comenzó a decir mientras iba de un lado al otro de la tarima—: Compañeros, no olviden que debemos limar asperezas con la compañía...

Pero Trifulco se dejó oír una vez más:

—Señor presidente, estamos en la votación y no en campaña. Total, que continuemos a ver si nos desocupamos hoy.

Risas generales y uno que otro aplauso. El presidente sindical ante la contundencia de los hechos bajó su brazo desconsolado y rabioso, y junto con él lo bajaron los demás. Luego con un desgano inocultable y únicamente por no contravenir las normas, enunció:

—Levanten la mano los que no están de acuerdo con la serenata.

Sin hacerse esperar, el otro noventa y siete o noventa y ocho por ciento de los asistentes levantaron la mano con vigor mientras subrayaban su acción con gritos de júbilo.

El presidente Beltrán volvió a ocupar su silla, que hacía rato había dejado y allí permaneció con un evidente malhumor que lo cubría desde los pies hasta la coronilla; mientras tanto se completaba el proceso de conteo y demás formalidades que quedarían consignadas en el acta de aquel día.

Pero el señor Beltrán Potes, que de bobo no tenía ni una onza en todos sus noventa y cuatro kilos, dejaba transcurrir tranquilamente los minutos sin intervenir en nada. Había comprendido casi en seguida que el manejo dado al caso Morelo además de inadecuado había sido inoportuno y se reprochaba su torpeza; pero ya habría tiempo para recuperar la credibilidad, reflexionaba. Lo hecho, hecho estaba. Ahora lo prioritario era ratificar a su compadre Isidro Bahamón, elegido a instancias suyas, por la junta directiva para ocupar el cargo disponible. Pero zorro, como era, sabía que en aquellos momentos cualquier iniciativa que partiera de él seguramente tendría el efecto del bumerán. Sin perder tiempo, entonces, hizo un ágil sondeo entre sus compañeros de junta viendo a ver si se podría posponer el punto hasta una próxima sesión. Ninguna objeción obtuvo de parte de ellos aunque todos se declararon inquietos por la forma en que justificarían tal decisión, ya que ese era prácticamente el punto central por el que se había citado la asamblea y nadie lo ignoraba. No sabían qué hacer. Ya por último, ante la ausencia de un argumento convincente, optaron por presentar los hechos de manera que parecieran ajenos al señor Beltrán y por consenso le asignaron la misión al secretario.

El salón de actos del sindicato de Grasol hervía en comentarios de una y otra índole y los minutos transcurrían sin que nadie advirtiera que se encontraban en un receso no declarado, hasta que el propio Beltrán Potes se incorporó para dirigirse a todos nuevamente.

—Compañeros, agotadas las proposiciones y si nadie tiene algo que agregar, me parece que podemos ocuparnos del último punto del orden del día aprobado para hoy —hizo una pausa y como nadie dijera nada, continuó—: Entonces procedamos. Tiene la palabra el señor Leopoldo Argote, secretario de la junta.

El secretario Argote eligió una hoja de una pila que tenía de ellas, se puso de pie y leyó, o hizo que leía.

—El día 5 de mayo de 1966, siendo las diez de la mañana, la junta directiva del sindicato de Grasol reunida en pleno... —aquí hizo una pausa y aclaró que el señor Antonio Beltrán Potes se había visto impedido para asistir a dicha reunión; pero que se había excusado debidamente manifestando estar de acuerdo con lo que la junta decidiera. Luego prosiguió—: ...Continúo... Reunida en pleno y teniendo en cuenta las innegables cualidades morales, así como las características de intachable activista sindical del compañero Isidro Bahamón, ha decidido llamarlo para que haga parte de la junta directiva de este sindicato.

Cabe destacar que el compañero Bahamón, dadas sus condiciones de líder, ha mostrado a través del tiempo que lleva vinculado a esta organización, ser un colaborador que con abnegación y desinterés siempre ha estado dispuesto a cumplir con las diversas tareas que nuestra lucha exige. Por todo lo dicho, así como por su preparación intelectual no dudamos que sea un digno representante de los trabajadores. Esta decisión la tomamos convencidos de que el compañero Isidro Bahamón representa la mejor alternativa de las muchas que estuvimos considerando; por tanto, nos permitimos sugerir a la asamblea, que se reunirá próximamente, que se haga efectiva su ratificación. San Alberto, Cesar, mayo 5 de 1966. Firman los miembros de la junta directiva del sindicato de Grasol.

Terminada la lectura de lo que prácticamente era el comunicado mediante el cual se daba a conocer la decisión tomada, el secretario instó a la asamblea para que procediera a dar el único paso, que según él, faltaba: la ratificación.

Pero Trifulco Rojas que aquel día parecía no querer más que

avanzar en contravía, tomó la palabra otra vez.

—Yo creo señores, que las palabras del señor secretario, o lo que nos comunica, mejor dicho, la junta directiva a través de él, no lo vamos a discutir. Puede que todo eso sea cierto; pero yo tengo un pero, compañeros. Es que a mí como a la mayoría de los aquí presentes, nos gustaría que en la directiva de este sindicato tuviera cabida un trabajador raso. Yo sé, porque muchos me lo han dicho, en corrillos claro está, que la mayoría deseamos que en esta junta haya por lo menos un trabajador. Una persona que tenga los mismos problemas que a diario tenemos los trabajadores de Grasol. Una persona que piense y sienta como nosotros. Una persona que nos apoye y nos defienda.

Las voces que tímidamente se comenzaran a oír desde cuando Rojas empezó a hablar, pronto ganaron tal vigor que en aquel punto de su intervención fue interrumpido por un aplauso cerrado que le insufló más ánimo.

—Entonces, compañeros, para no alargar más esta vaina, yo quiero proponer al compañero Alejo Morelo para que ocupe el cargo vacante.

Un torrencial aplauso anegó el salón de zinc y piso de rojo cemento, pues las palabras de Trifulco habían causado el mismo efecto que la chispa en el pajar y en aquel aplauso no estaba del todo ausente un sentimiento general de desagravio que se había venido empollando con las palabras de Beltrán contra Morelo.

Entre tanto, a Morelo literalmente lo atragantaban la gratitud y la alegría; pero como el aplauso fuera tan prolongado tuvo tiempo suficiente para serenarse y cuando los trabajadores dejaron de aplaudir nuevamente se dirigió a ellos:

—Yo, compañeros, tengo dos o tres cositas que decir... Como primera medida les digo con franqueza que no sé cómo agradecer el cariño que todos ustedes hoy me están mostrando. Le pido al cielo que me brinde los medios y la oportunidad de poder corresponderles. Por ahora lo único que puedo es decirles gracias, muchas gracias, compañeros.

Su voz seguía siendo firme y sus ojos aunque brillaban más que de costumbre, permanecían secos; sin embargo algo acompañaba a sus palabras, que las hacía portadoras de cierto magnetismo, cierta energía que atravesaba con facilidad la piel de los oyentes para alojarse en lo más íntimo de ellos, transmitiéndoles una sensación de confianza y sinceridad que dulcificaba el espíritu. Es que sus palabras no eran hueras, sino que daban envoltura a una corriente de sentimientos auténticos.

—En verdad les digo, que por mi mente jamás había pasado llegar a ocupar un cargo como el que me están ofreciendo. No me había atrevido siquiera a pensarlo. Total, que me siento muy agradecido; pero sobre todo muy asustado.

Yo, señores, soy del campo, vengo del campo y no tengo más que tres años de escuela. A duras penas sé leer y escribir y a veces me queda muy difícil entender las cosas. Por lo tanto, compañeros, yo no creo que sea la persona indicada. Ustedes confían en mí, cosa que agradezco; pero es mejor que busquen a otro.

Como es de suponer, esas palabras provocaron una algarabía que parecía no poder ser controlada, hasta que poco a poco fue encausándose espontáneamente en un grito unánime y reiterativo: More-lo, Mo-re-lo, Mo-re-lo.

Luego hubo varias intervenciones cortas de trabajadores que se animaron a hablar, cuyo común denominador fue de apoyo a Alejo y de petición expresa para que aceptara el cargo. Esto hizo que Morelo se sintiera halagado y aún más asustado; pero sobre todo impotente para insistir en rehusarse. Entonces optó por expresarse así:

—Compañeros, sabiendo ya quien soy y conociéndome como me conocen... si todavía creen que en algo puedo serles útil y si la junta directiva está de acuerdo y lo permite, con susto y todo, acepto. Acepto porque desde hoy he quedado endeudado con los trabajadores de Grasol y pensándolo bien, quién quita que esa sea la forma, o mejor dicho, el sitio desde donde pueda pagarles.

Si antes el salón se inundó de aplausos, en esta ocasión se desbordó y por las puertas y ventanas brotaban torrentes incontenibles de alegre algarabía que alcanzaron a oírse a varios kilómetros a la redonda, donde la gente ajena a los acontecimientos sindicales se preguntaba qué estaría pasando, pues aquella manifestación de frenética alegría llegaba hasta ellos en forma de un confuso rumor gigantesco e indefinido que no podían comparar con nada que hasta entonces hubieran escuchado, y que nadie atinaba a descifrar si era anuncio de algo bueno o por el contrario presagio de un peligro apocalíptico que se cernía sobre ellos.

En el interior del salón los señores miembros de la junta, ante hechos tan imbatibles como los que presenciaban, se vieron obligados a bajar la cerviz y muy contra su voluntad a posponer su propósito para una ocasión más propicia. Por lo pronto, se limitaron a cumplir con desgano los pasos protocolarios necesarios para que quedara sentada la decisión de la soberana y máxima autoridad, la asamblea.

Agilizaron sus acciones para salir lo más pronto del mal paso y en cuanto pudieron levantar la sesión se retiraron dejando la celebración a quienes les correspondía; ellos se fueron alimentando la ilusión de poder controlar con el meñique al advenedizo iletrado que se les coló.

En este punto del relato, el dramaturgo se incorporó y moviendo su antebrazo derecho como la plumilla de un limpiabrisas, quiso disipar el humo azul de los cigarrillos que invadía el salón y como preguntando propuso: "¿Podríamos abrir un poco las ventanas?".

Su petición se puso en práctica y antes de que terminaran su acción, los que se acomidieron, Lucas Pardo reinició para contar que de esa manera Alejo Morelo inicia su carrera sindical, cuya participación en principio no pasa de ser una presencia muda en las reuniones, pues su propósito era aprender. Eso sí, dejaba constancia en las actas cuando no compartía las decisiones de la junta, que prácticamente eran todas, ya que siempre manifiesta o encubiertamente decidían a favor de la empresa. Y es que con ese fin se repartían y manejaban los cargos sindicales desde las altas esferas de Grasol, que adelantándose previsoramente a los acontecimientos, en su momento oportuno fomentó la creación de un sindicato que estuviera dirigido por una junta dócil, garante de la impermeabilidad a las ideas comunistas en boga. Y para neutralizar debidamente su acción, lo afiliaron a la Unión Sindical Nacional, órgano que controlaba inofensivamente gran parte de los sindicatos del país y que fuera creada años atrás por una congregación de sacerdotes católicos.

Pero Alejo no se conformaba con dejar constancia en las actas, que sin excepción terminaban reposando en los archivos, sino que teniendo siempre presente su deuda con los trabajadores, por su cuenta y riesgo se entregó a la tarea de recorrer los campamentos y las veredas para informarles personalmente de lo que acontecía en las reuniones. Les contaba qué decisiones se habían tomado y hasta donde su capacidad le permitía, avanzaba en una explicación elemental de sus desacuerdos con la junta.

Esto, sin proponérselo y sin que él mismo lo advirtiera, le reportó enormes beneficios, pues gracias a esa tarea que se impuso, lo conocieron quienes no lo conocían y se granjeó la confianza y el respaldo de la totalidad de los trabajadores, que pronto dieron en verlo como su vocero. Debido a eso, también fue que amplió y profundizó sus conocimientos, ya que la desazón y la inconformidad consigo mismo que le causaba el no poder contestar satisfactoriamente las preguntas que a diario le formulaban, lo llevó a la lectura de libros, revistas, artículos, manuales, folletos y cuanto material podía conseguir para extraerle aunque fuera algunos pocos gramos de conocimientos relacionados con la práctica sindical, la historia del movimiento obrero, el régimen laboral, elementos básicos de economía, reglamentos internos de trabajo, cuestiones disciplinarias y cuanto tema encontrara relacionado, aunque remotamente, con lo sindical.

Por aquellos días llegó a la plantación Alirio Amaya, funcionario enviado por una federación de trabajadores, filial en Santander de la Unión Sindical Nacional. Amaya, como representante de dicha federación, debía atender a tiempo completo al sindicato y desde que llegó trabajó incansablemente por ganarse la confianza de Morelo a quien visitaba en su casa o en el puesto de trabajo y abordaba en el bar, en la peluquería o en la calle y en cuanto lugar se hallara, apareciendo en forma impredecible en un asedio permanente que no dio ningún fruto en varios meses de paciente dedicación, pues aunque siempre estaba hablando de las arbitrariedades e intransigencias de la empresa, así como de la ineptitud de la junta directiva sindical, Alejo no podía olvidar que había llegado con el aval de unos y otros.

Meses después llegaron tres funcionarios más, entre ellos una mujer, a cumplir una visita al sindicato para enterarse sin intermediarios de la situación laboral; pero la verdad es que en cuanto pudieron se presentaron en la casa de Morelo, donde con cortesía forzaron la hospitalidad. Luego evitando rigurosamente los atajos fueron lo más directos que se puede ser, para hacerle saber que eran revolucionarios, que trabajaban con la Federación Sindical de Santander; pero que pertenecían también a una organización política de izquierda: El MIRC. Dijeron saber que Morelo era un compañero honesto que siempre estaba de parte de los trabajadores y que querían que fuera el nuevo presidente del sindicato de Grasol.

Alejo, que hasta ese momento no había asimilado todo lo que de sopetón le dijeron, lo único que atinó a responder fue que él no se sentía capaz, que ellos estaban equivocados, que eso era irrealizable y que encontraba completamente absurda la propuesta.

Los visitantes insistieron; manifestaron el "pleno convencimiento que tenían de las capacidades del compañero Morelo", dijeron conocer "de su honradez a toda prueba" y se declararon dispuestos a ayudarle en lo que fuera. Finalmente, lo invitaron a Bucaramanga para que tomara un curso de cooperativismo que estaba próximo a iniciarse y que tuvieran oportunidad de hablar allá más ampliamente.

En Bucaramanga Morelo conoció a Obdulio Muñoz, a Yesid Triana y a Rafael Laguna, máximos dirigentes del MIRC en Santander, quienes lo acogieron con alborozo y le hicieron saber las esperanzas que tenían puestas en él. Se comprometieron a preparar rigurosamente y con suficiente antelación la asamblea en la que se nombraría nueva junta directiva y a trabajar de acuerdo a un plan suministrando el apoyo ideológico y logístico que fuere necesario.

Dijeron que Alirio era un compañero en el que podía confiar y apoyarse sin restricción alguna; propusieron que las visitas a los campamentos se hicieran más frecuentes y prometieron que de Bucaramanga irían unos compañeros para ayudar en todas las tareas.

Alejo se mostraba inquieto. Dijo que de saberse aquello perdería su trabajo y que él no estaba en capacidad de asumir tal riesgo. Le contestaron que tranquilo, que todo lo iban a hacer prudentemente, que se iban a movilizar sólo en las noches y que en últimas no se preocupara porque él ya no estaba solo; que había toda una organización dispuesta a brindarle su respaldo en caso de que alguna eventualidad se presentase.

Alejandro Morelo por convicción no podía estar en desacuerdo con todo aquello y aunque tenía cierta reserva moral en cuanto a los métodos, se dijo que el beneficio común de los obreros bien valía la pena algunas concesiones y que no iba a ser el temor lo que lo iba a detener. El plan, entonces echó a andar.

En las noches con luna y en las noches oscuras caminaban entre las filas infinitas de palma africana manoteando de vez en cuando la espesa nube de mosquitos que zumbaba sobre sus cabezas para llegar a Caño del Mono, a Caño de la Mona, a La Llana, a Caño Oscuro y a cada sitio donde se hubieran propuesto llevar su mensaje de inconformidad e insurgencia.

"Compañeros no podemos permitir que con el beneplácito de la junta directiva sindical, la empresa siga abusando de nosotros. No debemos admitir más despidos, no debemos tolerar más abusos de los mayordomos, de los médicos de la empresa ni del jefe de personal que a diario hacen con los trabajadores lo que les viene en gana.

Tenemos que luchar por contratos a término indefinido para todos; pero para que esto sea posible debemos comenzar por cambiar la junta directiva del sindicato".

Palabras más, palabras menos ese fue el discurso que repitieron una y mil veces durante las noches, las semanas y los meses previos a la elección de nueva junta directiva. Durante ese mismo lapso, como fruto también de aquel minucioso trabajo, tras consultar con los trabajadores, diseñaron y le hicieron ajustes en más de una ocasión al abanico de opcionados a dirigir el sindicato; de manera que con sobrada anticipación los trabajadores conocieron quiénes iban a integrar la nueva junta directiva y en adelante se pudieron dedicar de lleno a preparar la asamblea.

En agosto del sesenta y siete el día anhelado por fin llegó y hubo un movimiento desacostumbrado de trabajadores que llegaban como a una fiesta desde todos los puntos cardinales. Por petición de Grasol se había montado un puesto militar que hostilizaba a los asistentes a la asamblea con más preguntas de las necesarias; pero no lograron amedrentar a nadie.

El salón sindical, entonces, fue insuficiente para albergar a la totalidad de trabajadores que acudieron de todos los rincones y muchos de ellos tuvieron que conformarse con seguir los acontecimientos apiñados en las ventanas y otros con oír únicamente, desde algunos metros de distancia.

La asamblea se llevó a cabo de acuerdo a las disposiciones legales y en presencia de los delegados del Ministerio del Trabajo y la Unión Sindical Nacional. Fue aprobada la plancha encabezada por Alejandro Morelo, que resultó ser única, ya que otra que salió no se sabe de dónde fue rechazada en forma también unánime. Así que en cuanto el delegado del ministerio anunció que los integrantes de la plancha disponían de diez minutos para repartirse los cargos, ellos le alargaron casi en seguida un papel que contenía las asignaciones.

En adelante los hechos comenzaron a marchar con esa misma celeridad y en dirección opuesta a la acostumbrada. De tal forma que muy pronto lograron desafiliar su sindicato de la U.S.N. cumpliendo el requisito de las tres asambleas; luego consiguieron desvincular a algunos médicos e hicieron sancionar a la empresa por los despidos injustificados de varios obreros. El propio ministerio le advirtió a Grasol que en adelante sería multada con diez mil pesos diarios por cada despido sin causa justa.

Ante el nuevo rumbo de los acontecimientos José Joaquín Orduz, entonces jefe de relaciones industriales, buscó una solución típica en él, llamó a Alejo Morelo a su oficina y le ofreció cien mil pesos para que dejara la empresa. Morelo le dijo que lo primero que le pedía era respeto, pues él no iba a vender a nadie y que si quería podía echarlo. De inmediato la nueva junta sindical emitió un comunicado denunciando el hecho.

Por aquellos días, el sindicato desplegó una actividad formidable. Se organizaron cursillos, conferencias, exposiciones, presentaciones teatrales, proyección de películas; de igual manera organizaron fiestas, rifas, bazares y cuanta actividad se les ocurrió para fortalecerse económicamente. Y con una consulta amplia de las bases, se redactó el pliego de peticiones. La apatía y la indiferencia se volvieron cosas del pasado, la gente se mostraba animada y optimista.

El pliego de peticiones fue presentado oportunamente y contenía los puntos que la mayoría de trabajadores había considerado fundamentales. Los contratos indefinidos, la estabilidad laboral, la vivienda, la salud, los salarios y demás peticiones que allí se tocaban, por primera vez en la historia de ese sindicato se volvieron temas capitales. Pero todos los esfuerzos hechos durante las negociaciones fueron estériles y los términos se vencieron sin que la empresa cediera un ápice.

Orduz, entonces, recurrió a su arsenal de maturrangas e inició una campaña de desprestigio cuya tribuna fue el pasquín "La Voz del Palmar", que solía editar esporádicamente y que para entonces comenzó a salir cada quincena: "¿Sabía usted que el presidente del sindicato y el tesorero se van a Bucaramanga a burdeliar y a embriagarse con los fondos del sindicato?" "¿Sabía usted que el presidente del sindicato no ha cursado ni siquiera la educación primaria y confunde en las reuniones las palabras quórum con coro, interpelación con interpretación y moción con noción?" "¿Sabía usted que los trabajadores de Grasol desilusionados de su ignorante presidente sindical se están desafiliando masivamente del sindicato?"; caricaturas grotescas, testimonios calumniosos y cuanto se les ocurriera que podría ridiculizar y difamar a la nueva junta, llenaba las páginas del órgano que, según sus editores, pretendía defender los intereses de los trabajadores de la Empresa de Industrias Agrícolas El Palmar S. A.

Los sindicalizados, a su vez, usaron su arma más poderosa: la huelga.

Fueron días difíciles aquellos de la huelga, días en que los trabajadores tenían que atender con igual celo múltiples frentes. Entonces surgieron los comités que se encargaban de la comida, de la vigilancia, de la información, de las finanzas; el comité de mujeres, los emergentes, y demás comités que la necesidad creó para que ningún frente quedara al garete.

Orduz hostigaba a los campesinos que llegaban con yuca, plátano y demás productos para los huelguistas, señalándolos como guerrilleros y desató contra ellos una persecución implacable a través de su incondicional inspector de policía y el ejército, logrando reducir en principio y luego suspender esos aportes.

Trajo también varios camiones llenos de esquiroles contratados en diferentes sitios, que con machetes y garrotes llegaron a provocar a los trabajadores gritándoles comunistas, vendepatrias e idiotas inútiles, llegando a crear de esa manera un clima de tensión y provocando algunos hechos de violencia que por fortuna sofocaron a tiempo los mismos trabajadores, instruidos como estaban, para que no dejaran prosperar ningún incidente de los múltiples que con seguridad se presentarían.

Los términos se vencieron sin llegar a conciliación alguna, por lo que tuvieron que recurrir al tribunal de arbitramento, dilatando la negociación por un mes más, durante el cual las difíciles condiciones de los trabajadores se tornaron críticas, pues ya no tenían a qué echarle mano para alimentar a sus familias.

Por fin, cuando ya el desánimo y la fatiga comenzaban a malquistarlos y los reproches surgían, se conoció el laudo arbitral, que contrario a lo que ellos mismos esperaban, se pronunció a su favor provocando la indignación de Orduz, quien desde el primer momento dijo que se lo pasaría por la faja, como en efecto se aplicó a hacerlo.

Se multiplicaron los despidos, y la persecución a los líderes se hizo más aguda, pues aunque la empresa se viera multada, a él lo que le interesaba era deshacerse de esa "perramenta comunista que se había infiltrado en Grasol". Hubo quienes volvieron a ser ayudantes de buldócer después de muchos años de haber dejado esas funciones; a otros se les confinó a los sitios más indeseados y, lo que es peor, en algunos casos los sueldos fueron recortados. Los malos tratos y la humillación se volvieron rutina y las degradaciones, cotidianas.

El sindicato, entonces, en asamblea general decidió emitir un comunicado declarando personas no gratas a José Joaquín Orduz, Álvaro Augusto Hernández, jefe de personal y al inspector de policía, un exsargento del ejército, ya retirado, pero que vestía las prendas militares y andaba amenazando con su pistola a todo aquel que no le simpatizaba. Copia de dicho comunicado fue enviada a todas las autoridades civiles, militares y eclesiásticas del país.

En menos de una semana obtuvieron la respuesta. Todos los directivos del sindicato fueron sacados de sus puestos de trabajo y conducidos por el ejército a la inspección de policía; allí Orduz les dijo que los habían reunido con el fin de que firmaran un documento en presencia del señor alcalde y el juez de Río de Oro. En dicho documento, que les leyó en seguida, la junta directiva del sindicato y en especial Alejandro Morelo, se comprometían a respetar la vida de quienes habían sido declarados personas no gratas, se responsabilizaban de lo que les pudiera suceder a cualquiera de los tres o a algún miembro de sus familias y aceptaban que el comunicado se usaría como cabeza de sumario en caso de que algún hecho de sangre se presentara.

Los trabajadores reunidos allí mediante invitación tan singular se mostraron sorprendidos y en total desacuerdo con el documento en cuestión, y lo hicieron saber por boca de Morelo. Ellos, les dijo Morelo, no pretendían atentar contra la vida de nadie ni mucho menos, y el comunicado que había emitido el sindicato era con el único fin de que los señores Ortiz, Hernández y el inspector de policía los dejaran tranquilos abandonando la región o no interviniendo más en los asuntos de Grasol, ya que al parecer no había autoridad que los pudiera controlar. Eso era todo.

Finalmente dijo que ellos se negaban rotundamente a firmar y que si no era para más ni había ningún impedimento, se retiraban a sus sitios de trabajo.

De momento ahí pareció acabar todo; pero el 11 de septiembre de 1978, quince días después, mientras Alejo asistía a un cursillo en Bucaramanga, se enteró por la radio que el señor Álvaro Augusto Hernández, jefe de personal de Grasol, había muerto en un atentado cometido por la junta directiva del sindicato, cuyos miembros ya habían sido arrestados con excepción de su presidente, quien se había dado a la fuga.

De inmediato Morelo suspendió toda actividad, canceló su cupo en el cursillo, firmó un poder en la oficina de un abogado, compró un regalo para una persona vecina de su casa y de su corazón, y en un tiempo récord de cuarenta y cinco minutos se encontró cómodamente instalado en un bus de Expreso Brasilia que lo llevó de regreso a San Alberto.

Después de entregar el regalo pasó a su casa, se puso la ropa de trabajo y se presentó en el puesto militar, donde halló a trece de sus compañeros detenidos. Ahí pasaron interminables horas hacinados en un cuartucho estrecho y oscuro. Al cabo de dos días fueron llevados a Aguachica, en el platón de una volqueta atados de pies y manos.

En Aguachica, después de la primera indagatoria, fueron dejados en libertad cinco de ellos, ninguno perteneciente a la junta directiva. Ocho días más tarde dejaron libres a otros cuatro y a los cinco restantes, se les decretó autodetención. Eran Aniceto Díaz, Daniel Rolón, Trifulco Rojas, Marcos Arana y como es fácil suponer, Alejandro Morelo.

Alejo fue aislado de sus compañeros y mientras a ellos los llevaron a la cárcel municipal a él lo confinaron en las instalaciones del D.A.S.

Aquí Lucas Pardo hizo un paréntesis en su relato para dar a saber que fue personalmente a conocer el sitio y lo describió como un cuarto no pequeño de paredes encaladas, con un catre semidoble de estructura de hierro y barandas de hojalata. Subrayó que el cuarto tenía una puerta que daba a la calle y continuó diciendo que constantemente le decían a Morelo que si quería podía dejarla abierta considerando el calor que allí se concentraba. Pero que a él, que desde que lo separaron de sus compañeros dio en hacerse múltiples conjeturas, siempre le pareció que era una clara invitación para que intentara fugarse y aplicarle la consabida ley de fuga, que justifica el darle muerte a quien intente huir. En consecuencia, se mantenía tan apartado de ella como le era posible y si se acercaba era tan sólo para cerciorarse de que estuviera bien cerrada.

Una madrugada a eso de las dos, vio confirmados sus temores cuando dos agentes, que ocasionalmente había visto por allí, se presentaron visiblemente embriagados a pedir que les ayudara con un carro que se les había atascado a cierta distancia del pueblo.

Alejo se declaró enfermo; dijo que su estómago se había descompuesto desde hacía más de veinticuatro horas y que padecía una diarrea incontrolable; pero ante la altanera insistencia de los dos hombres comprendió que sería inútil rehusarse y se resignó a ver llegada su hora. Comenzó a vestirse con movimientos retardados contradiciendo la velocidad endiablada con que trabajaba su mente en busca de una coartada; lamentó en sus adentros el hecho de no poder dejar ningún mensaje, algún indicio para que se conociera su suerte. Acabó de anudarse los zapatos y en el mayor grado de impotencia que jamás había experimentado se santiguó y echó a andar delante de ellos, como le ordenaron.

La noche no podía ser más oscura y mientras caminaba por un terreno desigual que de vez en cuando lo hacía trompicar, oía a sus espaldas la voz áspera del más viejo de los agentes que con el relato de una de sus hazañas interrumpía a trechos el curso subterráneo de sus reflexiones:

"... Trifulco y los otros compas detenidos tienen que enterarse de esto, pero ¿cómo si no tienen ninguna pista? En Bucaramanga los compañeros lo sabrán tarde o temprano. Ellos no son pendejos, lo averiguan todo y si sospechan algo alborotan el avispero, como cuando el fallo del tribunal de arbitramento, ellos fueron los que pidieron apoyo a los sindicatos de todo el país. Por eso llegaron tantos mensajes al ministerio, a la empresa, al tribunal y ganamos. Claro que ahora es distinto... de todas formas ellos van a investigar...".

—No le digo que esa vez yo estaba de comisión. Duré dos semanas por fuera. O si no ahí hubiera sido el tiro. ¡Con las ganas que le tenía! Cuando llegué me dijo el Cucaracho: Ahí le traje al man ese que me había encargado, el que quiere quebrar. Lo tuve 72 horas esperando a que usted apareciera; pero me toco dejarlo ir porque ¿con qué cargo lo demoraba?

Entonces dije: Si no se pudo así, tocará a lo cerdo; y como a los ocho días me lo encontré a bocaejarro en un bailadero de esos cerca al río.

"... Pero aunque investiguen y hagan lo que hagan, ya será tarde porque no van a devolverme la vida. Dios mío ¿por qué me fui a presentar como un cordero manso? ¡Pendejo que es uno!, como el doctor dijo, fírmeme el poder y preséntese tranquilo que yo lo saco pantier... y yo de confiado... Pero él qué iba a saber... mejor dicho, quién iba a saber que me iban a llegar a estas horas y con ese cuento. Claro que él como abogado del caso debía estar pendiente de mi caso, pero como ni cobra porque es del MIRC o simpatizante... Yo no sé... ".

—Me tomé toda la media y el hombre nada que se iba. Eso bailaba como si supiera que era la última vez. Yo dije: Me voy porque de pronto me engrifo y me tiro todo. Me despedí todo normal y me fui como si nada. A menos que se quedara a dormir con la hembra, tenía que pasar por donde lo iba a atalayar. Esos sitios tienen licencia hasta las dos y ya era más de la una.

"... ¡Qué vaina con Alicia!, esos dos pelados se quedaron sin mi apellido. Lo del apellido lo prolongué porque esos son y no son hijos míos, mejor dicho, no hice nada, ni dejar familia. Mi familia son mis hermanos y mis viejos, quienes tal vez dirán que me volví un criminal, que por eso tal vez me fui de onde ellos. Allí, hubiera podido esconderme, les habría explicado, ellos hubieran entendido; pero onde los viejos de uno es donde primero buscan y qué vergüenza. En todo caso, nada hubiera sido peor que esto. Siguen bebiendo, ojalá se emborrachen y me les voy. ¿Por qué me metí en estas vainas? Dios mío, ¡qué sindicato ni qué MIRC ni qué carajo...!

—¿Se echa el otro?

"... Mejor haber seguido en el maldito galpón del peruano...".

—¡Vale!

"... Debí escribirle a Alicia contándole todo, al viejo, a los compas, a alguien, pero así quién va a saber lo que pasó. No tuve tiempo de nada carajo...".

—Hágale mientras meo.

"... Si Alicia me hubiera visitado habría sabido todo. ¿Qué le dirá a los chinos?".

—Pero no paremos que el perro se nos va.

"... Se quedaron, yo arranco ahora o nunca, tiene que ser ya...".

—¿Se nos va? ¡Se nos iba Toche! ¿Para qué son los totes?

"......¿Y si eso es lo que quieren?, como les falló lo de la puerta. ...".

—Claro que sé para qué son, pero...

"...Ya están otra vez encima de mí, debí correr, ¿ahora qué hago?... ".

—¿Pero qué? Cuando estaban matando a ese señor no crea que le tembló la mano. El que a hierro mata a hierro muere. Bueno, ¿en qué iba?
—En que se estaba fumando un cigarrillo.
—¡Ah!, ya. No me había acabado de fumar el primer cigarrillo cuando lo vi venir, que se tambaleaba. Descansé porque supe que no perdí la trasnochada. Lo dejé pasar y cuando iba como de aquí

a donde va el perro, le solté el primero en una pierna. Para qué más si no había afán y yo sabía que el hombre no cargaba ni una aguja. Puso una rodilla en el piso, luego la otra cuando me vio cerca y me dijo: "coja el reloj, la cadena y el dinero que tengo en el bolsillo; pero no me haga daño por favor". "Lo que quiero de usted no lo lleva puesto", le dije; el hombre abrió tamaños ojos y dijo: "Si hice algo en ese bar que no le haya gustado yo no quería...". "Tranquilo, usted no ha hecho nada malo. La culpa la tiene su mujercita por ser tan bonita y usted se me ha convertido como un leño en el camino hacia ella", le dije yo. Le puse la boca del cañón en medio de las cejas y le solté el segundo. Después lo arrastré de las patas hasta el río. Eso sonaba como un coco rodando por unas escaleras. Deme otro trago, Piojo.

"... ¿Qué será este ardor en las tripas?, la boca me sabe como si acabara de vomitar. Todas las vainas dan vueltas, ¿qué me está pasando Dios mío?, tengo la camisa empapada debajo de las axilas y la llevo pegada en los hombros y por toda la columna hasta abajo. Por qué sudo si el clima está fresco, eso ni en un día de sol y ahorita estaba tiritando. Es el miedo, sí, así es el miedo y me está derritiendo, me estoy matando solito. No joda, ellos jodiéndome y yo ayudándoles...".

—¿Y?
—Eso es todo. Al otro día fui a la casa a dar el pésame como si nada. Le prometí a la mujercita colaborarle en la investigación. Al principio me miraba con rabia, hasta me hizo pensar que sospechaba algo; pero ahí poco a poco se le fue pasando. Ahora no sólo me contesta el saludo sino que se para a conversar conmigo. Ya no me dice don sino, Mono. Ahí voy lento pero firme y que corono, corono, no lo dude. O si no ¿el poder para qué?

"... Yo en manos de estas ratas...".

—¿Y qué tal que al perro le dé por hablar?
—Tranquilo que él no regresa con nosotros.

"... No voy a caer en el juego del gato y el ratón, si me han de matar que sea ya...".

Sin transición alguna Alejo entró en un momento de luminosidad que repentinamente le devolvió la paz y la fuerza que solía acompañar a sus actos y rebelándose de sí mismo se detuvo resuelto a no dar un paso más. Los últimos metros del trayecto los había hecho por una semicuesta que terminaba justamente donde paró.

Se volteó tranquilamente para decirles que si lo iban a matar lo hicieran de una vez; pero el tal Piojo se le acercó relajado y amigable.

—Tómese un trago, Morelo, que lo va a necesitar.

Alejo dudó, pero se dijo que por qué no y estiró la mano sin chistar. Prolongó el trago hasta que el Cucaracho intervino medio bravo, medio en broma.

—Pare, pare muchacho; ¿o es que por venganza nos va a hacer volver a palo seco?

Cuando el Piojo le recibió la botella le dijo:

—Hasta aquí no más es el paseo. Tranquilo, ya no tendrá que caminar más. Mire para allá —con el brazo extendido le señaló un punto en la oscuridad.

Morelo miró fijamente y poco a poco sus ojos pudieron distinguir el Land Rover que viera con frecuencia en el patio del D.A.S., donde permanecía parqueado buena parte del día. El carro se encontraba fuera de la carretera y tan hundido de un costado que las llantas del lado opuesto no hacían contacto con el terreno. Lo que más extraño resultaba para Alejo era que el cuento de la atascada fuera cierto. Sintió como si recuperara algo valioso cuya pérdida ya había aceptado y comenzó a respirar a su ritmo. Experimentó cierta confianza y en un impulso de algo parecido a la alegría soltó al azar:

—¿Y eso?, ¿qué iban a hacer fuera del camino?

—Cállese la jeta cabrón, que lo trajimos para que haga fuerza y no preguntas —replicó acremente el más viejo, y en cuanto llegaron cerca al jeep se tomó un trago largo antes de ponerse al volante para prender el carro.

Los otros dos empujaban con todas sus fuerzas desde la parte posterior de la carrocería; no necesitaron mucho tiempo para comprender que, de no darle un piso firme a las llantas atascadas, cualquier esfuerzo resultaría inútil. Quisieron hacérselo saber al del volante; pero lo encontraron dormido sobre la cabrilla y decidieron dejarlo descansar unos minutos.

Se entregaron, pues, a recolectar piedras, pedazos de troncos y cuanto material les parecía útil; luego hicieron un trabajo riguroso en cada una de las ruedas enterradas y finalmente cuando quisieron probar de nuevo, les fue imposible despertar al borracho. Lo acomodaron como pudieron en el asiento contiguo y realizaron con éxito la maniobra.

Iniciaron el regreso bajo la débil luz de la luna que tímidamente iba surgiendo de la espesa capa de nubes que la había mantenido oculta.

A lo largo del recorrido no se cruzaron ni una sola palabra y a medida que se acercaban al final del trayecto, Alejo advertía en todas las cosas que miraba, el claro indicio de un amanecer.

Cuando todos los integrantes del grupo creyeron que ese era un momento oportuno para un descanso, aunque fuera corto, y algunos de ellos incluso llegaron a ponerse de pie, Lucas continuó diciendo que ese mismo día como a la una de la tarde Alejo Morelo y sus cuatro compañeros fueron trasladados en una vieja Ford 300 al municipio de Río de Oro, esposados a las estacas de la carrocería. Iban custodiados por cuatro guardianes perfectamente armados, pues se empezaba a rumorear que los reos eran guerrilleros.

La situación en Río de Oro se tornó más llevadera, pues ya estando juntos se daban ánimo unos a otros y se sentían más seguros. Esa etapa de armonía fue en verdad muy breve, pues las desavenencias pronto surgieron en torno a los problemas que les presentaba la cotidianidad. Mientras Morelo tomaba con estoicismo las dificultades y las afrentas que su condición les generaba en abundancia, Trifulco no se resignaba y en cualquier trance quería intervenir, sin importarle los riegos, para evitar que se cometieran injusticias, atropellos o arbitrariedades aunque ninguno de ellos estuviera involucrado. Los roces y enfrentamientos entre esas dos posiciones resquebrajaron bien pronto la unidad del grupo y aunque los oponentes no lo manifestaban abiertamente, se consideraban recíprocamente extremistas y aguastibias.

El caso es que sus actitudes ante los hechos nunca coincidieron; como el día aquel en que Aniceto recibió la primera visita de su esposa. Ella le llevó una mojarra frita que pesaba más de tres libras. Pasada la visita, Aniceto llamó a sus compañeros para compartir con ellos el pescado y cuando se hallaban en círculo sentados sobre el piso dispuestos a comenzar lo que sería la cena de ese día, llegó hasta allí el negro Llerena, un cartagenero de casi dos metros de estatura, que se hizo respetar en aquel patio desde el día en que ingresó y quisieron despojarlo de sus prendas. De los cuatro que lo atacaron, dos quedaron en el piso sin conocimiento a consecuencia de la golpiza que les dio y los otros huyeron cojitrancos buscando ponerse a salvo. "Que nadie olvide esto", dijo Llerena muy sereno sin levantar siquiera el volumen de su voz, "...porque el próximo que se atreva conmigo no saldrá vivo". Pocos fueron los que oyeron sus palabras; pero todos se enteraron y en efecto jamás alguien se atrevió a hacer algo que le pudiera ofender de nuevo.

Ya junto al grupo de amigos se plantó frente a Aniceto y mirándolo oblicuamente desde arriba le dijo en una mezcla de orden y pregunta.

—Me vas a dar pescado, vale.

—¡Claro! —se apresuró Aniceto partiendo un pedazo y alargándoselo en la mano.

Llerena lo miró con desprecio, tomó lo que le ofrecían y lo arrojó con furia al piso, diciendo: "¡Esto p'a qué!", sin una palabra más se agachó, tomó en sus manos todo el pescado con las demás viandas y se alejó refunfuñando.

—¿Por qué nos tenemos que aguantar a un desgraciado como éste? —dijo Trifulco y se incorporó como un resorte para ir detrás del grandulón; pero Alejo se interpuso y lo disuadió haciéndole ver que cualquier incidente que los involucrara sería funesto para sus aspiraciones de verse pronto en libertad.

La doctora Nirma Soto, que había asumido la defensa de los trabajadores, coincidía en sus consejos con las posiciones moderadas de Morelo y trataba de animarlos, pues según ella, contra sus defendidos no había nada serio y aseguraba verlos libres antes de diciembre.

Durante las indagatorias y en la reconstrucción de los hechos siempre se le vio muy animada, comiendo guayabas, silbando bajito o tarareando alguna canción. Ella estaba tranquila y les repetía que ellos también lo podían estar.

Un día pidió hablar con Morelo y se le presentó en demasía alterada. Comenzó diciéndole que ella había creído que ellos y en especial él, habían sido sinceros; pero que ese día se sentía defraudada y profundamente desilusionada consigo misma por haber sido tan ingenua. Estaba iracunda y como no le era posible permanecer en un solo sitio, paseaba su ira de un lado a otro mientras dejaba fluir sus palabras que con rudeza daban forma al desengaño y al coraje que la quemaban por dentro.

Le recalcó que hubiera sido mejor andarse con la verdad para saber a qué atenerse y para haber encaminado la defensa por senderos adecuados, ya que ahora sus argumentos resultaban endebles y le era, por decir lo menos, irritante y riesgoso el tener que modificar el rumbo de las declaraciones. Además, estaba casi segura de que puestas así, las cosas no funcionarían. Qué iban a hacer ahora se preguntaba y le preguntaba, si uno mismo de sus compañeros había confesado.

Alejo, desconcertado le dijo que no sabía de qué le estaba hablando y ella le replicó con mayor fogosidad que no se hiciera el loco, que un suplente de la junta directiva, de los que habían quedado libres en Aguachica, había confesado. Y le dijo, para que supiera a qué se refería, que él, Alejo, por ejemplo, había sido quien prestó el arma, la escopeta, más exactamente, con la que se dio muerte al señor Hernández; que inicialmente el objetivo era Orduz, pero que como todo fallara, optaron por el jefe de personal.

Que la junta directiva contrató y pagó los diez mil pesos a Pablo Gómez Sierra, autor material, y que el negocio se hizo en el taller del mecánico de Saúl Rebeiz. Finalmente le dijo que se prepararan porque los iban a trasladar a Valledupar y que ya no esperaran libertad para diciembre.

Morelo oyó todo esto perplejo, sin atreverse a interrumpirla; pero en cuanto vio que le era posible dirigirle la palabra pidió el nombre del confeso y quiso también saber quién era Pablo Gómez Sierra.

La doctora lo enfrentó un poco más aplacada; pero con los ojos aún encendidos y le dijo que el autor de la confesión no era otro que su compañero de junta directiva, Arturo Araque. Luego de una breve pausa durante la cual pretendió medir el efecto de sus palabras, comenzó a hablarle de Pablo Gómez, buscando darle a entender que no había detalle que ella desconociera.

Pablo Gómez Sierra, según las averiguaciones de la doctora Soto, era un matón a sueldo que comenzó su carrera a muy temprana edad. No había cumplido aún los catorce años cuando presenció cómo un tío suyo, hermano de su mamá, después de una discusión que tuvieron los dos hermanos, picó a machetazos una puerca que ella estaba engordando para la primera comunión de su hija.

Pablo se guardó el rencor en espera de una oportunidad y con un amigo a quien hizo su cómplice, esperaron una noche a que el tío saliera de la chichería que solía frecuentar. Un tiro de escopeta y más de diez puñaladas fue lo que necesitó Pablo para sentir que había quedado mano a mano.

Huyó no se sabe a dónde pero algunos meses después empezó a hacerle visitas esporádicas a su madre. Ella, que no había vuelto a tener paz, le rogó una y mil veces que se confesara, para que arreglara al menos sus asuntos con Dios. Pablo en principio descartó tal posibilidad pero en un proceso que tomó varios meses pasó a considerarla y finalmente a aceptarla.

Un día después de la confesión, lo aprehendieron al salir de la iglesia a donde había acudido para pagar en parte la penitencia que le impusiera el sacerdote y de allí fue llevado directamente a la cárcel, de donde salió dos años después como producto de una fuga que planeó y en la que resultó muerto un guardián.

En adelante dizque se había dedicado a diversas formas de pillaje. Se cuenta que en la población de Málaga, la mujer de un comerciante le propuso un día:

—Pablito, ¿por cuánto me matas al Bartolomé?

—¿Y por qué quiere quedar viuda, doña Graciela?

—Eso es cosa mía, Pablito. Usted dígame cuánto.

—Bueno, si me da cinco mil pesos y el revólver.

—No. Yo le doy tres mil y usted consiga el arma.

—¿Sabe qué, doña Chela? Mejor dejemos así.

Luego dizque se encontró con don Bartolomé, que tan pronto lo vio le dijo que lo había estado esperando para que hablaran de negocios.

—¿Para que soy bueno, don Bartolo?

—¿Cuánto me cobraría Pablito por matar a la Graciela?

—Eso le vale cinco mil pesos y usted pone el revólver.

—Listo.

Justamente una semana después don Bartolomé enviudó y a Pablo Gómez no se le volvió a ver; pero el efecto de sus acciones resonaba en las provincias de Vélez y García Rovira, que fueron asoladas por la banda de abigeos que actuaba bajo sus órdenes.

Con el correr de los años las incursiones de la banda se fueron haciendo menos frecuentes, hasta llegar a desaparecer incluso de la memoria de las gentes.

Se dice que Pablo Gómez Sierra se estableció, luego, en Aguachica, donde emprendió un pequeño negocio de víveres con el producto de la extorsión ejercida en la persona de don Bartolomé, quien vivía felizmente casado en segundas nupcias.

—El resto de la historia no se la cuento porque sería como llover sobre mojado —le dijo la doctora con cierto sarcasmo antes de despedirse. Ella también le dijo aquel día que en Valledupar se reuniría con Araque y Pablo Gómez, que ya habían sido aprehendidos.

Alejo, en lo que justamente puede llamarse un lapso breve, concibió la venganza, se obsesionó con ella y finalmente se entregó a urdirla en la noche y en el día; de igual manera pasó de buscarla con ansia, a esperarla con paciencia.

En efecto, esa misma semana fueron trasladados a Valledupar, a cuya cárcel antes que ellos, había llegado su mala fama, que ya comenzaba a frutecer y el director los saludó con amenazas.

—Ah, con que ustedes son los guerrilleros.

—No señor, nosotros somos trabajadores no más.

—No me vengan con cuentos que yo ya sé lo peligrosos que son. Y pórtense bien si la quieren pasar bien; si no, no saldrán del calabozo.

—Sí señor, nosotros no somos peligrosos.

—No, no, no. No me digan nada que ya tengo informes de la empresa. Échenlos para el patio quinto. Donde está la crema.

Llegando nada más al patio quinto los descamisaron y los dejaron sin zapatos, y la cosa no paso de ahí gracias a que en ese mismo patio se hallaba purgando su pena un convicto que conociera Alejo en la cárcel de Río de Oro. El Goajiro, como lo llamaban, se opuso a la acción de los otros en cuanto reconoció a Morelo y les espetó con aspereza que en adelante quien se atreviera a tocar a alguno de los recién llegados, se las tendría que arreglar con él.

Los reclusos de aquel patio dormían en un salón amplio destinado para tal fin, sobre colchones o esteras y los que no tenían ni lo uno ni lo otro, como Alejo y sus compañeros, sobre el piso. El olor de la marihuana en las noches era insoportable y en cualquier dirección que se desplazaran encontraban excrementos humanos. Allí convivían con dementes, aberrados, tísicos y demás enfermos, en la promiscuidad más denigrante que pueda imaginarse.

Todo esto enardecía más a Alejo, que desde el principio no hacía más que averiguar por el paradero de Arturo Araque. En cuanto supo que se encontraba en el patio tercero, se dedicó a buscar la forma de llegar hasta él.

Indagando, indagando, supo que en la misa del domingo, a la que asistían quienes quisieran, tal vez fuera posible encontrarlo; pero también le advirtieron que del quinto no era recomendable salir, porque quienes lo hacían eran reputados como informantes de la marihuana, de las violaciones y de las grescas, que parecían ser el menú diario en aquel patio.

Justo por aquellos días en una tarde lluviosa y opaca como el nitrato de plata, en que los internos se guarecían bajo el alar estrecho que bordeaba al patio por tres de sus costados, se presentaron unos hechos que tornaron en extremo riesgosa cualquier salida.

A eso de las cuatro de la tarde, la puerta de hoja metálica de acceso al patio se entreabrió después del chirrido de los cerrojos al correrse y un mocetón de unos diecinueve años, de cabello oscuro y piel de aceituna hizo su ingreso tímidamente.

No había dado más de tres pasos cuando las pirañas que llegaban por sus prendas lo rodearon y en unos cuantos segundos, sin que él hiciera nada para oponerse, lo despojaron, dejándolo en calzoncillos. Aún lo tenían rodeado los salteadores cuando un matacán vino desde el fondo con una caneca de la basura que había vaciado a medias por el camino mientras se acercaba. Llegó por la espalda y le encasquetó la caneca en la cabeza al recién llegado; luego tomándolo por una de las muñecas lo llevó al rincón más apartado caminando tranquilamente. Allí le dobló el cuerpo hacia adelante y vociferando entre amenazas y golpes lo sodomizó brutalmente con la ayuda de tres aliados que surgieron espontáneamente y ante la mirada y los sarcasmos de algunos de sus congéneres que se solazaban con la escena.

El ultrajado, con la cabeza entre el recipiente nauseabundo, se resistió y forcejeo con fiereza hasta el momento mismo en que le pusieron un chuzo a la altura del corazón con amenazas de muerte.

Sintiendo, entonces, que su pelvis se abría en dos mitades, rugía sordamente mientras quemaban su cara lágrimas de dolor y rabia.

Los extrabajadores de Grasol se hallaban cerca de donde ocurría la escena y cuando lo advirtieron Morelo propuso que se alejaran de allí.

—¡Cómo es posible que algo así suceda ante nuestros ojos y no hagamos nada! —las palabras encendidas de Trifulco contenían algo de reclamo y algo de desafío.

—Desafortunadamente, no hay nada que podamos hacer. Alejémonos de aquí —replicó Morelo mirando en otra dirección, quizás evitando llegar al límite de su resistencia o para que la medida de su indignación no se conociera.

Ya había algunos metros entre ellos y la escena cuando los gritos y la desesperación del afrentado llevaron a Trifulco a rebelarse contra los suyos.

—No seamos cobardes ¡Vamos a impedirlo! —dijo iniciando el regreso decidido; pero sus compañeros se opusieron y tomándolo con fuerza por los brazos lograron alejarlo después de un forcejeo del que salieron agitados.

—¡No me digan nada! —les decía todavía alterado—. ¡No quiero oírles decir que no es con nosotros, que tenemos que aguantarnos, que cualquier cosa que hagamos nos perjudica! ¡Estoy cansado de oír eso! ¡No quiero volverlo a oír!

—Calma, compa, calma —le decía Daniel Rolón palmeándole afectuosamente la espalda.

—¡Dejen de tratarme como a un idiota! —protestó Trifulco con los ojos llameantes.

—Compañeros —terció Morelo—, no es que estas cosas no nos afecten; pero no podemos meternos en problemas por defender a alguien.

—¿Y por qué estamos aquí, no fue por meternos a defender a otros?

—No es lo mismo, compañeros.

—Para usted no será lo mismo, claro, porque ahora es un político y sabe que de estar aquí adentro no sacará ningún beneficio; pero yo sigo pensando y sintiendo como un ser humano ante todo y sé que lo que está mal, está mal aquí o en cualquier parte.

—Pero, compañero, comprenda...

—¡Que compañero ni qué carajo! ¡Yo no soy compañero suyo! ¡No quiero serlo! Ni quiero comprender sus razones.

—Tranquilo, Trifulco, tranquilo —intervino Marcos Arana.

—¡No me digan nada! ¡No quiero oírlos! ¡Déjenme solo! No me interesa esa clase de amigos que a toda hora están diciendo qué está bien y qué está mal; pero que a la hora de la verdad sacan el cuerpo.

—Hombre, no diga eso.

—¡Por qué no! ¡Si es la verdad! Siempre están sacando el cuerpo. Igualitos a los flamantes compañeros del MIRC que nos sacaron el cuerpo hace rato. ¡Pero no más! ¡No quiero saber nada de ellos ni de ustedes!

Trifulco tiró con fuerza y en movimientos casi simultáneos liberó sus brazos, luego llegó hasta la pared más cercana y comenzó a golpearla con sus puños, que en seguida comenzaron a sangrar por los nudillos.

Sus compañeros fueron rápidamente hasta él y sujetándolo con fuerza lo detuvieron; luego, muy poco a poco lograron que aplacara su ira. Finalmente se calmó por completo.

Allá en el rincón, el último de los agresores en ese momento llevaba su acto hasta el final a sabiendas de que el joven campesino, completamente desgonzado, hacía rato se hallaba en estado de inconsciencia.

En los días subsiguientes a Trifulco se le veía lejano e indiferente con sus compañeros; pero muy activo, relacionándose con los demás reclusos, a quienes hablaba de solidaridad, de organización, de acciones conjuntas, de derechos humanos y de protestas; en sus esfuerzos por encontrar respaldo a sus planteamientos fue de grupo en grupo y de individuo en individuo hasta hablar con todos los reclusos del patio. En principio, ante las actitudes de cinismo, de abierto rechazo y de escepticismo, redobló los esfuerzos y desplegó su actividad con mayor ahínco; pero pasadas dos semanas, cuando las burlas se generalizaron, Trifulco finalmente se fue aquietando como el agua que hierve en el fogón cuando pierde intensidad la llama hasta apagarse, y entró poco a poco en un mutismo que lo llevó a convertirse en la antítesis del que siempre había sido.

Aniceto, Morelo, Daniel y Marcos buscaron sucesivamente acercarse al amigo, que apreciaban desde siempre y que ahora además les preocupaba; pero a pesar de sus grandes esfuerzos no lograron cambiar nada, pues Trifulco se adentraba cada vez más en el cenagoso lodo de la introspección. Con el paso de los días su mutismo se hizo irreductible.

El tiempo transcurría sin que ningún cambio, siquiera mínimo, se advirtiera en su conducta, a la que ya comenzaban a acostumbrarse sus amigos; el tercer domingo de abril, cuando el patio se hallaba colmado de visitantes, fue encontrado por uno de ellos pendiendo por el cuello de su propio cinturón, que había atado a una viga del cielorraso. El cuerpo aún estaba caliente y oscilante; pero deshabitado. Con el índice derecho mojado en su propia sangre, que brotara de una herida practicada a media altura de su antebrazo izquierdo, había escrito sobre el muro encalado: "Esto es más fuerte que yo".

Los últimos acontecimientos exacerbaron el odio y los deseos de venganza en Morelo, que pese a los esfuerzos de sus amigos, decidió salir a misa.

Su plan no obtuvo resultado alguno porque el otro, tal vez de malicioso, no salía. Sin embargo, así como la mayoría de los reclusos esperaban con ansia los domingos, por ver a los familiares o a los amigos que llegaban de visita, él seguía esperando inquieto el día de la misa.

A mediados de mayo, un domingo como a las cuatro de la tarde, cuando hacía casi una hora había entrado el último visitante al patio quinto, Morelo cruzado de brazos, hablaba de pie frente a Aniceto.

Alejandro ese día a medida que avanzaba la tarde se había mostrado más locuaz, pasando sin transición alguna de un tema a otro con el único fin de evitar que la charla se extinguiera, en una lucha de la cual no era consciente, por ignorar el hecho de no haber recibido a nadie aquel día.

De pronto una de sus rodillas se dobló por un segundo en un movimiento involuntario que alguien provocó desde su pantorrilla. Morelo giró, pero antes supo, porque su cuerpo recordó un roce furtivo en el instante anterior con otro cuerpo cálido y familiar, que Alicia con la rodilla había empujado la suya desde atrás en una broma que le era conocida. Quedó mudo, mirando como si no fuera real la mujer de flecos dorados sobre la frente y ojos risueños que estaba ahí. Miraba en silencio aquellos ojos vivaces y los hoyuelos en los duraznos de sus mejillas.

Ella dijo por fin: "¿Todavía estás bravo conmigo, guerrillero?", y su sonrisa volvió a ser como un pañuelo blanco. En seguida se abrazaron largamente diciéndose cuanto tenían que decirse sin una sola palabra. Ese día Morelo supo que nunca antes lo habían abrazado de verdad, aunque había tenido muchos brazos atados a su cuerpo. En cuanto pudo hablar, con las manos sobre la redondez de los hombros desnudos de ella, le reprochó dulcemente.

—¿Qué haces aquí, mujer?
—Vine a sacarte. No sé cuánto tiempo me tome, pero a eso vine.

Una hora de visita era todo el tiempo que tenían y sin embargo fue suficiente para que Morelo se enterara de que un día una compañera de trabajo llegó a la fábrica de escobas con un recorte de prensa para Alicia. El recorte traía la noticia del suicidio de Trifulco, contenía además, en resumen la historia del caso Grasol, como habían dado en llamarlo y mostraba una fotografía de Morelo, el principal implicado.

Alicia había leído y releído el recorte; no se acordaba cuántas veces y desde el principio tuvo la convicción de que estaban cometiendo una injusticia; de igual manera desde el inicio tomó la determinación de no descansar hasta verlo libre.

Alejo también supo en ese lapso que eso había sido quince días antes y que desde entonces ella se había dedicado a arreglar lo de su liquidación en la fábrica, a llevar a los hijos a Bolívar, donde los abuelos, a vender algunas de sus pertenencias y a hacer los arreglos necesarios para desplazarse a Valledupar, donde con seguridad la necesitaban.

Tenía pensado visitar las fábricas, los talleres, las fincas, hablar en los buses, en los almacenes, en las plazas de mercado y en cualquier lugar donde encontrara trabajadores, para pedirles que colaboraran con un trabajador caído en desgracia. Para tal fin había conseguido recomendaciones por escrito de Hipilandia y de la granja del peruano, lo mismo que una certificación de buena conducta firmada por el párroco de Bolívar. Con el dinero que recolectara se proponía contratar al mejor abogado de Valledupar, donde había decidido establecerse hasta cuando Alejo saliera de ahí.

Tuvieron tiempo incluso para perfeccionar el plan. Abogado ya tenían y no iría ni a los buses ni a las plazas de mercado, sino a los sindicatos, y no se hablaría de un trabajador caído en desgracia, sino del atropello a los dirigentes del sindicato de Grasol.

Acordaron ampliar el radio de acción más allá de Valledupar y el Cesar; finalmente Morelo recomendó que se acercara a los compañeros del MIRC, les comentara lo que pensaba hacer y les pidiera su concejo y apoyo.

Nada había sido tan gratificante desde que comenzaron los malos tiempos para Morelo, como aquel encuentro que hizo florecer su corazón y lo puso de nuevo en el camino que extraviara desde cuando murió Trifulco.

Alicia en primera instancia se dirigió a Rafael Laguna, secretario del regional del MIRC, en Santander y personalmente le expuso su proyecto. Con él y con el encargado del frente obrero diseñaron un programa de visitas a los diferentes sindicatos en Bucaramanga y Valledupar, que de inmediato se pusieron en acción.

Los resultados comenzaron a verse y antes de transcurrida la primera semana, Alicia llegó a la penitenciaría con colchones, ropa y artículos de aseo personal, para todos los implicados en el caso Grasol. Tres semanas después, por mediación de algunos dirigentes sindicales del Cesar, fueron trasladados de patio.

Recién llegados al patio cuarto, un recluso con un brazo enyesado, la cabeza vendada y un ojo amoratado, se dirigió a Alejo.

—¿Ustedes son los de Grasol?

—Sí.

—Venga, compañero. No piense en la causa. Venga p'a mi celda.

Alejo, desconfiado pensó no hacerlo; pero se dijo a tiempo que el otro en tal estado no podría victimizarlo y decidió entrar.

—Mire compañero, esta biblioteca. Úsela como si fuera suya. Lea, no piense en la causa; eso sí, me cuida los libritos y tranquilo.

Alejo paseó los ojos incrédulo por los seis entrepaños de una desvencijada estantería metálica de color gris, donde se alineaban en riguroso orden de tamaño, varias decenas de libros, entre los que alcanzó a distinguir las obras completas de Marx y Engels, el Manifiesto Comunista, La Historia del Partido Bolchevique, Escritos de Lenin, las Obras Escogidas de Mao, La Economía Mundial y El Imperialismo, de Bujarin y Los Fundamentos del Leninismo, de Stalin. Morelo, para quien no todos esos nombres eran desconocidos, sintió como si se encontrara en el templo del saber y henchido de alegría miró respetuosamente al apaleado en quien veía un perseguido político diciéndole:

—Compañero, no sabe lo contento que esto me pone. De verdad se lo agradezco. Y tranquilo que yo se los cuido como si fueran un tesoro.

—Es que son un tesoro —replicó vivazmente herido.

Luego extendiendo el brazo bueno señaló hacia un rincón, donde se apilaban en el piso un buen número de revistas "China Reconstruye" y "Unión Soviética". Con un tinte de ufanía en la voz agregó:

—Ahí tiene con qué entretenerse —de inmediato haciendo una transición requirió—: Pero siéntese, compañero y me cuenta qué fue lo que les pasó.

Ante la mirada atenta de Carlos Segura, que era como se llamaba el vendado, Alejo Morelo hizo un relato del caso sin omisión alguna y al final, sin dar tiempo a ningún comentario, preguntó con algo de timidez.

—¿Y usted, por qué está aquí, compañero?

—¿Yo? Por una prima —y esperó con ojos risueños que Alejo hiciera más preguntas; pero ante el desconcierto de su interlocutor, que había esperado oír una razón política, continuó con igual actitud—: Por una prima de ustedes —y disfrutando la extrañeza aún mayor de Morelo, complementó—: ¿Recuerda la última prima que les iban a pagar a ustedes en Grasol?

—Sí.

—La del camión que asaltaron.

—Sí, sí me acuerdo.

—Eso lo hice yo. Me les llevé la prima a esos desgraciados y me la rumbié. Pero hará unos quince días un soplón los puso en la pista y me echaron mano. Casi me les voy. Una maldita camioneta que me avioné me dejó botado por gasolina, de lo contrario me les voy. Mire dónde estoy. No creo que me puedan probar nada. Lo de la camioneta vale huevo a la hora del té.

—Aaaah... —dijo Morelo sin emitir palabra mientras trataba de hacer coincidir las partes del rompecabezas.

—Sí, compañero, yo trabajo en eso. Claro que mi especialidad son los muebles.

—Ah, ebanista —dijo Morelo subiendo las cejas y tomando un segundo aire.

—Sí, pero no le jalo sino a los bancos —con los dedos de la mano libre hizo el ademán de billetes.

—Aaaah...

—A los bancos; porque es que hay que darle duro a la burguesía, ¿me entiende? —y se echó a reír pícaramente.

En la celda de Carlos Segura o "A la Fija", que era como él prefería que lo llamaran, Morelo pasaba muchas horas entregado a la lectura, al ajedrez y a escuchar los comentarios o el relato de las hazañas de su locuaz anfitrión, que se catalogaba revolucionario puro. Decía sin ambages que a él siempre le había gustado la revolución, que había militado en dos o tres partidos de esos; pero que ahora era independiente y les colaboraba a todos. "Porque todo lo que sea zurdo me encanta, ¿entiende?".

En una ocasión, mientras hojeaba una revista llamó la atención de Alejo.

—Oiga, compa.
—Ajá.
—Venga, mire esto. ¿A usted no le parece, compa, que viejomao como que se está aburguesando?
—¿Por qué, por qué dice eso, compañero?
—Hombre, vea. ¡Cuántos botones tiene viejomao en ese vestido, vea! Y apuesto a que en la China debe haber mucho campesino sin un botón para la camisa.
—Compa, pero ese es un traje militar.
—No, no, hombre. ¡Qué derroche! ¡Qué despilfarro! Para mí que viejomao se está aburguesando.

En otra oportunidad, como Alejo viera de tiempo atrás que Segura, después del baño se ponía los pantalones sin ponerse calzoncillos, quiso mostrase solidario.

—Vea, compañero yo tengo ropa interior suficiente, de la que me han traído aquellos compas. Tome estos calzoncillos para usted, están sin estrenar.
—Me extraña, compañero, que usted, todo un revolucionario me ofrezca ropa interior a mí. ¿Usted es revolucionario o no, compa?
—Bueno... Yo creo que sí. Hasta donde entiendo, creo que voy en eso. Pero ¿por qué me pregunta, compañero? ¿Cuál es el problema? Me hace sentir incómodo.
—Me extraña, compañero, que me ofrezca y que usted use ese tipo de prendas. ¿No sabe, compañero que esos son vicios pequeñoburgueses infiltrados en el proletariado?

Un buen día, después de varios meses de compartir la celda, Morelo lo vio entrar muy animado con un tablero, unas tizas y una almohadilla para borrar. Se puso a instalar el tablero muy eufórico, silbando a ratos. Cuando hubo terminado se frotó las manos y entusiasmado enunció:

—Vamos a convertir esta celda en una escuela de marxismo-leninismo. Vamos a dictar clases para desasnar a esta recua de bestias. ¿Qué clases dicta usted y qué clases dicto yo? Hable a ver, compa.

—Hombre, yo algo entiendo, pero no estoy capacitado para dictar clases todavía.

—Bueno, ¿me va a ayudar o no?

—Claro, yo asisto a sus clases, pero dictar yo no puedo.

—Está bien, asiste. Ya tengo invitados cinco giles de esos. Mañana empezamos.

En efecto al día siguiente cinco reclusos llegaron puntualmente a la hora convenida y después de acomodarlos, Carlos empezó su clase.

—A ver, usted. Dígame por qué está aquí.

—Porque usted me invitó.

—No, hombre. No digo en esta celda sino en esta pocilga.

—¡Ah! eso sí, por un compadre mío. Estábamos tomando un trago y se puso a hacerme el reclamo de unos linderos y después a ofenderme... entonces yo le zampé un machetacito... ya después él se agravó y se murió. Yo no tengo la culpa. La culpa es de él por ponerse a ofenderme.

—¡Se dan cuenta! ¡Se dan cuenta! Ya le está echando la culpa al compadre. No señor. La culpa es del gobierno que les proporciona el trago para embrutecerlos.

—A ver, el compañero allá. Diga cuál es la capital del Cesar.

—¡Ju! Yo de eso no sé nada.

—¡Se fijan! No saben ni dónde están parados. Por eso es que los joden. El camarada Lenin dice al respecto: "Todos quieren la libertad; pero pocos saben para qué". Alce la mano el que no quiera estar libre. ¿Se dan cuenta? Todos queremos salir de aquí, pero nadie hace nada para lograrlo. Tenemos que pellizcarnos. El mismo Lenín también decía: "Si no eres parte de la solución eres parte del problema. Actúa." ¡Un verraco el man!, ¿sí o no? Y actuar aquí ¿qué es?... pues estudiar, aprender —y se adentraba en un laberinto de citas que extraía de su memoria, matizándolas con las ocurrencias que de momento le surgían, para explayarse en una confusa exposición que no tenía pies ni cabeza.

Las semanas pasaban y las clases de Segura continuaban atrayendo a aquel grupo de seres elementales, que casi siempre en su fuero interno terminaban culpándose a sí mismos por no entender ni jota, y que a pesar de todo, seguían optando por esa forma sana de pasar el tiempo. La escuela de marxismo-leninismo marchó, pues sin ningún tropiezo, hasta el día en que el director de la cárcel tuvo noticias de su existencia, motivando en forma automática la remisión del profesor al quinto patio.

Segura confió sus pertenencias a Morelo y se despidió dándole ánimos como si fuera éste el que debiera estar afligido. Le decía que volvería pronto y que no llevaba ningún libro porque "de seguro esos viciosos" para donde iba, terminarían deshojándolos para envolver la marihuana.

Su estadía en el quinto patio no pasó más allá de la siguiente visita carcelaria, visita que cada quince días efectuaban los jueces para dar a conocer el estado de los procesos. Patio por patio iban desfilando ante los jueces o sus delegados para recibir los informes. Cuando le correspondió el turno al quinto, Carlos Segura pidió la palabra.

—Señor presidente de esta visita. Tengo entendido que según el código de procedimiento penal, las visitas carcelarias no son solamente para informar a los reclusos el estado de sus casos, sino también para verificar si la verdadera rehabilitación se está dando; así como para conocer las condiciones en que están recluidos.

—Sí, efectivamente así es. ¿Y esto a qué viene?

—Señor presidente, solicitamos que se haga una visita guiada al patio quinto para que ustedes mismos vean en qué condiciones estamos.

Los miembros de la comisión que nombraron para inspeccionar

el lugar referido, regresaron casi en seguida e informaron que les había sido imposible entrar, ya que las aguas negras que anegaban el patio, los excrementos humanos y la fetidez lo habían impedido.

El director de la visita se contrarió hasta tal punto, que no tuvo reparos en llamarle públicamente la atención al alcaide y ordenó de inmediato visitar los demás patios, donde como es de suponer, halló otras irregularidades, que motivaron una reconvención mayor.

Concluida la visita, el director, llamó a su oficina a Carlos Segura.

—¿Por qué me hace esas cosas, hombre? ¿Por qué no me lo dijo a mí?

—Señor director, porque si yo digo algo, lo que hacen es meterme al calabozo.

—Bueno, lo voy a cambiar de allá, pero no me forme más problemas.

—Cámbieme, pero con una condición.

—¡Ah! ¡Ahora me va a poner condiciones! Bueno, diga a ver qué quiere.

—Que me deje seguir dictando mis clases, señor director.

Luego se presentó un forcejeo verbal en el que el director decía que él no quería ahí comunismo, ni que le fueran a hacer huelgas o motines, y el otro que tranquilo que ambos sabían de sobra que la revolución no se hacía en las cárceles.

Ya por último el recluso se comprometió a que nada anormal se presentaría y volvió a su celda y a sus clases. En adelante todo transcurrió dentro de lo que allí era normal.

Después de casi veintiséis meses, Carlos Segura fue condenado en audiencia pública a seis años; pero gracias a su conducta y a la mediación del directorio conservador de su pueblo, al cual apeló, obtuvo una rebaja del treinta por ciento y en Cúcuta, donde acabó de pagar su pena, trabajó con astucia para lograr otra rebaja. El mismo día que fue trasladado, en cuanto llegaron a la ciudad, invitó a almorzar a los dos guardianes encargados de su custodia durante el viaje; luego les brindó un aguardiente y otro y otro hasta que se las arregló para emborracharlos; tan pronto lo consiguió, se presentó en la primera inspección de policía que halló, diciendo que venía remitido de la cárcel de Valledupar, pero que los encargados de traerlo se habían emborrachado y que él no quería exponerse a que le pegaran un tiro o le hicieran daño, estando como estaban. Luego condujo a los policías hasta el restaurante donde había dejado a las fichas claves de su juego. Para la justicia, como lo esperaba, ese comportamiento fue catalogado como ejemplar y le concedieron otro año de rebaja, viéndose libre antes de lo que creyó.

Morelo tuvo conocimiento de estos hechos a través de una carta que Segura le envió desde la penitenciaría de Cúcuta, en la cual le prometía que en cuanto se viera libre contrataría al mejor abogado para que lo sacara a él y a sus compañeros, pues ya tenía resueltos todos los detalles de un viejo proyecto en un banco. Pero las últimas noticias que tuvo de su anfitrión del patio cuarto, llegaron en un recorte de prensa donde el cronista vertía sus recuerdos de Bony and Clide para narrar las circunstancias en que cayeron abatidos Carlos Segura y sus asociados cuando trataban de huir con dos tulas llenas de dinero que minutos antes habían sacado precipitadamente de un banco de Bucaramanga, después de reducir con sus pistolas a todos los presentes.

Durante los largos meses de reclusión en Valledupar, Alejo Morelo y sus compañeros no vieron avanzar su proceso, ya que la indagatoria pública que pidiera el doctor Nelson Mantilla, desde cuando asumió la defensa, pocos días después de haber sido llevados a esa ciudad, fue aplazada en cuatro o cinco oportunidades aduciendo razones de orden público, pues la reputación de guerrilleros de peligro que les fabricara Orduz, y parapetado en las oficinas de Grasol, había hecho carrera en los medios informativos, que se encargaron de difundirla por todos los rincones del país; a eso contribuía el hecho de que el MIRC en todas las ciudades a donde llegaba Alicia dando a conocer el problema e invocando solidaridad, movilizaba su militancia que salía a la plaza pública a protestar y exigir la libertad de los acusados. De manera que no era extraño leer en los diarios o escuchar en la radio que los exdirigentes del sindicato de Grasol eran subvencionados por Moscú o Pekín.

Finalmente decidieron que la audiencia no podría realizarse en esa ciudad e iniciaron gestiones para trasladar el proceso a San Gil, luego a Bucaramanga y por último a Tunja, sin otro propósito que el de diferir por varios meses su realización. Agotadas las argucias dilatorias y ante los alegatos del doctor Mantilla, iniciaron en firme el traslado del caso a la ciudad de Pasto, donde creían que el MIRC era más débil.

El viaje a Pasto resultó, para Alejo Morelo, tenso y extenuante, pues todo el trayecto tuvo que hacerlo esposado a Gómez Sierra, que había jurado matarlos a él y a Araque, en quienes veía los causantes de su desgracia. Arturo Araque por seguridad había sido llevado la semana anterior, y nunca antes Gómez Sierra había estado tan cerca de Morelo, pues siempre los habían puesto en patios diferentes. Se diría que en aquella ocasión le estaban facilitando las cosas al criminal. A donde iba uno, tenía que ir el otro y desde el momento en que Alejo vio en el baño que escondía un cuchillo en un zapato, no pudo estar desatento a los movimientos de quien parecía acecharlo a toda hora.

Contradiciendo el estigma de peligro que habían fabricado para ellos, fueron enviados bajo la vigilancia de dos guardianes, que iban comprando tiquetes de buses de línea en las ciudades a donde arribaban.

En Bucaramanga no fue posible que los guardacárceles accedieran a quitarles las esposas para que pudieran comer sin ayuda, los platillos que preparó una comisión de mujeres de MIRC. Desde el andén opuesto, controlados por un cordón de policías, un centenar de manifestantes agitaba banderas, pancartas y consignas, en las que exigían la libertad de los detenidos, exaltaban a los trabajadores revolucionarios de Colombia, protestaban por el sistema judicial del país y lanzaban abajos a las clases explotadoras, al igual que a las autoridades venales.

Los guardas visiblemente nerviosos compraron los tiquetes y abandonaron la ciudad precipitadamente.

Pasada la media noche arribaron a Bogotá y pese a que la mayoría de la gente que salió a recibirlos ya se había retirado a sus viviendas, encontraron unas doscientas personas cuya irrevocable decisión era pasar la noche en claro de ser necesario.

En esa oportunidad, los carceleros impidieron que los trasladados salieran del bus que los había traído, hasta que estuvieron hechos los arreglos necesarios para transbordarlos al que los llevaría a Cali, y solamente a una delegación de cuatro mujeres se le permitió subir para que presentaran un saludo en nombre del MIRC e hicieran entrega de un dinero recolectado entre la militancia días antes, al igual que algunos artículos de aseo personal y unas provisiones para el resto del trayecto.

En Cali la situación se tornó un tanto inmanejable, pues un número indeterminado de estudiantes y obreros que salieran a recibirlos, viendo que un piquete de policías impedía su ingreso a las instalaciones de la empresa transportadora, pasaron sin mucho esfuerzo de los gritos a las piedras. Cuando los uniformados arremetían devolviéndoles violentamente los guijarros, que habían parado con sus escudos de acrílico, ellos se replegaban; y sólo cuando tenían algo arrojadizo en sus manos y los otros no, refluían.

Una hora más tarde las casas contiguas estaban quedando sin tejado, porque al que se le ocurrió que las tejas de barro podían convertirse en proyectiles, tuvo muchos imitadores que treparon de inmediato para mantener a sus compañeros de la calzada abastecidos.

La refriega se prolongó hasta cuando el número de descalabrados, las bombas lacrimógenas, las Molotov y los disparos que esporádicamente empezaron a oírse, presagiaban una hecatombe.

La caballería, entonces, sable en mano, llegó arremetiendo sin consideración alguna contra los revoltosos, que se desperdigaron por las esquinas, por las puertas, por las ventanas, por los antejardines, por los solares y por cualquier resquicio que vislumbraran en su precipitud. En cuestión de segundos tan sólo quedó un montón de escombros sobre aquellas calles y una que otra barricada que no había sido vulnerada del todo.

Los reos fueron subidos precipitadamente a un carro blindado de la policía, que los condujo a la XVIII estación, donde pasaron la noche en un calabozo estrecho, acompañados de cuatro travestis de peluca rubia y enlunarados a lápiz. De allí fueron sacados antes de que aclarara el día para que emprendieran la última etapa de su itinerario.

En Pasto las autoridades en una actitud típica de la región, anunciaron la llegada no para ese día, sino para el siguiente, evitando así incidentes como los vividos en las otras ciudades que los vieron pasar.

El penalista Rogelio Merlano, de gran prestigio en San Juan de Pasto, en principio aceptó encargarse del caso; pero desistió antes de haberse constituido legalmente en el defensor, porque en su oficina se presentó una mañana José Joaquín Orduz con un cheque en blanco para que el abogado pusiera el precio de su colaboración en procura de la condena de los procesados.

Merlano, indignado, rechazó la oferta cortésmente y se puso al margen del caso; pero días más tarde estableció contacto con los tres abogados que finalmente habían asumido la defensa y les contó lo ocurrido, manifestando que estaba dispuesto a repetirlo en la audiencia pública en caso de que ellos lo consideraran necesario.

El tiempo había andado lentamente y aunque la defensa desde el principio trabajó con empeño para que la audiencia se llevara a cabo, sólo había sido posible realizarla veinticinco meses después, cuando el juzgado no halló más excusas; como el traslado y la radicación del proceso que tomó inexplicablemente casi seis meses, o las reformas locativas del auditorio, costeadas por Grasol, que tomaron otros cuatro.

Sin embargo, de todo el tiempo de reclusión, el transcurrido en la penitenciaría de Pasto fue el más llevadero para Morelo. Los disturbios de Cali y los incidentes de Bogotá y Bucaramanga al ser registrados por la prensa reforzaron la creencia de que se trataba de guerrilleros y aunque esto no les favorecía ante los tribunales, sí les mereció el respeto en los patios.

Alejandro Morelo completó allí sus estudios primarios y al igual que sus compañeros adelantó cursos de talla en madera, barniz de Pasto y técnicas agropecuarias, lo que les permitía salir del penal esporádicamente y los beneficiaría en caso de ser condenados.

Otro factor favorable resultó ser la admiración que despertó en el director de la cárcel la habilidad de Morelo para el ajedrez. El teniente, en secreto se prometió a sí mismo derrotarlo algún día y con tal fin lo hacía llevar a su oficina desde muy temprano; Morelo tenía que soportar el mal humor camuflado de su adversario, que indefectiblemente brotaba después de la primera partida, y pese a que en muchas ocasiones el teniente lo hizo sentir como la vigesimoprimera ficha del juego, resultaba mejor estar allí que en el patio, por lo que Alejo se alegraba a menudo de que Carlos Segura le hubiera enseñado ese juego en su celda de Valledupar.

El día de la audiencia por fin llegó. Alejo y sus compañeros fueron llevados en una patrulla de la policía escoltada por otros dos carros de la misma institución que avanzaban con lentitud adelante y atrás respectivamente. El trayecto a recorrer no era mayor que cuatro o cinco cuadras y a lo largo de ellas, a lado y lado, habían dispuesto un cordón policial que impedía el paso a otros vehículos.

El edificio donde se hallaba el juzgado estaba totalmente acordonado por el ejército y en medio de no menos de quince agentes de seguridad, armados exageradamente, los exsindicalistas fueron conducidos desde las puertas de la patrulla hasta el segundo piso, donde se hallaba la sala de audiencias.

El recinto capaz de albergar unas cuatrocientas personas se hallaba colmado con las delegaciones sindicales que acudieron de todas partes del país, razón por la cual el señor juez en principio se negó a llevar a cabo la audiencia y exigió que se desalojara la sala; finalmente terminó accediendo ante la insistente petición de los abogados defensores, quienes se responsabilizaron por el comportamiento de los asistentes.

Ya por último con la autorización del juez, el fiscal, los acusadores, los defensores y los acusados se ubicaron en sus correspondientes sitios y se dio inicio a la audiencia.

A la derecha del estrado del juez y un poco hacia adelante, se encontraban los miembros del jurado de conciencia, que llegaban a doce y que permanecían impasibles en espera de la decisión para efectuar o no la audiencia.

En la primera vuelta el fiscal renunció al uso de la palabra cediendo su turno a los acusadores, quienes a su vez lo cedieron a los defensores y estos se encargaron de completar el ciclo de abstenciones, dejando de nuevo en primera línea al fiscal, que sin otra alternativa comenzó su intervención remontándose al amanecer de los tiempos para traer a cuentas el crimen de Caín. De la prehistoria pasó a la historia y de cada una de sus diferentes etapas recordó los mayores exponentes de la infamia para afianzar la tesis de la eterna existencia de los bajos instintos y la tendencia maligna en la naturaleza humana. Todo eso para inscribir a Pablo Gómez Sierra y a Morelo en esa categoría de seres lesivos, perpetuadores del mal, que cada época está en la obligación de extirpar de su tejido social.

Al cabo de dos días, durante los cuales esbozó un cuadro siniestro de colores encendidos, terminó pidiendo veinticuatro años de prisión para Gómez, veinte para Morelo, ocho para Araque y cuatro para cada uno de los demás, en una actitud, que según él pretendía ser benévola. Por último, en una especie de posdata verbal, se permitía sugerir que fueran trasladados a la isla-prisión de Gorgona por ser la cárcel más segura, la más cercana y la más adecuada para albergar a individuos de tan alta peligrosidad.

De cumplirse al pie de la letra sus deseos, Pablo Gómez Sierra y Alejandro Morelo serían los únicos que permanecerían recluidos, pues Araque y los demás tendrían paga su pena, una vez aplicadas las rebajas a que tenían derecho por su buena conducta.

En seguida hablaron uno a uno los acusadores, cuyos planteamientos en esencia coincidieron con los del fiscal y aunque ninguno en su exposición fuera tan patético ni tan exhaustivo, sus intervenciones tomaron una semana. Coincidían entre sí, en pedir veinticuatro años para Gómez y Morelo, y la exoneración para los demás implicados, por considerar que no debían nada.

En su momento, la defensa se pronunció por boca del doctor Hugo Sáchica y en términos muy concretos se refirió a la inocencia de los acusados y a la inconsistencia de las pruebas con que se les pretendía condenar. En una breve exposición que no tomó más de dos horas quiso poner en claro la injusta persecución que habían padecido los dirigentes sindicales, como parte de las retaliaciones desatadas por Grasol, que jamás les perdonó el haber adelantado una lucha laboral irreductible ante el miedo o los halagos.

Dijo que estaba en capacidad de demostrar que todo obedecía a una patraña urdida y puesta en práctica por José Joaquín Orduz con el soporte y el aval de Grasol. Que Orduz, en su afán irracional de saciar su venganza de proporciones exageradas, transitó una y mil veces los caminos del soborno y la intimidación, desconociendo con soberbia los límites de la decencia y la ética.

Que en la sala se encontraba, dijo, el doctor Rogelio Merlano, a quien había tratado de sobornar el propio Orduz en persona y contó de qué forma; además afirmó que si su señoría lo consideraba necesario, el doctor Merlano podría presentar su testimonio.

Luego, en unas cuantas frases resumió el pasado de cada uno de los inculpados y aseguró tener en su poder óptimas referencias por escrito expedidas por las empresas con las que habían trabajado, así como certificados de buena conducta expedidos por los párrocos de sus correspondientes lugares. Por último, pidió que se autorizara a Arturo Araque para que hablara, ya que lo que tenía que decir seguramente daría luces al caso.

El juez, que desde el principio de la audiencia aquel día daba la impresión de estar allí esculpido, abandonó por un momento su mutismo para autorizar que Araque hablara.

Arturo Araque se incorporó y pausadamente llegó hasta el sitio asignado a los testigos, que estaba prácticamente frente al jurado de conciencia y del lado izquierdo del juez. Comenzó a hablar. Buscaba las palabras sin prisa, con el único afán de ser preciso.

—Señor juez y señores miembros del jurado. Voy a contar lo que a mí me sucedió. Tal como fueron los hechos y tal como los conté en Valledupar cuando pedí ampliación de la indagatoria.

Terminado el mes de octubre de 1967, dos semanas después de haber quedado libre junto con otros tres compañeros, fui llamado a la oficina de relaciones industriales de Grasol. Allí el doctor José Joaquín Orduz me ofreció café y cigarrillo y me dijo que quería hablar conmigo porque necesitaba que le colaborara con el caso del doctor Álvaro Hernández. Yo no sé qué cara pondría porque me dijo que no me asustara, que tranquilo, que era algo muy sencillo.

Dijo que el proceso estaba estancado y que la única forma de seguir adelante era que alguien confesara. Yo le dije que no entendía y él comenzó a explicarme que el sindicato había caído en manos de los comunistas, y que de seguir las cosas como iban, se quedarían también con la empresa. Que a nosotros nos habían lavado el cerebro y que les colaborábamos porque nos mantenían engañados; pero que ya era hora de que despertáramos y no los siguiéramos como borregos.

Preguntó si estaba enterado de las visitas de Morelo a mi casa cuando yo salía y dijo que abriera el ojo, que no me confiara. Mi mujer en un par de ocasiones me había dicho que del sindicato habían ido a buscarme y entonces yo pensé en ese momento, que sin duda había sido Alejandro. Me pareció que el doctor me estaba abriendo los ojos y hasta me sentí agradecido. Luego siguió diciéndome que yo tenía un hogar bonito que debía conservar y otro poco de halagos así por el estilo. Me preguntó si alguna vez había pensado en cambiar de ambiente, en irme a vivir a una ciudad, por ejemplo; que eso era lo que más me convenía después de lo sucedido y que la empresa estaba dispuesta a darme una casa en Bucaramanga y una platica para que iniciara algún negocio. Que yo simplemente tenía que presentarme y decir que la junta directiva del sindicato había aprobado en secreto atentar contra el doctor Orduz o contra el doctor Hernández, contra el que primero se pudiera. Que Alejandro Morelo había hecho el negocio con Pablo Gómez Sierra en el taller del mecánico Rebeiz, que yo había sido testigo porque me hallaba allí por casualidad. Que el trato fue por diez mil pesos y que Morelo se comprometió a facilitar el arma. Le pregunté quién era Pablo Gómez y él me preguntó que si no lo conocía; le dije que no y él dijo que no importaba.

Yo me presenté y dije lo que él dijo que dijera; pero me detuvieron y enseguida me llevaron a Bucaramanga. Allá me encerraron y comenzaron a interrogarme. Me decían que dijera todo lo que sabía. Les dije que yo no sabía nada, que yo decía lo que el doctor me dijo. ¡Ah, con que no sabe nada! ¡Hable a ver, no se vaya a hacer matar! ¡Hable a ver gran hijo de tantas! Y me descargaron el primer cachazo con el revólver. Eso me sangraron todo, pero no les importó y me seguían atizando. Yo qué iba a decir nada, si nada sabía. Entonces me metieron una bolsa de plástico así por la cabeza y la amarraron aquí bien fuerte. Yo me estaba era asfixiando y ellos dele con la preguntadera. Ya no podía decir ni pio y eso más rabia les daba. Arreciaban los golpes por todo lado; yo ya ni los sentía porque tenía el cuerpo como dormido; y así hasta que perdí el sentido.

Cuando desperté, dizque cuatro horas más tarde, estaba ahí tirado en el piso, en un charco de aguasangre. Seguramente me echaron agua para ver si reaccionaba. Luego me hicieron firmar unos papeles; dizque mi declaración.

De ahí me llevaron a Valledupar. Allá llegó un día el doctor Orduz y me mandó a llamar porque quería conversar conmigo. Dijo que se había enterado de todo lo que me habían hecho en Bucaramanga, que era un atropello, claro, pero que había sucedido debido a una equivocación.

Me llevó esta muda de ropa que nunca usé y estos setenta y cinco pesos que aún conservo intactos.

Ya para irse habló de pagarme un abogado para que me sacara lo más pronto posible y se despidió diciéndome que no me preocupara, que me quedara tranquilo, que él me iba a recompensar con largueza.

Yo desde lo de Bucaramanga había perdido la fe y todo lo que me decía me entraba por una oreja y me salía por la otra.

Eché a pensar en que todo lo que me habían hecho se lo habrían hecho también a mis compañeros por mi culpa y comencé a sentirme sucio.

Poco a poco fui llenándome como de vergüenza, como de odio conmigo mismo. Y cuando supe lo de Trifulco pensé en hacer igual, porque creía y aún creo que no merezco otra cosa... pero me di cuenta, y perdonen ustedes, que ni siquiera para eso tengo los suficientes cojones.

En sus ojos no cabían más lágrimas y comenzaron a bajar por sus mejillas. Araque las sentía deslizarse, en ningún momento mostró la más leve intención de impedirlo; por eso sus brazos seguían colgando a lado y lado mientras los minúsculos ríos prolongaban su curso. En ese momento no tenía conciencia del efecto catártico de su llanto, pero la sensación física de liviandad en su cuerpo pacificó su espíritu y lo llevó a un estado de serenidad que hacía mucho tiempo no experimentaba y que ya había empezado a olvidar.

—Ya por último —dijo para terminar—, quiero decir públicamente que el único perdón que imploro es el de mis compañeros, que son las personas a quienes les falté. Que traten de comprender mi debilidad y me perdonen... no es que tema que me hagan algo, no. Es que necesito que me perdonen para poder vivir en paz conmigo mismo, como en los viejos tiempos...

En ese punto su voz se ahogó e incapaz de continuar hablando, tomó asiento y allí permaneció mudo, mirando al frente a un punto indefinido, sin ocultar la cara.

El defensor tomó de nuevo la palabra y dirigiéndose al juez y al jurado de conciencia les dijo que la defensa no tenía otra cosa que agregar y que dejaba en sus manos el destino de aquellos inocentes.

El señor juez, entonces, pidió a los presentes que desalojaran ordenadamente la sala y que los detenidos fueran conducidos a un salón contiguo, para que los integrantes del jurado pudieran deliberar y dar a conocer su decisión.

La cafetería del turco Amín Jalib se colmó una vez más con las delegaciones asistentes y las dos meseras extras que había contratado desde cuando comenzaron las sesiones, junto con las dos que trabajaban allí permanentemente, se esforzaban para atender a la clientela, que había crecido en forma inusitada.

El turco desde el primer día mostró interés en el caso de los exsindicalistas de Grasol y para entonces se había familiarizado tanto, que preguntaba con nombres propios por los acusados y al referirse a ellos lo hacía con simpatía queriendo conocer los pormenores de cada sesión. Total que era frecuente, como en aquel día, verlo más preocupado por saber qué había ocurrido en la sala de audiencias, que por lo que sucedía en su local.

Entre tanto, Alejandro Morelo en la sala a donde fue llevado con sus compañeros, vivió los cuarenta y cinco minutos más tortuosos de su vida.

De acuerdo con las peticiones de la fiscalía y los acusadores, de ser condenados, él sería el único que permanecería recluido y la amargura que esto le generaba, diluía por completo cualquier tinte de alegría que pudiera proporcionarle la libertad de sus compañeros.

A través de los últimos cincuenta y tantos meses los hechos habían sido manipulados de manera tal que el poder económico había derrotado a la justicia reiteradamente, lo cual producía en su estado de ánimo cierto escepticismo y una desesperanza que por momentos se posesionaban de él, haciéndole perder por completo el aplomo y sumiéndolo más bien en un estado como de fantaseo que ahondaba más y más su desdicha.

Por eso, mientras esperaba en aquel lugar la decisión del jurado de conciencia, alcanzó a verse en una isla deambulando solitario sobre la arena caliente, que quemaba sus pies descalzos. Iba de un lado a otro buscando inútilmente un poco de agua dulce que mitigara su sed, acallara el chirrido que quería reventarle los oídos y atenuara, aunque fuera en parte, el dolor que producían los rayos del sol al penetrar su piel como finísimas agujas incandescentes. A medida que caminaba, más se alejaba de todo aquello que alguna vez amó y aunque su deseo era detenerse y regresar, una fuerza superior a él lo impulsaba a continuar, pues en su interior alguien le decía, como a lady Macbeth, que ya era más difícil el regreso.

Momentáneamente salió de aquel trance de pesadilla cuando les dijeron que debían volver a la sala de audiencias; pero mientras caminaba hacia allá se imaginó despidiéndose de sus compañeros de reclusión y le pareció que los pasos que daba lo conducían a la embarcación que lo llevaría a Gorgona. Luego comenzó a sentir la cabeza como una ahuyama de proporciones inverosímiles que pesaba enormemente; pero que a la vez flotaba y llevaba su cuerpo por los aires.

En la sala sentado junto a los demás inculpados ante el juez, sentía que su cabeza de tamaño exagerado, lo halaba hacia el techo, y no bien se había acomodado cuando sintió que en tropel entraban las diferentes delegaciones; pero al girar advirtió que eran los uniformados, que con cascos y escudos además de las armas habituales, precipitadamente llegaban para formar un doble cordón entre los acusados y el público que entró posteriormente silencioso y ordenado.

Cuando todo estuvo dispuesto el juez ordenó silencio para acallar los murmullos que se levantaban y acto seguido pidió que se diera a conocer el veredicto.

Uno de los jueces de conciencia leyó todo el expediente de Marcos Arana y finalizó declarándolo inocente por falta de pruebas. Cuando se disponía a leer el del siguiente acusado, el doctor Hugo Sáchica se dirigió al juez para pedirle que autorizara la lectura escueta de cada uno de los veredictos: culpable o inocente, por considerar que los expedientes en lo fundamental eran iguales.

La petición del defensor fue aceptada y se procedió a dar uno a uno los veredictos, que resultaron absolutorios en su totalidad, por falta de pruebas. Cuando se conoció el último, que fue el de Alejandro Morelo, la gente se precipitó y afianzándose en los mismos uniformados rompió el cordón policial para ir a abrazarlo y a presentar su saludo a los defensores. Entre tanto, se oían los acordes de La Guaneña en todo el recinto, e inmediatamente después los asistentes entonaron La Internacional a todo pulmón concluyendo con gritos de júbilo y una algarabía triunfal que no cupo en aquel salón.

Quince días después se vieron por fin libres y de la penitenciaría fueron directo al negocio del turco Jalib que ofrecía una recepción para agasajarlos. Allí llegaron pasado el mediodía, en una caravana de carros a los que se les había acondicionado banderas y pancartas del MIRC, junto con otros que fueron adaptados como carrosas de carnaval con monumentales muñecos de espuma y de papel caricaturizando a Orduz. Comparsas alegóricas a la justicia, la barbarie de los capataces, el despotismo y la crueldad, también tuvieron sitio en aquel desfile, que a su paso detuvo el tráfico por algunos minutos mientras avanzaba triunfante.

A partir de entonces y durante toda una semana hubo festejos y celebraciones que los llevaron a la laguna de La Cocha, al santuario de Las Lajas, a la localidad de Pupiales y a otros lugares donde se ofrecieron actos de desagravio.

Finalmente un sindicato de trabajadores organizó en la sede de su club en San Juan de Pasto un buffet y una reunión bailable a los que curiosamente asistieron, sin que se supiera nunca quién los invitó, el juez y el señor fiscal con su nueva secretaria.

Terminados los agasajos en el departamento de Nariño, los exdirigentes sindicales viajaron a Bogotá, donde fueron recibidos por la máxima dirigencia del MIRC en su sede; allí les brindaron un homenaje en el que Jerónimo Abril cantó por primera vez en público la canción que había compuesto para Alejo y Alicia, y que decía más o menos así:

Alejo y sus compañeros,
donde no debían estar,
pasaron años enteros.

Fueron días como cuchillos
que tatuaron en el alma y en la piel
heridas que aunque profundas
no lograron hacerlos desfallecer.

Alejo tornó en acero carácter
y convicción, descubrió que la vida
de a poco lo fue llevando de obrero raso
a obrero de la gran transformación.

Alicia la solidaria, no tuvo duda ninguna
cuando supo la noticia de la grave imputación
y sin pensarlo dos veces cambió su vida tranquila
por el difícil camino que tuvo que transitar.

Motivó el apoyo con que pudo derruir
la colosal injusticia fabricada con pericia
en la mente tenebrosa de un ingeniero del mal
que calumnió y sobornó insultando la decencia.

Días después Aniceto Cardozo viajó a Aguachica, Daniel Rolón a Cúcuta, Marcos Arana y Arturo Araque se quedaron en Bogotá. Morelo viajó con Alicia a la localidad santandereana de Bolívar en la provincia de Vélez para reunirse con su familia.

Después de dos semanas de descanso en su tierra natal, Alejo fue llamado a Bogotá, pues los dirigentes del MIRC habían decidido que debía formar parte del Comité Central. A los pocos días salió en una gira nacional que lo llevaría por todo el país denunciando el atropello del que había sido objeto, en los actos públicos programados como parte de la campaña electoral que por esos días adelantaban.

Cuando Lucas Pardo Alayón llegó al final de lo que él mismo anunció como un recuento del paso de Morelo por la Empresa de Industrias Agrícolas El Palmar, eran cerca de las dos y media de la mañana. Sin excepción alguna los allí presentes esperaban con ansiedad ese momento y gran parte de ellos se puso de pie para tomar sus pertenencias, abotonarse los abrigos, las chaquetas, ajustarse las bufandas o simplemente juntar sus solapas antes de enfrentar el frío que los esperaba en las calles neblinosas de Bogotá.

Lince, el petiso director, se incorporó y una vez más su voz impuso silencio:

—Todo el mundo aquí a las dos de la tarde, ¿entendido? Vamos a leer la obra que Lucas Pardo escribió sobre lo que oímos hoy. Nadie, absolutamente nadie puede faltar. Quien no venga, automáticamente queda fuera del montaje, ¿oyeron? —finalizó arrastrando las palabras y exagerando al máximo la dicción.

—Ay bueno, sí, sí, sí. Ya dijo —se burló El Enano apropiándose de las palabras y los gestos que utilizaba un joven acampesinado que por aquellos días trabajaba como mensajero de La Carreta, cuando tenía que hacer o aceptar algo con lo que no estaba de acuerdo.

La mímesis fue tan real y oportuna que despertó la risa hasta en los más adormilados y aún en aquellos que estaban preocupados por no saber todavía cuál de los compañeros les brindaría alojamiento, ya que a esas horas de seguro no encontrarían transporte hacia sus localidades.

En el instante siguiente El Enano, aprovechando la euforia, pedía entre los que tenía más cerca algunas monedas para completar el valor de su pasaje. Sancho Ruiz trataba sin éxito de recolectar dinero para procurarse un chocolate, pues prácticamente no había comido durante todo el día y Truque, René Mendoza y Lince pedían por separado servicios de taxi por teléfono.

Mauro Muñoz y Ramiro planeaban pasar la noche tomando cerveza en una cantina de mala muerte donde amanecían los serenateros y que en ellos ejercía una atracción de la que no se podían sustraer. Víctor Lara, Rodrigo Cruz y Ramón Paz habían decidido caminar hasta que, restablecido el servicio de transporte público, pudieran tomar un autobús, ya que vivían por la misma ruta. Seguramente el tiempo no les iría a alcanzar para hacer los comentarios de todo lo que oyeron en aquella jornada.

A las dos de aquella tarde de ojeras violeta y ocre comenzaron a llegar los actores al sitio donde desde algún tiempo pasaban la mayor parte del día.

Sancho Ruiz llegó entre los últimos; venía caminando sin prisa y contestaba con sonrisas desvaídas las bromas que fomentara Lince cuando lo vio en la esquina: "Ese Sancho… no lo mueve ni un temblor; ¡se gasta una pachorra! ¡Es que nada le preocupa! ¡Rico una vida así!".

Ruiz cubría el trayecto desde y hasta su casa a pie; eran unas treinta y cinco cuadras que separaban al teatro de una casa de inquilinato propiedad de un tío de Ernesto Mallarino quien, por no perder la posición del inmueble, ofreció a través de su sobrino un cuchitril para un actor que pudiera beneficiarse y beneficiarlo. Sancho hacía el recorrido mínimo dos veces por día, lo hacía lentamente, dosificando sus escazas energías, pues cuando el grupo no estaba de gira aquello de la alimentación se complicaba en extremo, llegando en ocasiones a pasar uno o dos días sin llevarse a la boca nada más que el cigarrillo que alguien le ofrecía o que él pedía.

Al filo de las dos y media René Mendoza se apeó del taxi que lo dejó en la puerta del teatro y atravesó la calle para comprar en el ventorrillo del frente dos paquetes de Marlboro, pues presentía que la reunión se iba a prolongar. Mientras cruzaba la calzada bromeó con quienes allí se encontraban: "¿Qué es esa falta de seriedad? Yo creí que ya habían empezado... lo ponen a correr a uno para nada". Entre las réplicas y los comentarios suscitados por el cinismo de Mendoza se impuso la voz de Lince: "Bueno, bueno, empezamos ya y el que no llegó se jodió"; hizo sonar dos o tres veces las palmas de sus manos antes de dirigirse con decisión al interior del teatro y como la acción de una aspiradora atrajo tras de sí a quienes encontró a su paso.

Una vez instalados en el salón, Elvira entregó a cada uno un libreto empastado con tapas de cartulina brillante y Mallarino, fiel a la costumbre del grupo, hizo un reparto provisional para la lectura que en seguida comenzó.

Un viejo cirquero y su joven hija, dueños de una gallera en quiebra, colaboran en principio sin convicción y luego decididamente con los dirigentes sindicales durante los preliminares de la declaratoria de huelga en una plantación de palma africana. En la primera escena el dueño se mostraba decidido a vender la gallera y a abandonar el pueblo retomando la vida del circo y en la última, olvidando por completo su proyecto inicial, se dedica a preparar un espectáculo con el único fin de presentárselo a los trabajadores en huelga.

La gallera, a donde al parecer ya nadie iba, toma una importancia inusitada y se convierte en el centro de operaciones de los obreros. Allí, esconden a una dirigente, y es en ese lugar donde los trabajadores, burlando a las autoridades, se enteran de la hora cero de la huelga, durante un espectáculo que se organiza con ese único fin.

Terminada la lectura se abrió el debate con las palabras de Lince, quien elogió en principio los aciertos dramatúrgicos de la pieza, luego expuso los argumentos con los cuales demostraba la conveniencia de llevarla a escena y finalmente dedicó unas frases de congratulación a Lucas Pardo Alayón. Con esto consiguió, como sin duda se lo proponía, marcar el rumbo y la meta de las intervenciones, que a continuación comenzaron a menudear.

Víctor Lara se apresuró a pedir la palabra e hizo un esfuerzo para poner en sinónimos las ideas centrales de Lince con algunas arandelas propias que aportó. Y si hemos de ceñirnos a la verdad, durante las tres horas siguientes aquellas ideas fueron la materia prima de las intervenciones, apareciendo en una gran diversidad de formas, matizadas claro está con múltiples comentarios, pero sin que sufrieran alteración sustancial alguna.

Por último, Lince destilando satisfacción dijo que teniendo en cuenta el consenso se decidía montar la obra, ya que él no podía ser el único que asumiera la responsabilidad de los aciertos o desaciertos del grupo.

Aunque para algunos los libretos empastados, un director designado, el reparto definitivo notoriamente preelaborado que enseguida se leyó, y la desacostumbrada intervención de Lince en primer lugar, fueran bases suficientes para las suspicacias, en aquella ocasión tampoco se oyó ni una sola voz que se opusiera o que llamara la atención sobre el procedimiento.

Dos o tres días después comenzaron los ensayos, que en principio se concentraron en un análisis a fondo de la obra escena por escena, de los objetivos de los personajes y sus relaciones.

Mes y medio más tarde la pieza se presentó tres o cuatro veces en funciones de fogueo que organizaron algunos activistas del MIRC en los barrios populares donde desarrollaban sus tareas políticas. Dichas funciones permitieron llevar a cabo los ajustes necesarios antes de presentarla dentro de la programación del festival de teatro que por aquellos días comenzaba a desarrollarse.

Cumplidos los compromisos con los organizadores del festival, se hizo una función en la sede de La Carreta con asistencia libre de la militancia, a la que se había invitado con antelación, y a los exintegrantes de la directiva del sindicato de la Empresa de Industrias Agrícolas El Palmar. Aunque no todos acudieron, se hicieron presentes Alejandro Morelo, Daniel Rolón y Marcos Arana; minutos después de la representación, al ser requerida su opinión por parte de los actores, manifestaron públicamente su inconformidad, pues unánimemente creían que la obra tocaba apenas tangencialmente el conflicto principal, centrándose en hechos irreales e irrelevantes. Esto suscitó un debate en el que artistas, dirigentes obreros y activistas lograron al cabo de una acalorada discusión, acortar las distancias entre sus puntos de vista; pero jamás disipar el sinsabor y la duda que desde esa ocasión nimbaran aquel trabajo.

Como en circunstancias análogas, se llegó a concluir que la práctica daría la razón a quienes la tuvieran.

La obra siguió, entonces, programándose y se mantuvo en repertorio hasta que poco a poco fue extinguiéndose, ya que cada vez fueron menos los militantes del MIRC que querían programarla en la universidad, en el colegio, en la fábrica, en el barrio, en el pueblo, o en cualquier lugar donde tuvieran su frente de trabajo. Total que sin que nadie lo advirtiera pronto adquirió la categoría de los trastos del desván, hasta que un día, cuando el tiempo ya había cumplido con su tarea, el propio Lince le expidiera acta oficial de defunción al responder con aspereza a un desprevenido interlocutor, que esa obra ya había cumplido su ciclo.

Desde mi cama, en esta habitación compartida con cuatro enfermos más, inapetente, con una sensación de leve resaca, pues a lo largo de la noche varias veces me despertaron las quejas de Gritopelao y ante los ojos de quienes intervienen en un procedimiento, para mí algo extraño, presencio el accionar de un cardiólogo y sus auxiliares, personas para quienes, todo parece indicar, soy invisible. La encargada de repartir los desayunos en esta habitación salió tras dejarme una bandeja con dos rodajas de naranja, un huevo hervido, un pocillo con maicena y dos panecillos sobre la alta mesa con ruedas; casi de inmediato entró una enfermera con lo que parecían ser unas jeringas, una delgada manguera de goma y algunas otras cosas que no puedo ver con claridad. Aún permanece en mi retina el azul intenso del uniforme de la empleada de cocina que empujando su carrito ha desaparecido por la puerta, abierta de par en par gracias a un adminículo de caucho que ajustan como cuña entre el piso y el borde inferior de la hoja de madera.

Sin dilación alguna la enfermera se entrega a preparar al jardinero para lo que a mi parecer será un cateterismo.

—¿Qué me van a hacer?

—Vamos a practicarle un... —No oigo el final de la respuesta.

—¿Para qué?

—El doctor Poveda lo ordenó.

—¿Duele?

—No. Le van a poner anestesia. Es un poquito molesto, pero nada más —y continúa con su tarea que no ha interrumpido en ningún momento.

En eso entran la jefa de enfermeras, el que debía ser el doctor Poveda y otro paramédico. Casi de inmediato y mientras los recién llegados saludan al paciente y lo ponen al tanto del procedimiento, entra otro auxiliar empujando un mueble simple de tubos cromados y tres entrepaños de madera oscura que van sobre unas ruedas; mueble que en la parte superior soporta un monitor como la pantalla de un televisor.

Por disposición de una de las enfermeras el jardinero se retira el pijama, se pone una bata como de tela quirúrgica que le suministran y proceden a anestesiarlo después de desinfectar la piel de la región de su ingle. Hecho esto y luego de poner una especie de toalla doblada sobre el muslo del paciente, la enfermera jefa le practica una incisión en el muslo, limpia la sangre y con una especie de jeringa a la que le acopla el tubo de goma comienza a introducirle el catéter por la femoral, creo yo. Van mirando el desarrollo de sus acciones a través del equipo radiológico y todo parece avanzar por el carril de la normalidad; de un momento a otro advierto que se interrogan con los ojos y apresuran sus movimientos; me parece que están sorteando escollos que no habían esperado hallar. Sus acciones se aceleraran y ahora son vertiginosas.

—Se nos va —dice el doctor Poveda.

—Reavivamiento —se apresura a decir la jefa y una de las enfermeras comienza a ejercer presión con las palmas de sus manos, puestas una sobre otra a la altura del esternón del jardinero, cuyo cuerpo no da muestras de sentir lo que el equipo médico practica sobre su humanidad.

—Desfibrilador —dice el doctor y de inmediato el enfermero que sin duda había intuido el paso a seguir, le pone los electrodos sobre el tórax y en una acción coordinada por el conteo que inicia el doctor: uno, dos... produce una descarga eléctrica sobre el paciente, como completando el conteo: tres. Esto lo hacen repetidas veces hasta que el enfermero con la frente llena de sudor suspende su accionar al no oír más las órdenes del doctor, quien desiste ante la contundencia de los hechos. El cardiólogo suelta la tensión que mantenía de acero sus músculos, y sus brazos caen libres a lado y lado hasta donde lo permite su total longitud; luego abandona la habitación derrotado. La jefa de las enfermeras hala con delicadeza la sábana de un verde desvaído hasta cubrir la cabeza del cuerpo deshabitado y abandona el recinto.

La esposa del jardinero regresa de comprar un medicamento que le habían pedido, entra sin ninguna restricción, pues los otros acaban de salir, le destapa el rostro, descubre su estado e inunda el recinto y seguramente toda la edificación hospitalaria con un rugido que eriza a cuantos lo escuchan, hay en éste dolor, ira y reclamo.

La tarde está empezando, la silla de ruedas sobre la que me desplazo cede dócilmente a la suave presión que ejerce desde los manillares la enfermera encargada. Entro a la habitación que había cedido por aquello de la conexión para el oxígeno y la encuentro tan impersonal y aséptica como el primer día. Pensando en el prolongado forcejeo que sostuve con mis cuidadores para impedir que abrieran las cortinas y mantuvieran las luces apagadas durante mi estancia, me siento algo desalentado y me reprocho no haber puesto al menos eso como condición cuando acepté cederla. La enfermera me acomoda en la cama y se despide; ya acostado, ante el vano intento de hallar una estrategia para recuperar de forma expedita las condiciones de mi habitación, con el alto grado de aprensión que me dejó el final del jardinero y sin fuerzas para iniciar un nuevo forcejeo, con los ojos cerrados me refugio de nuevo en los recuerdos. Comienzo entonces a evocar aquel mediodía de marzo de 1977 cuando llegamos a la casa de Emilio Rúa, en el puerto de La Dorada.

Emilio presidía una naciente asociación de artesanos de la pesca del río Magdalena y había hecho los arreglos necesarios para que el director y los ocho actores que constituíamos el elenco de una pieza de pescadores que íbamos a poner en escena, fuéramos aceptados en grupos de tres o cuatro en diferentes pescas. Era la época de la subienda y al río llegaban, como todos los años por aquellos días, gentes de todo tipo y condición; gentes que venían de todos los rincones del país por múltiples caminos, incluso los de la aventura. Allí se daban cita los pescadores cuyos padres y abuelos, como ellos mismos, no habían conocido otro oficio. Allí llegaban los cesantes y los desplazados de otras disciplinas; los trashumantes que a su tiempo cosechaban el café en El Viejo Caldas, el algodón en El Cesar y el dividivi en La Guajira; el agricultor dueño de una parcela ribereña; los albañiles, que por entonces hacían encarecer los precios de la mano de obra en todo el puerto; el peluquero, el sastre, los estudiantes y todo aquel que por su cercanía al río se atrevía a probar fortuna.

A todas las ciudades medianas y pequeñas que estaban en los márgenes del río, llegaban los vendedores de telas por retazos, ropa y calzado, que habían adquirido en la capital por saldos, kilos e imperfectos. Por todos los sitios deambulaban los vendedores de cacharro y baratijas y en los parques y en las plazas, o simplemente en cualquier andén, se instalaban los ruleteros, los del cacho, los de los dados con el ancla, pez, escalera y mariposa; los del juego de la rana, los del tiro al blanco y los de las tres tapitas de cerveza que ocultaban la pequeña bola de goma con la que solían esquilmar a cuanto incauto se pusiera en su camino.

Los bares, cantinas y burdeles estaban en estridente y continua actividad, pues de todas latitudes habían llegado, solícitas y complacientes, profesionales del amor. Muchas de ellas, incluso, se embarcaban por el río en busca de las pescas, donde las recibían alegres los que preferían no salir al puerto. Allí sin mayores miramientos, sin mucha discreción y sin ninguna comodidad, en una pequeña enramada de un metro de altura, cubierta por encima y por tres de sus costados con palma seca, se turnaban los hombres para aplacar los ardores del deseo. La fulana se convertía entonces, por unos cuantos días, en una huésped singular a la cual más mimaban.

Por aquel tiempo llegaban también los malvivientes que se agazapaban codiciosos en una esquina para dar el golpe, o los que en su inaudita audacia iban hasta una pesca solitaria y despojaban a los pescadores con violencia.

Nosotros con el fin de darle mayor realismo a la puesta en escena, habíamos acordado ir a convivir por algunas semanas con los pescadores antes de iniciar el montaje.

La mañana siguiente a nuestra llegada partimos hacia el río en tres grupos distintos, Ramón Paz, Leal y Ramiro salieron muy temprano; Amalia Rey, Sancho y Víctor un poco más tarde y a eso de las nueve Fabiola Moreno, Mauro Muñoz y yo seguíamos a Emilio por un camino estrecho que bordeaba una pequeña colina.

En medio de un sinnúmero de sonidos tropicales avanzábamos con nuestros morrales a la espalda, espantando de vez en cuando la densa nube de mosquitos que revoloteaba sobre nuestras cabezas. Fabiola los soportaba con estoicismo. Ella tenía la convicción de que era un adiestramiento imprescindible por el que todos debíamos pasar, pues tenía el pleno convencimiento de que muy pronto en nuestro país las clases populares estarían librando la batalla definitiva por el poder y nosotros a la vanguardia trasegando por las cordilleras con un fusil al hombro. Así que, no era extraño, bajo circunstancias similares, oírla recriminar a los compañeros que se quejaban de cansancio o manifestaban molestias por las incomodidades y las exigencias de aquellas jornadas a las cuales ninguno de nosotros estaba acostumbrado. Pero sus pullas venenosas y reiteradas: "¡Si así va a ser durante la guerra popular, mijitico!", lograban crear un estigma de incapacidad al aludido. También es bueno anotar que tenía pleno convencimiento de que el repelente que había puesto en todas las partes descubiertas de su piel, era tan eficaz como lo aseguraba su propaganda.

Nos dirigíamos a tomar la barca que nos llevaría al sitio donde íbamos a pasar nuestra primera semana entre pescadores y tal hecho nos mantenía excitados y en un estado de ánimo semifestivo.

Al cabo de un par de horas de camino descendimos zigzagueando hasta la orilla del río, donde un hombre en una lancha artesanal, silbando la tonada más triste que hasta hoy he escuchado, nos estaba aguardando.

—¿Lo hicimos esperar mucho, compa? —le dijo Emilio a manera de saludo.

—No hacía nadita había llegado —contestó el lanchero con acento tolimense.

—Menos mal. Mire, ellos son los bogotanos que los quieren conocer.

—Morales, un servidor —dijo tocándose el ala de su gastadísimo sombrero y ofreciendo la otra mano para el saludo.

Pronto abordamos la bamboleante embarcación y más pronto aún, estábamos en cuclillas cogidos de los bordes de la estrecha canoa tratando de hallar alguna estabilidad. Mientras Morales, apoyándose en una larga vara buscaba alejar el bote de la orilla, Emilio dijo casi gritado:

—De hoy en ocho me los trae a la misma hora. Buenos y sanos, ¿no?

—Sí señor. Váyase tranquilo —puso la vara sobre el piso de la barca y tomando el canalete se sentó a remar alternativamente a lado y lado mientras silbaba quedo su melancólica tonada.

Cuando comenzamos a deslizarnos con alguna rapidez sobre la superficie líquida del Magdalena, Emilio se despidió con el brazo en alto, dio media vuelta y se internó de nuevo en la vegetación.

A medida que avanzábamos, los chirriantes sonidos del monte que nos habían acompañado durante todo el trayecto iban siendo reemplazados por el del canalete al romper el agua y el silbido de Morales. El sopor que nos había empapado las camisas, cedía gratamente ante la suave brisa que nos regalaba el río.

—¿Saben nadar?

—No señor.

—Entonces es mejor que no se muevan mucho.

La advertencia que encerraban las palabras de Morales fue en extremo eficaz, pues cuando llegamos a nuestro destino, un islote en el anchuroso río, nuestros músculos estaban entumecidos por no habernos atrevido a cambiar de posición.

Cuando la lancha se deslizó en su último impulso sobre la arena gris, saltamos a tierra y nos giramos satisfechos para reconocer la orilla que habíamos dejado a nuestras espaldas minutos antes y para medir la magnitud de nuestra hazaña. Luego caminamos detrás del silbido pesaroso de Morales hasta la pesca de Nacho, que se encontraba casi en el centro de aquel islote largo y estrecho, de arena gruesa, sobre el cual no había ni el menor vestigio de vegetación. Allí intercambiamos saludos con la cuadrilla de pescadores y Nacho, cuya característica no era la elocuencia, nos acogió con un cálido apretón de manos. Economizando al máximo las palabras, finalmente dijo: "Siéntense y descansen."

Descargamos los morrales y nos acomodamos como pudimos en la enramada, que era un sitio más para congregarse y agrupar las pertenencias que un lugar donde guarecerse, ya que no consistía sino en cuatro parales que sostenían un ralo techo de palma sobre travesaños de guadua. Los parales medirían un metro con ochenta o con setenta de alto, por lo que casi a ninguna hora era útil el rectángulo de sombra que el techo proyectaba. De uno de los travesaños habían colgado con una vuelta de alambre una oxidada lámpara de kerosén. Un paral sostenía un enorme racimo de plátanos verdes, otro un radio de pilas y una linterna; en ese momento se oía la voz de Pedro Infante cantando Un mundo raro: "Cuando te hablen de amor y de ilusiones / y te ofrezcan un sol y un cielo entero / si te acuerdas de mí no me menciones / porque vas a sentir amor del bueno/...".

Muy cerca, en el costado oriental, estaba el rudimentario fogón de tres piedras y a su alrededor, demarcando el área de la cocina, un platón de aluminio grande con algunas abolladuras que guardaba cubiertos, dos o tres ollas tiznadas y una olleta. Algunas cajas de cartón contenían el arroz, la sal, la panela, el café, la manteca de pescado, las pilas para el radio y la linterna, y los dos o tres elementos más que completaban las provisiones que semanalmente eran traídas de La Dorada.

—¿La señorita también se va a quedar? —indagó Nacho un poco escéptico.

—Sí señor —respondió Fabiola contrariada por el tono de la pregunta.

—Y cocina riquísimo —se apresuró a decir Mauro, con lo que distencionó el ambiente.

Mauro Muñoz era un flaco de regular estatura y cachetes colorados, cuyos ojos reían antes que su boca, y por entonces no se le notaba que pugnaba en silencio por un puesto en la dirección de La Carreta.

Las risas ya se extinguían cuando Soler agregó:

—¿Sí oye, Paco? Se salvó de sancochar.

—Nos salvamos dice la cartilla —las risas volvieron a crecer como cuando se atiza el fuego.

Paco al igual que los demás lucía unas bermudas hechas de algún pantalón viejo recortado y como casi todos iba descalzo y sin camisa; era alto, huesudo, del color del bronce y a casi todo respondía con esa sencilla fórmula: repetía en primera persona del plural las palabras que le dirigían y agregaba "dice la cartilla", con lo que indefectiblemente lograba alborotar la risa de sus compañeros.

—No se preocupe señorita, que nadie le va a dañar sus vacaciones —zanjó Soler; un gordo achaparrado de largos bigotes, que en ese momento improvisaba una cuerda para colgar dos camisas tratando de protegernos del sol.

Fabiola, que captó en seguida el propósito del gordo, hurgó rápidamente en su morral y con una sábana en la mano se acercó a ayudarle; pero Tulio, el más joven de los pescadores, que había estado recargado en uno de los parales, se interpuso.

—Permítame señorita. No se moleste —tomó la sábana y con Soler pronto la tuvieron tendida sobre un alambre y templada desde los extremos inferiores con cuerdas atadas a estacas que clavaron en la arena.

—Ahora sí, aunque quiera no se puede ir —bromeó Soler sacudiéndose las manos y dando por terminada su labor, mientras miraba a Fabiola con sonrisa cordial y burlona.

Las leves risas se aplacaron pronto y sentados sobre la arena estuvimos viendo al agua turbia correr tranquilamente por su cauce.

Pedro Infante ya había dejado de cantar y un locutor de voz estridente y nasal decía:

"Atención, atención. Bogotá. En estado de coma se encuentra la Caja Nacional de Previsión Social. En efecto, esta es la escueta y peligrosa realidad del funcionamiento de la Caja Nacional, luego de una investigación que adelantó el diario bogotano El Tiempo en fuentes de inobjetable credibilidad:

Paciente: Caja Nacional de Previsión Social.

Síntomas: Letargo científico-administrativo.

Diagnóstico: Peculado, falsedad, contrabando, desaseo, persecución, nepotismo, suministro de drogas pasadas, robos, etc., etc.

La Caja Nacional de Previsión Social es una entidad estatal creada para la atención social y médica de todos los empleados nacionales y cuenta con ciento cuarenta mil afiliados."

"¡Atención! ¡Urgente! El problema de mi honra no puede ser una cuestión de votos", dijo el presidente Alfonso López Michelsen, refiriéndose al caso de la hacienda La Libertad, en el que se acusaba a uno de sus hijos de tráfico de influencias y autopréstamos.

"¡Urgente! Rotas conversaciones laborales en Ecopetrol. Se agrava la situación laboral del país.

La ampliación de éstas y muchas noticias más esta noche de siete a ocho p.m. en su noticiero Despertar. No olvide que su cita es a las siete p.m. en esta frecuencia con su noticiero Despertar, el noticiero más veraz.

Por ahora sigamos deleitándonos con otra bonita página musical. Para Teodolinda Rico en Alpujarra, Tolima, en el día de su onomástico la siguiente canción:

> Volaron los pavos reales
> rumbo a la Sierra Mojada,
> mataron a Lucio Vásquez
> por una joven que amaba".

Sobre aquel pequeño islote que habían dejado al descubierto las aguas al bajar de nivel, se habían instalado dos cuadrillas de pescadores: la de Nacho y unos metros más al sur, la de Emiro. Las relaciones entre éstas eran hostiles; más no por razones de competencia como en principio pensamos, sino por algún viejo resquemor entre los dos líderes. Lo que no impedía, o quizá hacía más necesario, que se respetaran con rigor los tradicionales acuerdos existentes entre pescadores.

Emiro y los suyos en aquel momento hacían uso de su turno en el río.

Mientras unos hombres avanzaban por la orilla, ora sobre la arena, ora dentro del agua, sujetando sobre sus omóplatos el atirantado lazo de la línea de flotación del chinchorro, otro iba desde una canoa arrojando rápidamente la red al río, que se hundía de inmediato del lado del lastre por el peso de los plomos que tenía a todo lo largo. La parte superior, en cambio, se mantenía a flote, ya que en vez de plomos tenía en toda su extensión unas pequeñas boyas grises del tamaño de una lata de cerveza. Las boyas habían sido amarradas al mismo lazo que en su prolongación sostenían los hombres de la orilla.

La canoa se deslizaba rauda, describiendo un semicírculo, gracias al accionar presuroso del remero que buscaba cerrar el hemiciclo para coincidir en un punto de la orilla con los de a pie. Éstos a su vez se desplazaban sincrónicamente propiciando el encuentro. En esa enorme bolsa que formaban por algunos minutos con los ochenta o noventa metros de red, buscaban atrapar el codiciado bagre; lo que no impedía, por supuesto, que quedaran enredados en las piolas bocachicos, mojarras, tolomas, nicuros y tal cual coroncoro.

Nepo, El Memorioso, como lo llamaban sus compañeros, se acercó con tres humeantes totumas en sus manos.

—Tomen cafecito. Y no se sienten en la arena que les hace daño. Miren, aquí pueden acomodarse —con el pie acercó a donde estábamos un armazón de guaduas semejante a una pequeña balsa. Las guaduas habían sido cortadas en media caña y clavadas por los extremos a unos listones; luego con paso lento regresó al elemental fogón a seguir trabajándole, como decía, al almuerzo, pues esa era su tarea aquel día.

Nepo era un negro de pelo gris metálico como viruta de acero y a diferencia de sus compañeros llevaba pantalón y una camisa de tela muy delgada, de un rojo desvaído. Tenía bien ganado el apelativo de El Memorioso, pues no existía en todo el puerto ni en cercanías de él, alguien que guardara en su cabeza ni siquiera la mitad de los cuentos, coplas y adivinanzas que el viejo conocía; aunque alguien aseguraba que no era de la memoria de donde iba sacando sus historias cuando comenzaba a hablar, sino de la imaginación. El caso es que desde unos veintitantos años atrás, al poco tiempo de haber llegado de Zaragoza, Antioquia, su tierra natal, se había vuelto imprescindible en cuanto velorio se presentara en el puerto, ya que además de entretener a la concurrencia con sus historias, a la hora de los responsos o el rosario no había quien los ofreciera mejor que él.

Durante los últimos quince años por ningún motivo, incluso sobreponiéndose algunas veces a quebrantos de salud, había dejado de acompañar a Nacho en las subiendas y al igual que cualquiera de sus colegas, era diestro en todos los oficios que requería la pesca del bagre; se desempeñaba con igual eficacia como piloto, lanzador o cocinero y en las demás labores que exigía esa disciplina, pues si se aspiraba a ser uno de los seis integrantes de una cuadrilla de chinchorro, se debía estar en capacidad de asumir en cualquier momento alguna de esas responsabilidades, ya que las tareas se rotaban cada veinticuatro horas. El trabajo se repartía equitativamente y su producto también; sí, el producto total de la pesca se dividía en séptimos, dos de los cuales le correspondían al dueño del chinchorro, al dueño de la canoa y a los demás aperos, en aquel caso a Nacho, y uno a cada pescador de la cuadrilla.

Evitando el calor de la parte inferior de las totumas, las sostuvimos por los bordes con los índices y los pulgares a manera de abrazaderas y así estuvimos soplando y sorbiendo hasta agotar su contenido.

El sol estaba casi encima de nosotros y sus rayos caían sobre la rizada superficie del río, formando miríadas de pequeñas zonas luminosas en las concavidades que hacía el agua en su continuo movimiento. Allí permanecimos sentados hasta la hora del almuerzo escuchando entre canciones y dedicatorias los avances del noticiero Despertar, que recientemente había iniciado sus emisiones en el puerto de La Dorada, y en su afán de conquistar audiencia, quería abarcar todos los tópicos del panorama noticioso del país, incluso recogiendo y comentando hechos que habían sido noticia dos o tres semanas antes, como la huelga de Acerías Paz del Río; los paros escalonados de los maestros reclamando pago de salarios; la amenaza de no embarcar el café por parte de los doce mil trabajadores de los puertos marítimos, para presionar un acuerdo sobre el pliego de peticiones; la insistencia de los empleados judiciales en ir al paro si no se reajustaban sus sueldos, los paros escalonados en el Ministerio de Obras Públicas, las declaraciones de Luis Marciano Miloc, técnico del Cúcuta Deportivo, quien había dicho que los árbitros de futbol se vendían; el empate de la selección Colombia, que había igualado a un tanto con el Paraguay en la fase eliminatoria para el mundial del 78; la invitación al artista John Lenon, exintegrante de Los Beatles, junto con su esposa Yoko Ono, que habían hecho los organizadores del festival de cine de Cartagena en ese mismo mes; y muchas otras noticias que iba menudeando el locutor al término de cada canción.

Apenas pasadas las doce, Nepo trajo hasta nosotros, con la ayuda de Tulio, una pequeña montaña de pescados, arroz, yuca y plátanos verdes, que había dispuesto sobre el canalete. Todo aquello humeaba casi imperceptiblemente y despedía un provocativo aroma de condimentos naturales; pero nosotros sabiendo de antemano que no seríamos capaces de consumir tal cantidad de comida, rehusamos lo más cordialmente posible, y al no hacer ellos nada por remediarlo, regresamos por nuestros propios medios a las ollas por lo menos la mitad de lo servido, antes de comenzar a comer con fruición.

Una vez terminado el almuerzo, a lo largo de la tarde, con intervalos de una hora, la cuadrilla de Nacho entró al río con su pesada red de piolas pardas tratando de encontrar en cada lance la compensación a sus esfuerzos y a su perseverancia.

El amplio cielo, aquel día, sin nubes que lo limitaran, infundía una grata sensación de libertad y el sol sin atenuantes picaba en los hombros y aquemaba las espaldas.

Mauro y yo nos sumamos a los que sostenían el lazo desde la orilla y aunque las instrucciones habían sido claras, al principio no lográbamos tensionar suficientemente la cuerda ni podíamos desplazarnos a la misma velocidad de ellos, por lo que nos constituíamos más que en una ayuda, en un estorbo que rompía el ritmo y hacía más penosa la marcha.

Sin embargo, poco a poco, gracias a la infinita paciencia de los pescadores, nos fuimos acoplando y comenzamos a disfrutar de la faena, y lo que era más importante, a diluir la sensación de agobio que nos producía el vernos convertidos en una carga.

Con el paso de las horas, el intercambio de bromas y uno que otro cigarrillo, fuimos fraternizando con los pescadores, entonces era emocionante dirigirse al río cada vez con una nueva esperanza.

Cuando el lance era bueno se conseguían uno o dos enormes bagres, grises como el nitrato de plata, con vetas negras, vientre blanco y opaco y cabeza plana. De inmediato el gordo Soler les hacía una perforación en la mandíbula inferior con su afilado cuchillo y pasaba por ahí un grueso cordel de nailon que amarraba con destreza; luego los llevaba del cabestro, avanzando despreocupadamente dentro del agua hasta un sitio cercano en el río, donde los ataba sin prisa a unas varas largas que para tal efecto habían clavado en la arena. Allí los peces permanecerían cautivos hasta el día siguiente, tratando de liberarse de vez en cuando con un movimiento brusco; pronto se debilitarían y entonces los tirones se harían cada vez menos frecuentes, hasta que finalmente, vencida su resistencia, como resignados a su fatal destino, quedarían flotando en la pasividad con mirada torpe.

A las tres y media de la mañana, bajo la luz artificial de las linternas, serían sacrificados, pesados y vendidos a unos hombres que arribaban siempre a esas horas brumosas, en una lancha de motor, para llevarlos al mercado del puerto.

La noche había caído súbitamente y por algunas horas nos tendría ocultas las cosas como en el escenario cuando cae el telón entre un acto y otro. El tiempo transcurría con lentitud y Mauro y yo, cansados ya, esperábamos el momento en que los pescadores suspendieran la faena para dedicarse a descansar y a recomponer las energías menguadas por la larga jornada; pero a eso de las diez Paco nos hizo comprender que no tendría objeto "Quedarse en el río para pasarse la mitad del tiempo durmiendo", y que cuando lo hacían preferían dormir durante el día, ya que la noche era más propicia para la pesca. Luego concluyó:

—Hay que aprovechar la subienda como Dios manda.

—¿Como Dios manda o como dice la cartilla, al fin qué?— se burló Soler.

—Es lo mismo.

—¿Por qué?

—Porque la cartilla la hizo Dios.

En ese momento justamente, comenzábamos a regresar del río a la ramada después de un lance afortunado y desde lejos las pescas de Nacho y Emiro eran dos agujeros dorados en el telón negro de la noche.

Ya de regreso en el cobertizo los hombres se fueron ubicando en torno a una lata de manteca, puesta por alguien al revés, justo debajo de la lámpara de kerosén, que luchaba por iluminar el lugar.

Nepo, con una ajada baraja española entre sus manos, hizo una tosca y jocosa parodia de presentador.

—Señoras y señores; el casino Malarracha abre sus puertas a tan distinguida clientela. Ocupen sus puestos por favor.

Hubo aplausos y risas generales mientras todos acababan de acomodarse.

—¿Yo tengo la talla, no es verdad? —continuó el viejo, en un tono más serio mientras entremezclaba las cartas en sus manos. Nadie replicó.

Morales y Nacho se habían sentado algo distantes; pero era evidente que habían elegido sitio desde donde podrían seguir las incidencias del juego.

—¿Quiénes van a jugar? —interrogó el tallador. Paco, Tulio y Soler levantaron la mano.
—¿Y de los fuereños? —continuó dirigiéndose a nosotros.
—¿Qué juegan? —preguntó Fabiola.
—Veintiuna.
—Es fácil —intervino Tulio dándonos ánimo y comenzó a explicar cómo se jugaba; pero tuvo que interrumpir su explicación al enterarse que Fabiola y Mauro conocían el juego y comenzaban a incorporarse.

Yo estaba bocarriba sobre la convexidad de las guaduas de una de aquellas pequeñas balsas y todo lo que deseaba era descansar.
Nepo dio a cada jugador una carta al revés; ellos a medida que la iban recibiendo la miraban reservadamente y de acuerdo a su suerte decidían sus apuestas.
Entre tanto, en el radio, por cortesía del botánico Chepe, que se encontraba en inmediaciones de Honda y La Dorada, ofrecían un programa de música popular; en ese momento se oía un corrido que bien pudo haber sido así: "Desde el día que te fuites jarretona / me duele el buche de tanto suspirar / me paso giando aguardiente en las cantinas / y hasta pretóleo he tomado p'a olvidar/...".

Las apuestas tenían un límite de uno a diez pesos y empezaron a oírse las de cada uno.

Paco: Voy dos pesos.
Tulio: Voy cinco.

Nepo asintió y con los ojos interrogó a los demás.

Mauro: Voy tres.
Fabiola: Voy dos.
Soler: Voy tres.

Los jugadores fueron poniendo el dinero cerca de sus naipes y luego de recibir cada uno otra carta, esa sí descubierta, comenzaron a cuadrar sus cuentas mentalmente...

... "¿Por qué te fuistes jarretona de los diablos? / un machetazo quedó en mi corazón / ya no me aguanto esta vida jijueperra / ni los frisoles me llaman la atención /...".

—¿El borracho? ¡Me fui! —Paco arrojó las cartas y le dio dos pesos a Nepo.

Éste los puso sobre la lata de manteca y a manera de pisapapel les puso un guijarro encima; luego enfrentó a Tulio y le lanzó una carta. Era el dos de espadas.

—Las piernas de Josefina, que no son gordas ni son finas... —dijo Tulio mientras hacía sus cuentas en la cabeza y se movía al ritmo de la música del radio.

Fabiola se estiró para ver de cerca a qué llamaban las piernas de Josefina y cuando vio la carta le entró una risa que no podía contener.

—Perdón... —decía riendo—, pero es que me parece tan chistoso. Las piernas de Josefina y El Borracho... —la risa le ahogaba las palabras—. ¡Qué pena!... — finalmente se controló, aunque no en un cien por ciento.

—Es que a muchas cartas les tenemos apodo —quiso dejar en claro Soler.

—Sí, acabamos de darnos cuenta —respondió Mauro risueño.

Tulio, que por fin había sacado en limpio sus cuentas dijo: "Planto", y sin ocultar su alegría comenzó a acompañar al radio con un silbidito destemplado... "Ya estoy ojihundido, en los meros huesos / todito culiseco de tanto sufrir / y vos jarretona echando barriga / durmiendo con otro y burlándote de mí /...".

El turno era de Mauro. Recibió un seis y plantó. El tallador, entonces, giró hacia Fabiola que era la siguiente en la ronda y le entregó una carta en la mano. Cuando Tulio la vio, exclamó:

—¡Huy, burro de oro! —Fabiola lo miró sonriendo—. Sí, asno, as de oros —complementó el joven pescador aprovechando para acercarse más a ella, que ya empezaba a reír después de haber dicho "planto".

Soler recibió primero el tres de copas, luego el dos de bastos y plantó. Cuando Fabiola vio la última carta quiso llamar la atención de todos:

—Le salieron las piernas de Carolina —los pescadores se echaron a reír de buena gana, y Tulio en cuanto pudo dominar la risa, le explicó que el dos de bastos se llamaba "las piernas de Ramona que no se sabe cuál de las dos es más jamona", y que, en todo caso, las piernas de Josefina, y no Carolina, era el dos de espadas. Fabiola oyó toda la explicación cogiéndose el estómago y con los ojos llorosos de risa. Fue tanta su hilaridad que tuvo que pararse y desplazarse un poco por el lugar mientras tosía y reía.

Nepo se reía también, pero con ademanes les pedía a todos que se sosegaran. El corrido estaba llegando a su final: "... Pero algún día vendrá la recompensa / carranchilosa en la calle te he de ver /

vendiendo paletas o pu'ai mantequiando / gedionda piojosa, falsaria y cruel mujer /....".

Por fin cuando las risas se hicieron manejables, el juego continuó. El tallador dio a conocer su carta tapada, era un cinco. Con el caballo que le había correspondido en la segunda ronda hacía quince. Miró a sus adversarios uno a uno y sacó una carta con decisión. Era un as.

—Bueno, no hay nada perdido —agregó y procedió a darse otro naipe diciendo—: ¡A Santa Rosa o al charco! —esta vez le salió un cuatro que le iluminó el semblante.
—Ahí me quedo yo. Descúbranse a ver.

Tulio tenía dieciocho y Fabiola diecinueve, Mauro y Soler de a veinte. Tulio alborotando un poco hizo ver que Mauro había ganado con las dos primeras cartas al formar catorce; lo que equivalía, según las reglas, a veinte y medio.

—Ha debido plantar —se defendía Nepo.
—Pero ganó. Una figura y un cuatro, vea —insistía tercamente el defensor de Mauro mostrando las cartas.
—¿Quién le manda quedarse callado, no? —terció Fabiola buscando el apoyo de Soler.

Pero el gordo quería mantenerse neutral:

—Que arreglen entre ellos, mejor dicho.
—Deberían valérmela por esta vez.
—No señor. ¿Por qué no habló? ¡Quien le manda ser bobo! —lo asediaba Fabiola.
—Válgansela, qué carajo —intervino Paco.
—No señor. ¿Por qué? —enfatizó Fabiola y sin dar tregua giró hacia Nacho—, a ver Nacho, ¿qué opina usted?
—Bueno, si él dijo que sabía jugar...
—¡Listo! —interrumpió Fabiola anticipándose a concluir—, pague a ver jovencito —sentenció dichosa.

Nepo puso el dinero en un solo montón y empezó a barajar los naipes nuevamente.

En el radio insistían en la eficacia del botánico Chepe:

"Se garantiza curar el reumatismo, la almorrana, la vena várice, úlceras cancerosas visibles, la vesícula biliar, las venéreas que pasen de un año, la hidropesía, la parálisis o sea todo lo que provenga de mojadas calurosas, la diabetes, la eczema, la sinusitis; se saca la piedra. . . de la vejiga, se cura la sordera, dolores ciáticos, el asma cuando no es de nacimiento, la úlcera gástrica, riñones, amibiasis, buenamosa, nervios, hígado, raquitismo, los ataques, tiña, matriz, flujo, pulmones, etc., etc., etc.

Tengo veinticinco años de práctica. Ningún título me acompaña. En mi profesión Dios le da el don a cada uno, como al cantante al pintor o al poeta...".

Nepo había entregado de nuevo la primera carta y los apostadores empezaban a anunciar lo que cada cual estaba dispuesto a perder en aquella ronda. Voy cuatro, voy dos, voy tres...

Yo, sin lograr acomodarme sobre aquellas guaduas que laceraban mi cuerpo, iba escuchando el radio cada vez más lejos a medida que avanzaba en el territorio del sueño.

"... La dirección completa es: ocho cuadras arriba del estadero La Herradura, a orillas de la carretera central, en la casa del altico, la segunda del estadero p'a arriba. Para más orientación le preguntan por don Chepe a cualquiera de los taxistas que van de Honda a La Dorada...".

El sol se fue levantando poco a poco y haciendo lentamente visibles las cosas. Al principio eran una masa oscura sin detalles, de contornos luminosos; luego, tras unas nubes serenas de plata y leve sandía nos reveló definitivamente hasta los tenues rizos de la vegetación al otro lado del río, y las minúsculas partículas de sílice en la arena.

Ese día Morales tenía que entendérselas con el fogón; lo que desde algún punto de vista era un descanso, ya que podía sacarle el cuerpo a la rutina.

Después de cumplir con el desayuno y lavar los trastos de cocina a la orilla del río frotándolos con arena, se alejó de la pesca con una atarraya al hombro.

Más tarde Fabiola, Mauro y yo llegamos hasta donde él se había retirado para lanzar su red. Pronto interrumpió su labor y su silbido para enseñarnos y permitir que la lanzáramos nosotros.

Arrojar la atarraya de manera que se abra completamente como una flor gigante o una telaraña de proporciones colosales antes de entrar en el agua no es cosa fácil para un aprendiz, y Morales que no sabía impacientarse, nos repetía las instrucciones cuantas veces fuera necesario.

Fabiola, en el mayor de sus esfuerzos, quiso lanzar la red más allá de sus posibilidades y fue a dar con ella al río. Cuando emergió chorreando y empapada, con el short y la blusa adheridos a la piel, por un segundo la vi erguida como si quisiera embestirnos con la protuberancia de sus senos puntiagudos; parada allí con firmeza, con el agua a las rodillas y sus exquisitos muslos desnudos, estaba como Silvana Mangano en Arroz Amargo y uno sentía un leve estremecimiento en la parte baja del vientre.

Después de una brevísima pausa nos dijo a Mauro y a mí, que estábamos conteniendo la risa:

—No se les ocurre nada idiotas.
—Sí, que nunca te había visto tan hermosa —le dije.
—Y que te quedes ahí mientras traigo mi cámara —agregó Mauro.

Ella diciéndonos "bobos" comenzó a manotearnos agua y a reír con picardía. Nosotros la dejamos hasta cuando quiso detenerse; luego nos miramos por un instante con Mauro y tácitamente acordamos hacerla pasar un susto. Cuando nos lanzamos a atraparla, Fabiola hizo lo que menos debía: en vez de ganar la orilla entró más en el río; sin embargo, se defendió apelando a recursos que ni ella había previsto y los tres nos convertimos en un nudo humano que giraba, resbalaba, caía, manoteaba, se hundía, emergía, salpicaba y volvía a caer. Así estuvimos hasta cuando el cansancio nos impidió continuar. Fatigados y acezantes fuimos saliendo poco a poco hacia la orilla.

Morales había estado todo el tiempo mirándonos complacido como a tres chiquillos, con una débil sonrisa que parecía estar extinguiéndose siempre en sus labios; esa fue quizá la única vez que lo vimos sonreír. Morales llevaba consigo el peso inmenso de una pena que parecía restarle agilidad a cuanto hacía.

Por allá a mediados de 1955, con escasos ocho años, había tenido que tirarse al monte para proteger la vida, según sus propias palabras. Una noche había llegado la tropa hasta la pequeña parcela de sus padres en San Andrés, vereda de Dolores, Tolima, y tras la tropa una turba de saqueadores que malograron todo. Morales desde un platanal donde logró esconderse, vio entre lágrimas degollar uno a uno a todos los miembros de su familia y cómo las llamas consumían lo que hasta ese día fue su hogar. En adelante su vida había transcurrido yendo y viniendo por las montañas, junto con otras personas llegadas de San Andrés, San Pedro, Río Negro, Peñas Blancas y muchos otros lugares de donde habían huido por iguales circunstancias. Así tuvo que vivir hasta julio de 1957, cuando una mujer campesina, refugiada también, que en el monte lo había tomado como hijo, salió a establecerse en Ibagué, una vez derrocada la dictadura militar del coronel Gustavo Rojas Pinilla. De Ibagué había ido a parar a Honda y más tarde a La Dorada.

Nosotros a partir de aquel primer encuentro grato con el río le fuimos perdiendo miedo y en cuanto teníamos oportunidad estábamos chapoteando cada vez un poco más alejados de la orilla, ya fuera en la noche o en el día; pues si las ardientes horas de sol nos llevaban a refugiarnos en sus aguas, las tibias noches eran una invitación casi ineludible a recibir la caricia refrescante de la corriente, que fluía mansamente entre las piernas y cosquilleaba sobre el vientre o sobre el torso o sobre cualquier otra parte de nuestra piel sedienta. Aquellos momentos de placer dentro del agua, bajo la luz de la luna, los prolongábamos al máximo enjabonándonos lentamente con unas pastas espumosas del color del ópalo ahumado y aroma de canela que compraban de contrabando y le enviaban a Bogotá, los hermanos de Mauro, desde la ciudad fronteriza en que vivían. Sólo interrumpíamos aquellos deliciosos momentos para irnos al lance o para participar en el juego de cartas, taba o dominó o en cualquier otra actividad nocturna que ideaban los pescadores para ahuyentar el sueño, como la sesión de cuentos y adivinanzas o las historias que Nepo El Memorioso accedía a contar cuando estaba en vena.

Una noche después de negarse y resistir por largo rato el asedio de todos los que nos encontrábamos allí, claudicó y quiso saber si conocíamos el cuento del sapito, el perro y la ardilla. Cuando estuvo seguro de que nadie lo conocía empezó a hablar así con su acento paisa:

—Este es un chasco muy bueno de cuando la ardilla resolvió irse a recorrer... Se lo oí de niño a mi abuela.

Arregló, pues, sus cositas la ardilla y salió. Cuando, a poquito, se encontró con un sapito.

"¿Para dónde va tía ardilla?"

"Ah, pues... por ahí a recorrer. Apure vámonos".

"Apure, pues".

Salieron. Y a poquito andar se encontraron con el perro y resolvieron convidarlo. Y el perro arrancó con ellos.

Habían andado casi todo un día, cuando en una loma toparon un palo muy grande que acababa de caer atravesado en medio del camino. No dejaba paso:

"P'allí un voladero, p'allí otro. No había más paso".

Llegó la ardilla y ¡guape! brincó al otro lado. Llegó el perro y.... ¡pun! Brincó encima del palo, y de ahí ¡pun! Al otro lado. El sapito bregaba y bregaba a brincar; pero no podía, no alcanzaba. Entonces dijo:

"Vamos a ver si ustedes sí son buenos compañeros. No me vayan a dejar aquí."

"¿Y qué quiere que hagamos tío sapito?"

"Ah, pues que se esperen hasta que se pudra el palo para yo poder pasar".

Nepo, que hasta ese momento había estado haciendo las diferentes voces de los personajes de su historia, lo mismo que los gestos y los ademanes correspondientes a cada uno de ellos, de pronto se calló, se levantó de su sitio y sacudiéndose las manos como si acabara de efectuar un trabajo manual, dijo mirando hacia el río:

—Ya como que es hora del lance.

Nosotros, que habíamos permanecido embelesados con la magia de sus tonos, matices e inflexiones al igual que con sus movimientos sugerentes, protestamos de inmediato y le hicimos ver que lo del lance era una obvia coartada.

Todos solicitábamos que continuara el relato; pero él, viejo zorro, nos dijo con ojos picarones:

—¡Aguárdense! No ven que hay que esperar hasta que se pudra el palo.

Las protestas arreciaron; pero él arguyendo que tenía una "necesidad" se zafó y se internó en lo oscuro de la noche.

Antes de su regreso hubo toda suerte de comentarios acerca de su memoria, su habilidad, su imaginación y su picardía; pero cuando retomó su lugar, nos silenciamos esperando el desenlace del cuento.

—¿Qué pasó con el sapito? —preguntó Tulio manifestando el deseo de todos.

—Hay que aguardar, ya les dije.

—¿No era más? ¡Uff! —se quejó el lacónico Nacho.

Pero el viejo hizo como si no lo hubiera oído y empató con lo anterior:

—Y hablando de animales... ahora que estaba desocupando la vejiga allá abajo, me acordé de lo que le pasó a mi compadre Eladio con un caballo. ¿Nunca les conté?

—Si nos va a dejar ensayados mejor ni cuente —protestó cordialmente Soler.

—Sí —estuvimos todos de acuerdo; pero él ignorando el comentario, nos envolvió en la nueva historia.

—Este es el caso de la última rasca del compadre Eladio.

Un día regresaba a la casa bien tarde en la noche. Con una de esas jumas que sólo él se sabía amarrar; de pronto, dizque se sintió desorientado y sin ganas de andar más. Eso le daba vueltas todo y sentía una cosa tan horrible que se tuvo que sentar. Juntó los brazos sobre las rodillas y se agachó así... A poquito, alzó a mirar y en una manga que había frente a donde estaba, vio un caballo blanco que pastaba. Blanco brillante, más bien como color de luna; pero como de aquí a la otra orilla o algo más; como a unos ciento cincuenta metros, mejor dicho. Eladio se restregó los ojos y parpadeó... en esas sin saber cómo, el animal ya estaba junto a él, empujándolo mansamente con la cabeza como p'a que se parara. Él, del miedo tal vez, quedó de pie sintiendo en su cara el vaho caliente que echaba la bestia por boca y nariz.

El caballo lo siguió empujando con mañita, y él como atarantado echó a andar. A veces el compadre, dizque se paraba, pero el caballo lo volvía a empujar. Sin hacerle daño. No más p'a que siguiera. Y así hicieron todo el camino hasta la casa. Un segundo antes de que la comadre Omaira abriera el portón, el caballo se elevó, se elevó, se elevó galopando rapidito hasta el cielo, y allá se quedó colgado convertido en lucero.

En ese mismo momento el viejo Noé, el papá de Eladio, que estaba sanito y le había dado un patatús en la tarde, blanqueó los ojos y le entregó el alma a Dios. Al compadre lo habían estado aguardando.

Y esto no es cuento. Ahí está Eladio p'a que lo diga.

Nepo miró hacia el río y concluyó:

—Ahora sí nos toca el lance, muchachos.

Se levantó y echó a andar. Los demás lo seguimos. Arriba en el cielo algunas estrellas titilaban.

Durante esa noche y parte del día siguiente Nepo se las arregló para desviar la atención o diluir con humor los comentarios o requerimientos a propósito del cuento del sapito, que de tiempo en tiempo aparecía salpicando la charla o matizando la faena. Sin embargo, en la noche, cuando ya todos habíamos olvidado el tema, lo retomó aprovechando un momento en que nos hallábamos reunidos.

—Bueno. Supongamos, pues, que ya se pudrió el palo...

La risa fue general y menudearon todo tipo de exclamaciones y hasta los reparos; finalmente la curiosidad se impuso y pronto se disipó el bullicio para poder escuchar la voz de Nepo, que siguió hablando con el tono natural del que retoma su discurso después de una breve pausa para tomar un respiro o beber un trago de agua.

—Por fin el sapito pudo pasar y los tres compañeros siguieron.

Anduvieron por todo lado y tuvieron todo tipo de dificultades; pero todas las vencieron.

Un día pasaron junto a una palmita, así... que apenas tenía asomado el tallito de la tierra. Se paró, entonces, la ardita y se puso a mirarla.

"¿Qué es esa matica que está mirando?", le preguntaron sus compañeros.

"Parece una matica de corozo".

"Caminá, pues, nos vamos que nos va a coger la noche".

"¿Nos vamos? Nooo...", dice la ardilla, "lo que es yo no me voy de aquí hasta que crezca la mata y eche el primer racimo, porque tengo mucha gana de comerme los primeros corozos que dé. Ustedes verán si me esperan...".

En este punto el viejo sin hacer ninguna transición, anticipándose al descontento de sus oyentes, enfatizó:

—No vayan a creer que hoy les voy a contar el final.

—¿Entonces cuándo? —dijo extrañado Soler.

—Pues cuando crezca la mata y eche el primer gajo'e corozos.

—¿Y eso cuándo será? —quiso saber Fabiola sonriendo.

—Por allá en la próxima subienda. ¡Y eso! —concluyó Nepo jocosamente.

En seguida la sesión se diluyó en bromas, esta vez sin que nadie se opusiera, en un evidente intento por ocultar el sentimiento general de frustración y de restarle importancia al hecho un tanto hiriente de haber tropezado con el mismo pie y en la misma piedra.

Tulio, Mauro y Fabiola se disponían a jugar dominó; Soler y Paco a jugar taba. Morales, silbando siempre su tonada, permaneció en el sitio desde donde había estado tejiendo una red de nailon fino y blanco, que iba surgiendo a medida que anudaba con agilidad y destreza la hebra previamente enrollada en una aguja de madera, plana y ancha, de unos veinticinco centímetros de longitud. Sobre su muslo izquierdo descansaba la reglilla con la que de vez en cuando medía el ojo de la malla.

Nepo al ver los efectos de su chanza se parapetó en un convincente tono conciliador para volver a aglutinarnos.

—Veee... pero ustedes si no aguantan nada, ¿no? Ya que son tan impacientes acérquense, pues... acérquense p'a que oigan de una vez en qué termina esto.

Con un poco de desconfianza y mucho de curiosidad, poco a poco nos fuimos reagrupando.

—Bueno, vamos a hacer de cuenta que la matica creció, que echó corozos y que la ardillita se los comió. ¡Ah!; pero mientras eso sucedía, los tres amigos se pusieron a echar adivinanzas... dijo la ardilla: "¿Quién sabe esta? Blanco fue mi nacimiento / colorado mi vivir / y de negro me vistieron / cuando ya me iba a morir... A ver ¿quién de ustedes sabe?"—dijo el viejo paneando sus ojos sobre todos nosotros.

Entonces comenzamos a buscar la respuesta repitiendo los versos, haciéndoselos repetir a Nepo y soltando conjeturas.

—¡El día!
—No.
—¡La pulga!
—No.
—¡El café!
—No.
—¡El ataúd! ·
—Tampoco. ¿Se vencen?

Después de una larga pausa:

—Sí.
—La mora. A ver esta otra: hoja verde flor morada / abajo tiene la pendejada./ ¿Qué es?
—La papa —se apresuró Paco.
—Ah, ya se la sabía.
—No, p'a Dios que no, Nepo.
—Bueno, el que se la sepa se calla... o si no, no tiene gracia. Cien monjas en un convento/ todas orinan al tiempo. Esa es fácil...

Y así continuamos por largo rato tratando de encajar en las pistas las respuestas que cada quien aventuraba después de barajar y poner al derecho y al revés los indicios que ofreciera el acertijo. También recogíamos la atarraya de la memoria para ver si en sus hilos quedaba atrapado algún jovial enigma que nos sirviera para poner a prueba la capacidad deductiva de los compañeros.

—En el monte fui cortada/ en medio de verdes ramas/ hoy me veo prisionera/ en medio de tantas damas...

Todos estábamos atentos a Paco, que era el que hablaba, cuando Nepo interrumpió:

—Bueno, ¿no dizques querían saber el final del cuento?
—Sí, sí. Claro —aceptamos todos advirtiendo sólo hasta ese

momento la maniobra del viejo, que llevándonos de su mano, hacía rato nos había extraviado del camino del sapo, el perro y la ardilla. Entre tanto Paco protestaba por la interrupción de su adivinanza.

—La matica creció, echó corozos y la ardilla se los comió.
Ellos, entonces, siguieron su camino. Ya habían recorrido mucho y se veía a lo lejos una gran ciudad. Cuando de pronto dice el perro:
"Bueno, digan si yo he sido buen compañero o no".
"Muy bueno, muy bueno ha sido".
"A mí me esperó hasta que se pudrió aquel palo".
"Y a mí también me esperó hasta que me comiera los corozos".
"Muy bien, compañeros. ¿Entonces ustedes están dispuestos a esperarme hasta el término que yo diga?".
"Claro".
"Bueno, entonces me van a esperar hasta que se me seque la nariz...".

—Nooo ¿Otra vez? Nooo —nos opusimos unánimemente.

Tulio se levantó y dándonos a entender con guiños que tenía una gran idea, nos impuso silencio poco a poco. Luego se dirigió al viejo como si lo fuera a poner en un aprieto:

—Bueno. Supongamos que ya se le secó la nariz al perro. Siga a ver... ¡aaah! —giró hacia nosotros triunfante.

Pero Nepo sin alterarse continuó:

—No, de aquí sí no vamos a poder seguir, porque un palo se pudre por grande que sea; una palma echa corozos con el tiempo; ¡pero lo que es la nariz del perro, no se verá seca nunca! —y echó a reír.
—¿Eso era todo? ¡Valiente gracia! —se quejó Paco con el respaldo de los demás; pero el memorioso salió al quite:
—Aaah, es que este es un cuento p'a que se divierta el que lo cuenta, no los que lo escuchan. Ustedes siempre se divierten con mis cuentos, ¿no? Pues ahora me tocaba a mí.

Cuando pudo parar de reír quiso consolarnos diciendo:

—No se desesperen que ese resquemor no les dura sino mientras encuentran a quién contárselo.

Nacho o Manuel Ignacio Torres, el dueño de los aperos en aquella pesca, era hijo de pescadores como él y había nacido en Majagual un día de abril de 1932. De niño llegó con sus padres y sus ocho hermanos al puerto de La Dorada y desde entonces permanecía allí. No le fue posible pasar del tercer grado en la escuela porque la muerte de su padre se lo impidió al tener que enfrentar precozmente a la vida.

Nacho se levantó, pues, en el río oponiéndose con su labor de pescador a la indigencia y aprendió a amar y respetar la pesca. Aunque muchas cosas le dolían, sólo se quejaba de los que no hacían un uso justo de ella.

Nosotros habíamos llegado hasta allí para tener un conocimiento directo de los pescadores y su entorno, buscando ejemplos vivos de los personajes y de las atmósferas cotidianas. En repetidas lecturas individuales, los que actuábamos en la obra, fuimos poco a poco familiarizándonos, encariñándonos y tratando de desentrañar al máximo su significado.

Yendo de lo general a lo particular nos habíamos acercado hasta tener un cabal conocimiento de la obra y sus propósitos; de sus escenas una a una, lo mismo que de sus objetivos y sus personajes. También nos habíamos sumergido en la vida íntima de cada uno de ellos y en la forma en que se relacionaban entre sí.

Nacho, por fortuna para mí, coincidía en muchos de sus rasgos psicológicos con el pescador que me correspondía interpretar y la oportunidad que esperaba de sostener una charla con él, pareció presentarse la víspera de nuestro regreso a La Dorada; en un momento en que todos se habían ido a curiosear a la orilla del río, desde donde gritaba y gesticulaba un visitante de Emiro que por descuido había pisado una raya, Nacho y yo nos quedamos solos en el cobertizo.

Justamente cuando abría mi boca para iniciar la conversación, él, como si también hubiera estado esperando aquel momento, se me anticipó:

—¿Cómo le ha parecido todo esto don Julián?

—Para mí éste es un mundo nuevo... —le iba a decir que un mundo que me tenía fascinado; pero no tuve tiempo de terminar la frase, porque Nacho en aquel momento, estimulado quién sabe por qué, se prodigó en forma inusual en él.

—Todo es hermoso por aquí. Lástima que la vida sea tan dura... y cada vez peor. Cuando yo estaba guámbito mañaniaba a recoger los peces que amanecían en la canoa, ellos solitos se embarcaban. Eran otros tiempos...la abundancia existía, ahora no.

Había pasado en aquel lugar toda una semana y hasta ese momento no había escuchado a Nacho pronunciar tantas palabras juntas, a pesar de que en diferentes oportunidades hice un comentario o puse a rodar alguna frase como posible tópico de conversación. Lo cierto es que hasta entonces no había logrado vulnerar su mutismo.

—¿Y qué pasó? —lo estimulé.

Levantó por un instante las cejas, meneó levemente la cabeza y siguió hablando con los ojos puestos en el río.

—El río está contaminado. Ya casi no quedan animales. En las ciénagas hay gente que pone redes de atajo para que el pez no suba; lo acaparan, mejor dicho, sin importarles los demás. ¿Y quién controla?... los inspectores se hacen los de la oreja mocha. Tampoco hay control para el zangarreo ni la pesca con dinamita. Otros secan los meandros y las madreviejas y ni siquiera cultivan esas tierras; pero les ponen cercas. Cada día es peor. Por eso mucho pescador se ha salido del río. Pero otros seguimos...

Es que con la pesca sucede como con la mujer, si uno la siente y la quiere, está con ella en la mala y en la buena —giró hacia mí y terminó diciendo con expresión serena—: Ustedes deberían poner eso en su película.

Le aclaré que no era una película, sino una obra de teatro lo que íbamos a hacer; le conté que la obra ya había sido escrita y que se basaba en hechos ocurridos dos años atrás en La Dorada, cuando una maestra y el hijo de un pescador habían muerto defendiendo un terreno baldío que habían ocupado algunos destechados.

Me escuchó callado como mirando a través de mí; era evidente que en su interior los pensamientos fluían a un ritmo mayor. Tal vez pensó que estando las cosas en ese punto nuestra charla sería inútil. Lentamente encendió un cigarrillo y antes de internarse de nuevo en su inconmensurable silencio, dio por terminada la charla con palabras que parecían salir de lo más hondo de él.

—¡Recordar eso da coraje!... Dios los tenga en buena parte.

Animados de cierta energía que nos había imbuido la vida en las pescas, regresamos del río a la casa de Emilio, en La Dorada. El día convenido fuimos llegando poquito a poco, con la piel bastante oscurecida por el sol y luciendo atavíos un tanto desacostumbrados.

Emilio, con su mujer y sus dos pequeños hijos, ocupaban un casalote de dos habitaciones estrechas y oscuras, levantadas en ladrillos desnudos sobre la parte anterior del terreno. De inmediato se accedía a un amplio solar, en el que se encontraba la desvencijada cocina de tablas y hojas de zinc, que habían recostado contra el muro posterior de la edificación colindante.

En aquel patio desolado en medio de un cálido clima de euforia comenzamos a contarnos las vivencias que habíamos tenido durante la semana anterior.

Abundaron las anécdotas, las descripciones, los retratos, las semblanzas y la enumeración de expresiones, habilidades y objetos usuales en los pescadores.

Mientras la tarde avanzaba íbamos acrecentando el caudal de información que se transformaría en materia prima y soporte de nuestra obra.

Deseosos, entonces, de comprobar si nuestro trabajo iba bien encaminado, decidimos iniciar los ensayos uno o dos días después en Bogotá. Y acordamos seguir asistiendo a pescas cercanas en las noches, mientras ensayábamos en el día.

De acuerdo a las necesidades actorales, distribuimos las pescas a donde cada cual iría e intercambiamos los elementos que habíamos obtenido con los pescadores y que en adelante serían parte de la utilería y el vestuario que se usaría en escena. Al llegar la noche, guindamos las hamacas en el solar tal como lo habíamos hecho la tarde que llegamos de Bogotá.

Desde el primer día, Fabiola Moreno y Amalia Rey, únicas mujeres del elenco, habían optado por dormir en el cuarto que nos asignara Emilio.

Los demás desde el mismo momento en que entramos a dejar las pertenencias en esa cámara oscura y recalentada, que no contaba con una ventana siquiera, supimos que dormiríamos a la intemperie. El Paisa Leal, actuando dentro de lo que siempre fue su estilo, escarbó en la oscuridad dentro de su maleta y taimadamente ganó el patio. Cuando los otros salimos, él estaba acabando de colgar su hamaca, cerca de la cocina, en el único sitio que quedaba protegido de una eventual lluvia y había elegido a sus anchas. Entonces, con una sonrisa colgando en sus labios puso en claro:

—¡Quién va a poder dormir en ese horno! —sólo en momentos de absoluta certeza se permitía esa clase de manifestaciones, pues por principio no le dejaba nada al azar. Esas palabras fueron como la señal de partida en una competencia; de inmediato todos corrimos en busca de las hamacas, para ubicarnos donde mejor pudiéramos y en últimas la competencia resultó divertida, salpicada de bromas y comentarios hilarantes.

Esta vez, al término de la reunión, tumbados en las mecedoras, fuimos enterándonos mutuamente de las destrezas logradas por unos y otros para tejer redes, desvicerar pescado, remar con canalete, nadar, lanzar la atarraya o alguna otra habilidad que hubiéramos adquirido o desarrollado.

Más tarde, aceptando una sugerencia de Sancho, salimos en grupo a tomarnos un refresco.

Caminando lentamente llegamos hasta una heladería que tenía sus mesas sobre el andén en uno de los costados del parque Gaitán; allí prolongando al máximo la duración de una cerveza, permanecimos casi dos horas, hablando de todo un poco. Al final Ramón propuso:

—¡Tomémonos otra, qué carajo! —alcanzó a levantar su botella para golpear la mesa; pero la efusividad de Fabiola se interpuso.

—No señor. Nos vamos ya —alcanzó a pararse, pero como nadie la imitara, enfrentó con sus grandes ojos a Ramiro exigiéndole una decisión inmediata.

Nuestro parsimonioso director la aplacó con una seña de su mano invitándola a que se sentara y siguió hablándole al Paisa.

—Y ¿qué? —lo instó para que retomara la charla. Leal, se enfrascó como si nada en lo que venía contando, y Ramiro aparentando oír, se sumergió en una de sus abstracciones momentáneas, al final de la cual ubicó con sus ojos al mesero y con la mano le pidió que se acercara.

A medida que el mesero se acercaba Fabiola se veía cada vez más rígida y sus grandes ojos, enormes en aquel momento, parecían bolas de fuego; solamente pudo relajarse y reparar después de que Ramiro habló.

—Un paquete de Pielroja, por favor.

Cuando el mesero regresó con el pedido, tomó la cajetilla en sus manos y comenzó a abrirla lentamente. Luego nos entregó a cada uno tres cigarrillos, exceptuando a Mauro y a las dos mujeres quienes no fumaban en el grupo.

—Quedan dos para rifar —dijo mirando el interior del paquete y lo puso en el bolsillo de su camisa. Finalmente hizo el ademán de dinero con la yema de los dedos, frente a Amalia para que pagara, e iniciamos el regreso.

Fabiola, molesta aún por el altercado, hizo el trayecto sin pronunciar palabra. Cuando llegamos a la casa nos fuimos directo a las hamacas.

El Paisa puso sobre un huacal cerca de su cabecera, las gafas, que tenían sobrepuestas un adminículo protector de sol, y su potente radio de pilas sintonizado con Radio Habana Cuba. Al poco tiempo todos dormíamos.

La mañana siguiente, casi toda la gastamos deambulando por el puerto.

Conocimos el mercado a donde llevaban y revendían el pescado, que a diario era despachado en furgones hacia la capital; visitamos, de curiosos, las instalaciones del radioperiódico Despertar; estuvimos en el estadio de fútbol presenciando los destrozos que dos o tres noches antes había dejado a su paso un ventarrón. Parte de la tribuna había quedado descubierta y unas cerchas de hierro retorcidas indicaban claramente la dirección que habían tomado las tejas. Finalmente, antes de encaminarnos a la casa, compramos algunas provisiones, pues, en adelante prepararíamos nuestros alimentos. Así nos lo aconsejaba nuestro exiguo presupuesto.

Sancho y Amalia se ofrecieron para oficiar de cocineros ese día. Los demás nos entregamos por completo al ocio.

Al promediar la tarde Víctor detuvo el movimiento de mi hamaca y parado junto a mí, me urgió para que saliera del adormilamiento en que me hallaba, pues tenía algo impostergable que decirme. Inclinándose sobre mí musitó casi en mi oído:

—El Paisa tiene dinero.

—Eso lo sabemos todos —le contesté en el mismo tono sin comprender ni jota. Él se incorporó, miró a todo lado intranquilo y esforzándose por parecer natural, añadió como hablando de otra cosa:

—Acompáñeme, hombre —como los mudos, trataba de hablarme con los ojos: que saliéramos, que disimulara, que en medio de todos no podía decirme nada. El caso es que con su actitud avivó mi curiosidad y en seguida estuvimos en la calle.

—¿Qué pasa?

—Que el marica del Paisa tiene plata en la maleta.

El primer día en La Dorada, Ramiro había propuesto hacer un fondo común con el dinero que cada uno tuviera disponible para el viaje; buscábamos nivelar los gastos y evitar, de esa forma, las desproporciones ofensivas que se habían presentado en circunstancias similares. Entonces, establecimos unas sencillas normas y todos, gustosos, entregamos hasta el último centavo, creyendo quedar en igualdad de condiciones.

—Debe ser lo de los pasajes.

—No. Eso lo tiene Amalia. Ella maneja todo —me recordó.

Amalia era en extremo cositera. Sí, a ella se podía acudir durante una gira en busca de un botón para camisa y es probable que facilitara también el hilo del color justo y la aguja. A ella se le podía preguntar por las palabras textuales que alguien dijera en una reunión, pues en una especie de diario consignaba hasta las minucias más superfluas. Por eso cuando Ramiro terminó de contar el dinero recolectado y se lo entregó, "Adminístralo tú Amalia", nadie se opuso. Sabíamos que no podía quedar en mejores manos.

—¿Y usted cómo lo supo?

—Entré a ese cuarto oscuro a sacar un marcador de mi maleta y como es igual a la de él, equivocadamente la abrí y en el bolsillo pequeño encontré este poco de billetes.

—¿Está seguro?

—¿No los está viendo?

—¡Boludo! ¿Que si está seguro que son de él?

—¡Claro!... —contuvo la risa y sugirió perspicaz—: Bueno... francamente no estoy seguro de que lo sigan siendo.

Movidos por una risa incontrolable echamos a andar. A medida que sacábamos algunas conclusiones nuestra indignación crecía.

—Claro, fue por eso que cuando todos desocupamos los bolsillos, dijo: "Voy por lo mío" y se metió al cuarto.

—Sí; y cuando volvió con los billetes en la mano, "Esto es todo lo que traje", no maliciamos.

—De pendejos.

Mientras caminábamos discutíamos la mejor forma de escarmentarlo; pero siempre hallábamos el mismo escollo. De nada serviría reunir a todo el elenco para tomar una determinación, ni avergonzarlo ante el grupo, ni consultar con el director; porque en el momento de plantear la creación del fondo, habíamos dejado un gran boquete por el que podría deslizarse a sus anchas una coartada: se había hablado "del dinero que cada uno tuviera disponible para el viaje" y eso nos molestaba como una espina entre la uña y la carne. Lo más probable era que tuviéramos que aceptarlo como argumento válido, pues el Paisa asumía actitudes similares cada vez que quería escabullirse. Con un poco de su habitual cinismo podría arreglárselas.

Nuestro deseo era impedir que su deslealtad pasara impune y por nada en el mundo queríamos tener que rabiar en silencio como en otras ocasiones.

Injuriando al Paisa, pero sin sacar nada en limpio, llegamos hasta un lugar cerca del río, donde un pequeño muelle de madera entraba unos cuantos metros en el agua. El Embarcadero, lo llamaban.

Dos hombres de mediana edad cargaban unos sacos de cemento en una lancha de motor que se mecía suavemente sobre la superficie amarillenta del Magdalena.

En aquel punto la brisa mitigaba un poco el rigor del clima y ahí permanecimos hasta que la rocola de un bar cercano nos atrajo con la firme y sonora voz de Celina que decía: No puedo vivir sin tí, mi angustiado corazón / todita la noche, cariñito, me la paso en vela / en tí pensando y por tí sufriendo...

Sin pensarlo mucho nos encaminamos directo hacia el sitio desde donde nos llegaba el cálido lamento en la voz de la campesina cubana.

En el bar, la mesera puso desmañadamente las botellas de cerveza sobre la mesa y se alejó caminando como sonámbula. Cuando empezaba a servirme en el vaso, Víctor gritó, poniéndome una mano al frente con la señal de pare.

—¡Espere!

Levanté el vaso y lo puse a contraluz para ver qué era lo que contenía; lo giré a uno y otro lado, lo incliné y finalmente lo puse debajo de los ojos para mirar por encima; nada. Víctor, entre tanto, había mantenido el mismo ademán. Luego acercándose me dijo en un susurro:

—No podemos. No tenemos con qué pagar.

Desde una mesa contigua tres hombres habían dejado de hablar con el grito de Víctor y estaban siguiendo atentos nuestro accionar, esperando saber qué porquería venía en el vaso o la cerveza. Cuando lo advertí asumí que era mejor hacer una broma que el ridículo. Entonces, con rotaciones de la mano hice girar el líquido rápidamente como si estuviera enjuagando el recipiente y en el momento de ir a arrojar el contenido, sin detenerme, cambié la dirección del movimiento, me lo llevé a los labios y me lo tomé de un trago.

—¡Claro que tenemos! El Paisa invita.

La mesera, que se había acercado de nuevo hasta nosotros, preguntó con aspereza:

—¿Le salió algo en el vaso?
—Un mosquito; pero no lo dejó escapar —bromeó Víctor y se echó a reír. Ella hizo una mueca de desaprobación y regresó a su sitio.

Nunca la cerveza había tenido un sabor tan exquisito como el que le encontramos aquel día mientras perfeccionábamos el plan contra El Paisa. Plan que finalmente habíamos hallado en aquel bar escuchando a Celina y Reutilio y su música elemental.

Celina colgaba a veces su resonante voz en un sitio que parecía inalcanzable, para bajar de súbito al final de la frase con un leve vibrato. Con el acompañamiento simple de la percusión, el contraste del bajo y el tiple, nos hablaba en cada canto, con sencillez y emoción, de la campiña cubana, de las labores del agro y de un ancestro africano.

Antes de que oscureciera dejamos el bar y nos dirigimos a un ventorrillo callejero, cerca del parque Bolívar, donde compramos una billetera de plástico, barata. El dependiente, un caldense pelirrojo y bizco, de unos veinte años, quedó extrañado y satisfecho cuando se la cambiamos por una similar pero gastada y algo rota que tenía él en el bolsillo de su camisa de cuadros.

Leal, parado en el vano de la puerta, nos vio cuando asomamos a la esquina; veníamos riendo, pues, durante todo el trayecto habíamos disfrutado con lo que suponíamos que ya supondría El Paisa. El no esperó, sino que se adelantó a encontrarnos.

—¿Dónde estaban? —tal vez le puso demasiada energía a su pregunta y lo notó; pero ya era tarde. O quizá se dio cuenta, pero a destiempo, de que no era la más adecuada y trató de subsanar con un matiz de broma—: Si se puede saber, ¿no?

—Claro que se puede. Estábamos celebrando —hice el ademán de beber y él se quedó mirándome con una sonrisa helada.

—¿Dónde está la gente? —apremió Víctor.

—Adentro.

—Camine, que traemos buenas noticias para todos —hizo énfasis en la última palabra y siguió adelante. Yo lo seguí y El Paisa a mí, preguntándome "¿Qué pasó?", pero me hice el que no oía mientras apresuraba el paso.

En el solar, todos seguían atentos lo que decía Ramón Paz, que parecía haberlos cogido por su cuenta; pero Víctor irrumpió en el centro del corro, con la abultada billetera en la mano y sin más ni más anunció:

—Muchachos, la buena suerte se nos atravesó. Encontramos

esta billetera con dos mil quinientos pesos —esa era la cifra exacta que había en la maleta del Paisa—, estaba tirada en el parque —se la lanzó a Ramiro—, para el fondo común. Lo que falta lo gastamos en cerveza.

Hubo una explosión general de júbilo. Leal, nervioso trataba de sonreír y desconcertado nos miraba a todos esperando que alguien le dijera que sólo era una broma. Pronto comenzó a disimular su ira con un entusiasmo sin convicción que a Víctor y a mí nos decía claramente que había comenzado a aceptar su derrota. En efecto, jamás se atrevió a tocar el tema; pero en el curso de los siguientes días Víctor y yo fuimos objeto de sus sátiras y sus miradas de odio.

Ramón, en cuanto pudo, retomó la palabra y nos informó a los recién llegados:

—Yo también les tengo buenas noticias, ¿cierto Paisa? Ya tenemos dónde ensayar.

Ramón, que tenía a su cargo un pequeño papel en la obra, se desempeñaba también como asistente del director y desde cuando decidimos iniciar los ensayos, recibió el encargo de conseguir un sitio donde poderlos llevar a cabo.

—¿De veras?

—Sí, nos prestaron un salón en el colegio departamental. El primer ensayo es mañana a las nueve. De una vez quedan citados.

Por una de esas coincidencias que el azar se complace a veces en urdir, nuestros primeros ensayos tuvieron lugar en la misma aula donde tiempo atrás dictaba sus clases la maestra que en 1975 había muerto defendiendo los terrenos ocupados por algunos pescadores sin vivienda, y que en nuestra obra adquiría perfiles de heroína.

Después de nuestras prácticas de expresión corporal y técnica vocal, que solíamos hacer en forma individual, ingresamos al salón, que habíamos adecuado momentáneamente.

Ramiro había distribuido el espacio escénico de acuerdo a los bocetos del diseño escenográfico y Ramón dispuso aquí y allá algunos objetos, que fantaseando un poco quedaron convertidos en chinchorro, atarraya, mesa, asientos, lámpara, linterna, radio y demás elementos que requeríamos en el escenario.

Tal como solíamos hacerlo, los actores a su debido tiempo fuimos entrando a escena, al sitio que cada cual consideraba más adecuado a las exigencias de la situación dramática y los desplazamientos fueron surgiendo espontáneamente, obedeciendo a los impulsos, deseos y necesidades de los personajes, en las condiciones específicas de cada situación que se vivía en escena.

Todo esto era tomado como propuestas del actor, y sólo eran modificadas atendiendo a consideraciones estéticas o cuando definitivamente eran ilógicas. Considerábamos que el teatro debía hacerse con una gran dosis de sentido común; y en definitiva no queríamos partir de un rígido esquema que nos restara posibilidades de hacer aportes individuales, que siempre resultaban enriquecedores.

Con los libretos en la mano o apoyándonos en el asistente, que hacía de apuntador, sin preocuparnos mucho de la actuación, fuimos marcando a nuestra manera, escena tras escena, hasta el final de la pieza.

Entre tanto, Ramón iba tomando nota de las posiciones y desplazamientos definitivos. Aunque, definitivos no es la palabra adecuada, puesto que, siempre existía un margen de variación que nos permitía corregirlos o mejorarlos en el transcurso de los ensayos subsiguientes.

Ese método lo había impuesto en La Carreta Gustavo Adolfo Lince, su director general, quizá porque no conocía otro, así como en las piezas que dirigió jamás le vi crear una atmósfera adecuada o un estímulo que generara los sentimientos que el actor necesitaba para su personaje en determinada situación; sino que espoleando con su sargentismo a los actores, los lanzaba en una búsqueda de soluciones ciega y frenética de la cual, por fortuna, salvo raras excepciones, llegaban a buen término, ya que el colectivo en general tenía un nivel alto de compromiso y un deseo vehemente de búsqueda de soluciones de buena calidad.

A esa fase de la puesta en escena estuvimos dedicados por completo durante los cuatro primeros días. Los ensayos resultaron dinámicos por las discusiones que generaban las propuestas encontradas. Eso nos mantenía animados y optimistas, pero al término del cuarto día, al regresar a casa, Emilio nos trastornó sobremanera con una noticia en extremo dolorosa: Nacho había muerto a manos de unos salteadores y dos de sus compañeros estaban gravemente heridos.

La noche siguiente a nuestro regreso al puerto, entre las doce y la una, durante la hora en que, fieles a sus tradiciones y a sus creencias, los pescadores no pescan, tres hombres habían descendido de una lancha y ocultando sus verdaderos designios llegaron amistosamente hasta la ramada, donde Nacho y los suyos jugaban a las cartas.

—¿Quién es el dueño del chinchorro? —indagó el mandamás. Nacho sin maliciar se incorporó sereno.

—¿En qué puedo servirles?

Antes de que terminara de hablar, el desconocido lo tenía encañonado y por requerimiento de sus dos secuaces los demás pescadores yacían bocabajo sobre la arena, con las manos en la nuca.

—¿Dónde está el dinero?

—¿Cuál dinero?

—¡No se haga el pendejo!

Sintió un ardor intenso en la espinilla y luego unas punzadas que llevaban el dolor a todo su cuerpo; pero su expresión no se alteró. Entonces, sin perder a Nacho de vista el matón empezó a patear todo lo que hallaba a su paso, buscando el dinero por sus propios medios.

Deshizo a patadas las cajas de cartón que servían de alacena; el arroz, la manteca, el café y las demás provisiones quedaron esparcidos y mezclados con la arena. Los platos crujían y se quebraban bajo sus zapatos y las ollas se sumían y abollaban con su peso, mientras él disfrutaba su faena. Al final, jadeante y decidido pasó una vez más sobre los escombros y casi en la cara de Nacho espetó de nuevo:

—¿Dónde está el dinero, cabrón? ¿O quiere que le suelte un tiro?

—¡Búsquelo! Algo tiene que costarle, ¿no?

El golpe con la cacha del revólver le hizo brotar un hilo delgado de sangre, que se asomó por su cuero cabelludo y descendió por su mejilla hasta el cuello. Nacho exageró el impacto, y reculando fue a caer sentado cerca del platón que contenía restos de loza y los cubiertos; el hampón, que había avanzado simultáneamente con la caída, quedó casi encima de él. Pese a la vertiginosidad de los hechos, el pescador no había perdido su lucidez ni su control y supo, cuando tuvo cerca a su adversario, que aún empuñaba el revólver al revés. Alcanzó, incluso a experimentar la satisfacción efímera que le brindó la conciencia de su plan consumado. Así, pues, cuando se incorporó, aprovechando el impulso de todo su cuerpo, con el cuchillo de cocina que su mano cogió ágilmente del platón, le abrió la garganta de un tajo. El asaltante, sorprendido se llevó las manos a la herida como queriendo evitar que la sangre se escapara; pero el líquido cálido y oscuro fluía con fuerza entre sus dedos.

Sus congéneres, aterrados abandonaron su propósito y disparando atolondrados abordaron precipitadamente la lancha, donde otro compinche los esperaba con el motor en marcha.

Con el terror petrificado en el rostro, el degollado avanzó dando tumbos hacia el sitio por donde sus compañeros huían; pero no llegó muy lejos. Pronto se desplomó por el camino.

En la confusión de los hechos una bala mortal alcanzó a Nacho y se internó en su cerebro. Paco y Soler, en el hospital San Félix, con ayuda médica se oponían obstinadamente a la muerte.

El timbre sonó por tercera vez y las luces de la sala fueron perdiendo intensidad lentamente. Quienes aún no lo habían hecho quisieron cuanto antes acomodarse en sus butacas y empezaron a llegar presurosos por los pasillos laterales; venían de los baños, de la cafetería o del hall, en donde se habían detenido ante los afiches y las fotografías de algunos de nuestros montajes anteriores, expuestos en cuanto muro encontramos disponible.

Por último, de la penumbra se llegó a la oscuridad total y al silencio, y casi de inmediato comenzó a oírse que el pesado telón de boca se abría con lentitud.

Cuando el escenario se iluminó, sobre el sector izquierdo se revelaron con fuerza y nitidez una mesa y tres asientos de madera, cuya rusticidad armonizaba perfectamente con el cobertizo de palma seca que se erguía en segundo plano y el chinchorro que, un poco más atrás, se hallaba extendido lado a lado, sobre lo que parecía ser una empalizada que ponía límite a un solar posterior.

Una mujer flaca como de unos treinta y cinco años, pero muy gastada, entró por el lateral izquierdo para dejar sobre la mesa dos humeantes platos de comida, gracias a minúsculos trocitos de hielo seco perfectamente camuflados, y dos cucharas. Luego caminando hacia el fondo, fue hasta donde lo permitía el chinchorro, y desde allí oteando gritó:

—¡Cucho... Pepe!... pasen a almorzar —volvió a salir por donde había entrado; pero antes, a mitad de camino, se detuvo y con naturalidad sacudió una de sus arrastraderas dando a entender que había recogido algunas piedrecillas que le molestaban al caminar.

Las voces de los dos hombres comenzaron a oírse antes de que a ellos se les viera y aunque en principio no se podía precisar qué decían, era evidente que bromeaban. Poco a poco fueron tomando presencia por la parte posterior del escenario como si se acercaran ascendiendo por un terreno inclinado, y es que poniendo en práctica un recurso teatral, avanzaban de cuclillas y poco a poco iban tomando la forma normal de caminar. Al llegar a la empalizada se les pudo ver de la cintura para arriba. Sin prisa, se desplazaron paralelamente al chinchorro, buscando en una acción como mecánica el sitio que les permitía el acceso a sus predios; era una breve interrupción de la cerca casi que, en el extremo derecho, permitía el paso de un hombre.

Ya de este lado de la cerca, los dos pescadores, descalzos y con los pantalones remangados, atravesaron en diagonal el escenario para llegar hasta la mesa. Pepe, el más joven, cojeaba del pie izquierdo, tenía patillas espesas que llegaban abajo de las orejas, bigote renegro y descuidado.

Al que apodaban Cucho era un viejo setentón, pelícano, cuya agilidad y vigor, nada comunes en hombres de su edad, maravillaban de inmediato. Al sentarse a la mesa, tomó la cuchara e ilustrando o apoyando lo que decía, sin llevarla al plato estuvo con ella moviéndola de un lado a otro, hasta el final de su relato. Su voz, ligeramente engolada, no era cien por ciento convincente; se extraviaba con frecuencia narrando su pasado y permitiendo que despertara a ratos la poesía que dormía en él.

El de las patillas de vez en cuando lo interrumpía con un breve comentario o para pedir claridad sobre algún punto, con lo que hacía evidente el interés que ponía en el relato del viejo.

La escena transcurría con espontaneidad y frescura gracias a que desde el comienzo Fabiola le había dado ese carácter. Tal naturalidad halló pronto respaldo no sólo en las acciones físicas, sino en todo aquello que expresábamos. Por la entonación y matices apropiados con que surgían los parlamentos, podría decirse que de nuestras bocas nunca antes habían brotado esas palabras, que reflejaban auténticos sentimientos y poseían un convincente grado de verdad.

Era la noche del 4 de mayo; día del estreno, y así estábamos dando comienzo a una temporada de doce semanas en aquella sala que pertenecía a una universidad que mantenía cerradas sus puertas la mayor parte del año.

A medida que la función fue avanzando se disiparon el nerviosismo y la ansiedad que habíamos vivido en los camerinos durante los preparativos. Fabiola ya no se desesperaba porque alguien no desocupaba un lápiz de sombra, la base o los polvos que ella iba a usar; El Paisa no seguía buscando angustiado el sombrero que le había escamoteado su misma desazón y que llevaba puesto; Ramón no maldecía probando la sirena que tenía que hacer sonar; ya nadie se agitaba de un lado a otro disponiendo su utilería y advirtiendo que no la fueran a cambiar de lugar.

Los ánimos se habían tornado alegres y las diferencias existentes entre algunos actores se vieron relegadas ante los abrazos y las palabras de estímulo que intercambiamos entre bambalinas.

Unos a otros nos ayudábamos oportunamente con los cambios de vestuario, con la utilería, con el maquillaje y con cualquier necesidad que alguien dejara entrever. Sin duda, toda esa euforia actuaba en beneficio de la escena y las reacciones positivas del público, más numerosas y entusiastas de lo que habíamos previsto, acrecentaban nuestro buen ánimo.

Las escenas fueron rápidamente sucediéndose unas a otras y pronto, tal vez demasiado pronto, como nos pareció a todos, nos vimos en el proscenio saludando a un público que de pie nos aplaudía con fervor. Finalmente hubo una explosión de alegría; abrazos, palmadas en la espalda, frases de estímulo y muchos, quizá demasiados, elogios por parte de los allegados al grupo que habían tenido acceso hasta los camerinos.

Mauro y yo, después de desmaquillarnos y ordenar el vestuario y la utilería sin mucho esmero, en el sitio donde los respectivos encargados habían dicho que los debíamos dejar, nos dirigimos al lugar donde se llevaría a cabo un coctel programado para aquella ocasión. Se trataba de un amplio salón perfectamente iluminado que se hallaba en el segundo piso de la parte anterior de la edificación y al que se llegaba por medio de la amplia escalera que ascendía desde el costado norte del vestíbulo. A esa hora ya estaba completamente atestado. La gente se las arreglaba creando su propio espacio a lo largo de las escaleras, en los corredores, en la antesala, y en el mismo auditorio donde momentos antes tuviera lugar la representación. Se les podía ver diseminados en pequeños grupos, con vasos de whisky en la mano conversando animadamente.

Mauro y yo poquito a poco fuimos abriéndonos paso hasta aquel recinto que parecía atraerlo con un poder invencible. "Allá es donde hay que estar, vamos", me susurraba con impaciencia cuando alguien durante el trayecto nos hacía detener para saludarnos, para preguntarnos algo, o simplemente para felicitarnos.

Cuando habíamos alcanzado la puerta, un poco más sosegado dijo: "Comienza el último acto", sus ojos tenían en aquel momento un brillo especial y antes de que pudiera contestarle cualquier cosa, empezó a deslizarse de un lugar a otro como un delfín. Se unió a un grupo donde descollaba un famoso pintor.

—Hola —les dijo con cierto aire de superioridad

—¿Les gustó el dramita? —y sin esperar respuesta ligó—: Les aseguro que aquí se van a divertir más... o por lo menos no se van a aburrir tanto. ¿Si los han atendido bien? —giró hacia un banquetero que en ese momento pasaba por allí y asumiendo el papel de anfitrión le ordenó—: Un traguito para los señores, por favor.

Creyendo estar en paz y a salvo con la cortesía en cuanto a éstos, se dirigió a otro grupo cercano, donde un conocido director de teatro, casi enano y de cabeza cuadrada, con las manos a la altura del pecho lo saludaba con un ademán que significaba: "¿Qué hubo?". Él, en una ágil maniobra sacó una moneda y pasando de largo la dejó caer en una de las manos del amigo, lo que provocó hilaridad en aquel corrillo. Casi de inmediato giró sobre sí mismo y se devolvió a saludar al petiso que también estaba celebrando la ocurrencia y se abrazaron en un saludo emocionado. Un minuto más tarde estaba entre algunos periodistas oyendo cómo uno de ellos censuraba los gastos onerosos del congreso, y citaba las palabras textuales que un senador tolimense había pronunciado dos o tres días antes: "Si en Colombia los militares viajan, si viajan los civiles y los miembros del poder ejecutivo y sobre todo los empleados de los institutos descentralizados, ¿por qué ha de ser malo que viajen los congresistas?". Un murmullo de rechazo e indignación se elevaba entre sus interlocutores y Mauro en un ademán teatral lo señaló con el brazo extendido y como acusándolo replicó:

—Prueba de la tendencia que hay en ciertos escritores públicos de desprestigiar a lo que cueste la institución parlamentaria —hizo una pausa mirando con regocijo el desconcierto en los rostros de quienes lo rodeaban y echándose a reír aclaró que no eran sus palabras, sino las del presidente del senado y entre risas agregó—: Yo soy cínico; pero no tanto —y para disipar cualquier duda saltó a un tema aledaño—: ¿Vieron la caricatura de Osuna, ayer? ¡Es una maravilla!... dice que la carretera que pasa por la hacienda de los hijos del presidente se construyó por donde no había peligro de derrumbe alguno... salvo el del gobierno—. Y antes de que se extinguieran las risas ya estaba en otro lugar.

Así estuvo por un buen tiempo yendo y viniendo de un círculo a otro, relampagueando de aquí a allá, y en todas partes parecía encontrar amigos a los que se dirigía con desenvoltura y familiaridad, haciendo siempre un comentario chispeante, como si tuviera la obligación y la capacidad de animarles el rato a todos aquellos a quienes se unía. Por fin se quedó en un pequeño grupo que había en torno a un diputado, amigo del director de La Carreta. Hasta allí llegó con una hermosa chica que desligó de otro corrillo y quien era foco de atención por haber tenido el acierto de aparecerse sin brassier y con una blusa de seda transparente.

Muchos de los que por una u otra razón tenían algún vínculo con la vida cultural de la ciudad se hallaban aquel día en ese lugar y algunos noticieros de televisión enviaron a sus reporteros y sus equipos para que reseñaran el hecho. Allí estaban entre otros los actores del grupo El Baúl Itinerante, que se encontraba de paso por Bogotá. Ellos tenían su sede en esta ciudad; pero debido a sus numerosos compromisos permanecían la mayor parte del tiempo en el exterior. Inevitablemente a donde tuvieran lugar festivales, encuentros, foros, seminarios, simposios y demás eventos que programaban y organizaban sus congéneres de otros países, ellos tenían el patriótico deber de ir a representar a Colombia, y como cada año le correspondía la sede y la organización a un grupo diferente de esa cofradía internacional, se veían obligados a estar desplazándose continuamente sin tener tiempo siquiera para pensar en su propia producción; por lo que, a toda parte llevaban un deteriorado montaje que habían realizado doce o quince años atrás y que prácticamente nadie en el país conocía.

Cuando los reflectores echaron su potente chorro de luz sobre el sector en que se encontraban, su director, un moreno delicado de afro y candonguita de oro, deshizo las arrugas que se habían formado en su pañoleta de seda que llevaba al hombro y se dispuso a dar declaraciones; pero como las luces y la cámara siguieron su trayectoria de paneo, con agilidad de acróbata retomó la conversación colgándose de la palabra que había dejado suspendida en el aire en el instante anterior y siguió refiriéndose a la falta de atractivo que encontraba en Bogotá y en general a todo aquello que tenían que sufrir en este país: los baches de las calles, la desorganización del transporte público, la indisciplina de la gente, su desidia, su torpeza y todo el cúmulo de defectos inherente a su condición de mestizos, para terminar quejándose hasta de la fealdad de nuestra "raza". A cada tópico le oponía su equivalente europeo para llegar a concluir que "Aún nos falta mucho" y que "Estamos atrás años luz"; pero dejando eso sí muy en claro que "si no fuera porque uno quiere tanto a su patria se quedaría por allá".

También acudieron aquel día, en un acto insólito en ellos, tres inseparables amigos que se decían pintores y que era inevitable no ver en dos o tres cafetines del centro de la ciudad donde a diario se eternizaban teorizando de lo humano y lo divino. Uno de ellos llevaba el pelo recogido en una larga trenza que le pendía de la nuca y lucía, como siempre, un overol enterizo y unas botas en las que no estaba ausente ningún color que hubiese manipulado. Era más bien acuerpado y aunque ya muy disminuido, se advertía su complexión atlética de antaño. El segundo era un larguirucho magro y macilento, con un haz de pelo como púas que le conferían un toque cómico; llevaba cerrado hasta el último botón de su camisa de cuello puntiagudo y largo que varios años atrás había estado de moda. Sentado o de pie siempre se le veía erguido asintiendo con la cabeza a todo lo que los otros dos decían, y únicamente abría la boca para introducirse el cigarrillo, porque el humo lo expelía totalmente por la nariz. Traía consigo casi siempre, algún viejo libro de preceptiva, una botánica descuadernada o algún best seller ya pasado, que trataba de vender para pagarse un café o los cigarrillos que compraba al menudeo.

Completaba el trío de demiurgos un barbudo desdentado de rasgos finos y ojos melancólicos, que daba un tono de solemnidad a todo aquello que decía, aunque fuera sólo preguntar la hora. Ya frisaba los cuarenta; pero seguía viviendo a expensas de su viejo, que tenía un modesto taller de carpintería en un barrio apartado.

Disímiles al cual más, se hermanaban en la forma olímpica de despreciar todo lo que estuviera fuera de su escala de valores, en su escepticismo irreductible y en su huero placer de andar en contravía.

Habían renunciado a cualquier tipo de conocimiento que no proviniera de las acrobacias de sus quiméricos caletres y en su arrogante ignorancia desdeñaban los libros, anatemizaban la academia, denigraban la tecnología y aborrecían la informática sin tener de ella más que un concepto lejano e impreciso. Con altivez desautorizaban todo como producto de la sociedad de consumo, propendiendo el retorno a una vida elemental y primitiva.

Quienes los conocían más de cerca sabían que renunciaron a todo aquello por lo que alguna vez lucharon y les negó el fracaso. A lo único que no les permitió renunciar su altanería, fue al placer que derivaba de aconsejar cómo se debían hacer las cosas para asegurar su éxito, o para mejorar aquellas que ya lo habían obtenido; era en verdad de admirar su osadía, ya que no tenían restricción alguna ni les estaba vedado ningún tema, puesto que se consideraban autosuficientes para tratar de arte, política, filosofía, ciencia, esoterismo o lo que fuera. Exceptuando, claro está, el deporte, del cual no valía la pena ocuparse.

Ante la vana obstinación de vender sus propias obras en un lento y prolongado proceso se erosionaron sus principios y se vieron obligados a tragarse su orgullo, optando inicialmente por hacer reproducciones, y más tarde, olvidado por completo su propósito inicial de innovadores, por comprar al por mayor estampas y vitelas, que enmarcaban y vendían. A eso habían llegado; pero en su falsa dignidad parecían no haber sufrido mengua alguna y se obstinaban cada vez más en su crítica acerba de cuanto no fuera una de sus geniales ocurrencias.

A juzgar por su presencia allí, la obra les había resultado tolerable y seguramente estaban esperando para dar las indicaciones necesarias a fin de que no repitiéramos en las funciones venideras los errores que ellos con ojos infalibles, seguramente habían percibido.

Un concejal del MIRC por el municipio de La Dorada, invitado al estreno, se me acercó. Quería saber dónde estaba Ramón, con quien, como es de suponer, hicieran buenas migas durante nuestra estadía en aquella ciudad. Le contesté que lo había visto un minuto antes en el extremo del salón; pero pareció no escucharme y sin dejarme terminar comenzó a perorar.

—Yo creo, compañero, que la obra tiene muchos aspectos positivos. Me parece que los compañeros han acertado en el tratamiento que dan a los pescadores. Todo lo que muestran en el escenario y la forma en que actúan los personajes es de un gran realismo. Así son ellos y así viven. Se lo digo yo, que he tenido la oportunidad de conocer de cerca su idiosincrasia —y algo más enfático—: Pero lo preocupante del asunto y en lo que no se puede estar de acuerdo es en el planteamiento de los compañeros con respecto a la participación del protagonista en el conflicto. Analizando las actitudes de Armando, así se llama, ¿no?, todo parece indicar que se involucra en los hechos simplemente porque está enamorado de la profesora.

—Sí, así es.

—Ahí está el problema. Queda como si el móvil de sus actos fuera su relación afectiva y no una clara y consciente posición de clase.

—Efectivamente, es el amor lo que lo mueve.

La indignación del concejal parecía crecer sin detenerse.

—¿Total que por amor a la maestra se mete a defender a los pescadores y por amor a la maestra entrega, pues, su vida?

—Claro. Es por amor a ella que termina luchando al lado de la invasión.

—La ocupación —me corrigió—. No, no, no. Estos no son tiempos para historias de amor, compañero. Para esas gracias ahí tenemos a Romeo y Julieta. Otro error en el que caen los compañeros es en un protagonismo exagerado de Armando y la maestra, atribuyendo la historia a individuos y no a las clases sociales. Nuestros héroes deben ser las clases populares, los obreros, los campesinos, los desposeídos... y como si fuera poco no triunfan. Terminan desalojándolos. Qué negativismo, compañero, ¡qué negativismo!

Su vehemencia, al igual que el volumen de su voz, había venido aumentando ostensiblemente y cuando me percaté que éramos el objeto de las miradas de quienes se encontraban en aquel sector del salón, me sentí confundido y furioso. Mi desazón era infinita e inútiles mis esfuerzos por hallar una coartada que pusiera fin a aquella bochornosa situación. A mí, como a la mayoría de mis colegas, me turba sobremanera ser el foco de atención en cualquier lugar distinto del escenario, y en aquel momento, sin saber por qué, comencé a experimentar un sentimiento de culpabilidad que no sabía a qué atribuir. Tal vez me reprochaba el haber provocado aquella situación al no aceptar sus planteamientos; aunque fuera no más por evitar una discusión inoportuna. No sé si fue que en algún momento llegué a pensar que él tendría razón, o simplemente que aborrecía el haberme dirigido a aquel lugar en vez de haber salido directo hacia mi casa; a tal grado de inseguridad me había llevado el aturdimiento. Pero al igual que en los sueños pesadillezcos en el último momento, surgió algo inesperado que me puso a salvo; sin saber cómo ni de dónde, como regresando del pasado en aquel preciso momento, Jorge Enrique, condiscípulo de la escuela de arte dramático, llegó hasta mí con los brazos abiertos. Algunos años habían pasado sin tener noticias suyas.

—¡Caro amigo! —dijo rodeándome en un apretón fuerte y prolongado. Luego con sus manos sobre mis hombros me apartó un poco, echó su cabeza hacia atrás y mientras de sus gruesos labios colgaba con naturalidad una sonrisa franca y cálida, sus inquietos ojos de ratón saltaban de un lugar a otro de mi rostro. Sus actos y sus palabras con frecuencia producían desconcierto en sus interlocutores, y aunque las expresiones que usaba, unas veces parecieran anacrónicas y convencionales y otras sorprendentes por lo insólitas, siempre fluían llenas de verdad, cualquier cosa que decía brotaba del fondo de sus sentimientos.

—¿Cómo estás? —sus palabras no eran la envoltura de un formalismo. Y sin hacer pausa añadió—: Supongo que muy bien... —era tanta la convicción con que hablaba que una oleada de bienestar invadió de repente mi ánimo y contagiado de su exaltación quise decirle lo emocionado que me sentía al verle; pero el torrente de sus palabras me lo impidió por completo.

—Hay motivos para la alegría... —continuó entusiasmado como hablando para sí—, el volver a verte después de tanto tiempo y el haber asistido a la función de esa... super obra. Dos cosas en extremo buenas y reconfortantes, ¡caramba!... Día de emociones. Verdaderas emociones, sí. ¿Sabes?... —rompió por un momento su ensimismamiento— ...hay en esa historia pasajes tan emotivos que me hicieron vibrar. Fue que estuve vibrando todo el tiempo... como una campana a la que se le repite el golpe antes de que su voz se apague. Una onda me recorría totalmente... un raro magnetismo levantaba constantemente mi vello, que tenía prácticamente olvidado. Bueno, lo que quiero decirte es que me alegro de haber venido. Yo que soy muy dado a... no. Déjame decírtelo de otra forma... Creo que en ocasiones me aíslo demasiado —decía como convenciéndose a sí mismo—, y me pierdo de cosas irrepetibles. En fin, a veces me rebelo contra mí mismo y me hago reproches y propósitos; pero vuelvo a caer en mi... qué dijera... ¿ostracismo?... sí, ¿cierto? Bueno, ¿pero qué hay de ti?, ¿cuánto tiempo llevas con este grupo?, ¿estás contento en él?, ¿tienes otra actividad paralela o esto te absorba por completo, como supongo?... Yo he estado saltando de aquí a allá y de allá a aquí, ¿sabes? Aunque participo con... con... fervor en todos los procesos, no soy perseverante... Bueno, te decía... después que dejé la escuela exploré la pintura. Me zambullí a fondo en los colores. ¿No lo sabías? ¿Nunca te hablé de eso, verdad?... En fin, fue una experiencia super...sí muy grata. Me dejó grandes enseñanzas. Luego incursioné en la música. La música, ¡sublime expresión! ¿Sabes? Creo que me sensibilizó, sí, me hizo permeable a muchos hechos que antes encontraba insignificantes, o en los que simplemente nunca había reparado. ¿No te parece maravilloso que haya algo que lo haga crecer a uno de esa forma?... ¿que lo vaya completando?

Mientras decía todo esto no había dejado de doblarse los dedos hacia la palma de la mano, con cierto vigor que los hacía crujir. Cuando terminaba con los de la izquierda volvía a empezar con los de la derecha, y así sucesivamente, en un acto repetitivo e inconsciente, que seguramente para nadie, aparte de él mismo, pasaba inadvertido.

Cuando volví a pensar en el concejal caldense me alegró saber que había desaparecido. Probablemente Jorge Enrique produjo en él el efecto contrario al de los imanes y sin saberlo ni proponérselo se convirtió en mi redentor. En aquellos momentos se refería a su paso por terrenos de la filosofía y de la misma forma intempestiva en que había llegado, de pronto se detuvo, se llevó una mano a la frente y con ella llevó hacia atrás su cabello que la cubría; luego tras un breve momento de inmovilidad y silencio, preguntó:

—¿Qué hora tenemos, por favor?

—Las once y diez —era lo primero que podía decir desde que lo vi y fue lo único porque me volvió a interrumpir.

—¡Cómo lo pude olvidar! —aún tenía su mano sobre la cabeza y giraba a uno y otro lado tratando de ubicar la puerta de salida. Cuando lo consiguió se dirigió allá diciendo—: Ya sé dónde encontrarte.

No sé si se refería a mí o a la puerta; el caso es que dos o tres pasos después, se detuvo y regresó.

—¿Qué has sabido de extraterrestres? Casi olvido preguntártelo —dijo como en un susurro. Obviamente no esperaba tal pregunta y obviamente no tenía respuesta alguna, por lo que me quedé con la boca abierta oyéndole decir—: Cualquier cosa que sepas, me la cuentas por favor.

Tardé un momento para comprender que era su obsesión de turno y me quedé allí viendo cómo se alejaba abriéndose paso, sin muchos miramientos, entre los asistentes. Aunque sabía que no me podía ver, le dije adiós con la mano y esperé a que desapareciera.

Ya completé una semana saliendo a caminar cada mañana. La recomendación del doctor fue que lo hiciera durante treinta minutos diarios. A eso de las diez salgo en pantuflas y bata a deambular por los pasillos. Llego hasta una sala de espera que está en el extremo sur del piso en que me encuentro; luego camino hasta el extremo opuesto y a veces me detengo a mirar por el amplio ventanal, allá en la calle aledaña a la edificación hospitalaria, la fila de casetas y el accionar de los dependientes y sus clientes que llegan a comprar golosinas y frutas que ingresan a la clínica en algunas ocasiones de forma clandestina.

Creo que por hoy ya he caminado suficiente. Con el deseo de cumplirle a Joaquín la promesa de ir a visitarlo, tomo el ascensor y desciendo hasta el tercer piso, donde se encuentra la habitación que me alojó por unos pocos días. Desde la puerta veo que no está en su cama y que tampoco se encuentra en el baño, ya que la encargada de la limpieza lo está aseando. Me dirijo, entonces, al cubículo de información del piso.

—Señorita, buenos días.
—A sus órdenes.
—Quisiera saber dónde se encuentra Joaquín.
—¿El de la tres veintidós?
—Sí, señorita, es que no recuerdo el apellido.
—¿El señor es familiar?
—No señora, simplemente estuve en esa habitación algunos días y quisiera...
—Él falleció la semana pasada.

Desanimado doy media vuelta y comienzo a alejarme con la sensación de quien acaba de adquirir una deuda impagable. Regreso a mi cama y al considerar que aún no tengo un diagnóstico me pongo algo aprensivo y temeroso. Después de estar deambulando por unos minutos en el terreno jabonoso de la incertidumbre, me interno una vez más en la región de los recuerdos. . . . .

El clima de euforia y optimismo que nimbaba a cada uno de los treinta y ocho miembros del grupo de teatro La Carreta diseminados en la sala de espera del aeropuerto El Dorado, de Bogotá, descendió rápidamente, como dicen, como el agua del lavamanos cuando se quita el tapón, cuando irremediablemente tuvimos que abordar el avión que nos llevaría a la ciudad de Pasto, sin uno de los actores claves, que inexplicablemente no acudió a la cita.

El teléfono de Ramiro Cerón había repicado con furia durante la media hora anterior sin que nadie contestara y ninguno de los allí presentes pudimos aportar algún dato que sirviera para establecer su paradero.

A las 07:35 de aquella fría mañana, el mal humor y la incertidumbre formaban una densa nube que a más de veinte mil pies de altura acompañaba al colectivo artístico en su primer desplazamiento de una gira que nos llevaría a casi novecientos municipios de los once departamentos que visitaríamos durante los ochenta y cinco días siguientes.

"Vamos a tomarnos las ciudades por asalto", había dicho entusiasmado Gustavo Adolfo Lince, recurriendo al arsenal de frases que como guerrillero verbal almacenaba y queriendo decir que sorprenderíamos a la opinión pública con los diferentes espectáculos que habíamos decidido incluir en la gira. En total, cuatro piezas de teatro, una de ellas de formato callejero, un concierto de música salsa, una obra de títeres y un espectáculo de magia constituían nuestro repertorio. Los repartos se habían ajustado de manera tal que nos era posible presentar simultáneamente y en lugares diferentes el concierto, la pieza de títeres, dos obras teatrales y el espectáculo de magia. Además, para casi todas las ciudades estaban programados talleres, cursillos, conferencias y un intercambio de material dramatúrgico con las gentes de teatro. Y es que en nuestra sede en Bogotá, solíamos recibir con frecuencia la visita de artistas de provincia, sus cartas, o sus llamadas telefónicas requiriendo textos sobre técnica de actuación y métodos de expresión corporal; indagando por algunos ejercicios de foniatría, o técnicas de montaje; pero sobre todo solicitando obras y métodos dramatúrgicos. Por esa razón decidimos incluir en nuestras giras un paquete de talleres, seminarios, conferencias e intercambio de materiales con los colegas de cada región.

En esos encuentros hallábamos la oportunidad de ventilar los temas propios del oficio que eran de interés mutuo. Muchos de aquellos trabajadores del teatro actuaban fuera de la influencia del MIRC, diversificando las opiniones y haciendo más dinámico y enriquecedor el debate. Evaluando el resultado de estas discusiones y las opiniones que recogíamos entre el público que antes llamé heterogéneo; pero que más apropiadamente sería llamarlo desprevenido, más el análisis de las reacciones directas de los espectadores, íbamos haciendo los ajustes que creíamos convenientes y poniendo a prueba lo que muchas veces no lográbamos dilucidar en las discusiones. A muchas conclusiones importantes llegamos de esa manera y en incontables oportunidades el texto de la obra que llevábamos se modificó sustancialmente mediante ese proceso. Si nos manteníamos alerta y perseverábamos en la búsqueda, podíamos ver cómo se cualificaban las escenas, cómo mejoraban nuestras obras y cómo crecíamos artísticamente.

Ya habían quedado atrás los tiempos en que se suscitaba una prolongada discusión entre los espectadores y el colectivo que acababa de hacer su presentación, ya fuera a petición de los artistas con el ingenuo propósito de medir el alcance de su trabajo, que fue como surgió esa modalidad en nuestro medio, o a instancias de los interesados en hacer añicos todo aquello que no se ajustara al esquema ideológico que esgrimían, que fue en lo que derivó aquella práctica. Ellos diseminados estratégicamente en el auditorio tratando de hacer creer que eran parte del público, al término de la función comenzaban a pedir a gritos que se hiciera foro, para dar sus doctas opiniones sobre la obra que acababan de ver, aunque casi siempre muchos de ellos hubiesen llegado unos minutos antes del final.

Los diferentes grupúsculos políticos en boga enviaban sus "estetas" para no desaprovechar la tribuna en que habían convertido aquel inicial intercambio de opiniones. Porque justo es decir que cada colectivo artístico pertenecía a una corriente política determinada.

Sin detenerse a analizar las piezas en particular, comenzaban a despotricar y a descalificar automáticamente a quienes no aplicaban sus mismos métodos de trabajo y al contenido de las obras, fuere el que fuere. En eso, claro está, caímos todos. Unos en mayor grado que otros; pero nadie escapó a ese sectarismo miope que con gran estrechez de criterio y mucho de soberbia pretendía erigir en dogma el método con que obtuvo resultados positivos durante el montaje de alguna pieza.

Esta conducta era prominentemente manifiesta durante los festivales nacionales de teatro que año tras año organizaba la Corporación Colombiana.

Desde un tiempo atrás La Carreta había declinado la invitación a participar en dicho evento y se entregó de lleno a llevar sus obras a amplios sectores de la población, tratando de llegar hasta los rincones más apartados del país; por eso en giras como la que estábamos iniciando no solamente nos presentábamos en ciudades y pueblos, sino que llegábamos incluso a veredas apartadas, muchas veces con la escenografía a lomo de mula después de caminar largas jornadas.

Con el producto de las funciones en las ciudades y los pueblos se sufragaba los gastos de las que se hacían en los barrios, en las calles, en el campo y en todos aquellos sectores deprimidos a donde llegábamos con nuestros trabajos.

A muchos de esos sitios era la primera vez que llegaba un grupo de teatro y la mayoría de la gente no tenía una noción clara de qué se trataba nuestro oficio. Aún después de haber ido en dos o tres oportunidades a algunas de aquellas poblaciones uno tenía que ser tolerante y adaptarse al, digamos, curioso comportamiento de los asistentes. Como en aquella ocasión,un domingo a eso de las dos de la tarde iniciada nuestra presentación en un pequeño pueblo, en el momento más crítico y tenso; cuando en escena se enfrentaban los huelguistas y la tropa que llegaba a desalojarlos, se oyó el redoble de los tambores de la banda de guerra de un colegio que hacía su práctica. En cuestión de segundos el local donde nos presentábamos pasó del abarrotamiento al vacío total.

La curiosidad llevó tras de sí a todos los asistentes, que una vez que la banda se alejó, regresaron a ocupar sus sitios dentro de la mayor normalidad. Muchos de ellos, claro está, nos manifestaron su extrañeza porque nosotros no habíamos salido a presenciar el espectáculo y se prodigaban en los comentarios, que hacían con cierta dosis de conmiseración para con nosotros, con el fin de que no perdiéramos en su totalidad el acontecimiento. O como aquellas otras en que algunas personas que presenciaban la obra se solidarizaban con los huelguistas del escenario hasta el punto de advertirles las intenciones de sus contrincantes al entrar a escena: "No le creas, que es un falso", "Escóndete que vienen a arrestarte", y abucheaban al teniente que disfrutaba persiguiendo a los trabajadores. Bueno, ese comportamiento, aunque no frecuente, se veía en espectadores de diversas regiones del país y casi siempre en la costa, donde las personas se guardan menos lo que piensan o sienten.

La Carreta contaba con tres directores artísticos: Mallarino, Lince y Urrea. Eventualmente Ramiro Cerón dirigía algún montaje; pero su rol principal en la compañía era la actuación.

Había un taller de dramaturgia integrado por cuatro miembros, dos de los cuales también eran actores; nueve músicos que componían la música de las obras que interpretaban, pero que también montaban sus propios espectáculos, y cuatro titiriteros que escribían y ponían en escena sus obras. Once actrices y dieciséis actores completaban lo que podría llamarse el grupo de planta.

Cada obra tenía un asistente de dirección, que a su vez nombraba responsables para el vestuario, la escenografía, el maquillaje, las luces y la utilería. Y entre todos, teóricamente sin excepciones, debíamos cargar y descargar toda esa parafernalia que transportábamos en un camión de siete toneladas, que, acorde a las circunstancias, salía en cada viaje con la debida anticipación. Total que, exceptuando unas pocas personas, el grupo en pleno esa mañana emprendía su gira.

Las giras nacionales eran organizadas en cada departamento por el respectivo regional del MIRC y su cobertura, el éxito y las condiciones en que se llevaban a cabo dependían del grado de desarrollo alcanzado por el partido en cada región.

En aquella oportunidad de Nariño visitaríamos, entre otros, los municipios de Pasto, Ipiales, Túquerres, Chachaguí, Taminango, Sandoná, Aldana, Pupiales y finalmente Tumaco, desde donde volaríamos directamente a Medellín.

Eran los días en que los regionales del MIRC fortalecían o resarcían su estado financiero con una gira de La Carreta por los diferentes municipios de su jurisdicción.

Una vez que habían logrado comprometer al grupo se dedicaban a vender las funciones a empresas privadas o a entidades oficiales.

Tomaban en alquiler un teatro, una sala de cine o un recinto cualquiera donde pudieran acoger a la mayor cantidad posible de espectadores, ya fuera un salón comunal, una discoteca, o un escenario deportivo; en fin, un espacio que les permitiese, eso sí, controlar el acceso de los asistentes.

Elaboraban y vendían, de ser posible con anticipación, una boletería con la que a su vez pagaban, mediante un sistema de canje, una que otra habitación o algunas comidas en hoteles y pensiones en extremo modestos, cuando resultaba del todo imposible alojar a la totalidad de los actores en casas de amigos, en el salón de algún colegio o en algún corredor del mismo teatro, donde se tendían colchones después de la función.

En canje también se daban funciones o publicidad en los programas, en los afiches, en las pancartas o en las cuñas por radio. Total que, reduciendo los costos a su mínima expresión, pretendían cumplir con lo que al parecer era su consigna: no desembolsar un sólo peso.

Los gastos de transporte dentro de su jurisdicción, la porción que les correspondiera de los pasajes aéreos y alguno que otro gasto que escapara a su control, eran cubiertos posteriormente, con una mínima parte del setenta u ochenta por ciento que les correspondía de las utilidades. Los dividendos políticos, por supuesto, eran mayores.

Ese mismo día a las ocho de la noche se abriría la temporada en el teatro del colegio universitario y los abonos, que en su totalidad se habían vendido con anticipación, anunciaban con fechas, horarios y una brevísima sinopsis argumental las dos obras en que actuaba Ramiro Cerón, el concierto musical y la función de títeres.

Antes de aterrizar en el aeropuerto de Pasto, Ernesto Mallarino, quien fungía como director de la gira, ya había decidido, contrariando sus deseos, abrir la temporada con el espectáculo de magia, considerando que podría presentarse delante de la escenografía montada para aquel día, si se le anteponía un telón.

Esa, como posteriormente lo demostraron los hechos, era la decisión más sensata; pero en aquellos momentos encontró un rechazo unánime que desató una cascada de alternativas donde no estuvieron ausentes ni las descabelladas.

El malestar general que estos hechos provocaran hacía más denso el aire que nos rodeaba, pues de un lado contrastaban con la lucha que por esos días libraba La Carreta por consolidar una disciplina y un estilo de trabajo que en alguna medida ya constituían su impronta y de otro, con el propósito de alejarse cada vez más de las obras de pancarta. Y era que El Paisa Leal, pese a sus esfuerzos no conseguía depurar su espectáculo de los ingredientes sociológicos y políticos con que había desconfigurado por completo la presentación de los trucos que le comprara a un viejo mago de Armenia que ya no ejercía. Queriendo darle una mayor densidad al contenido del espectáculo El Paisa había insertado algunos pasajes de la vida nacional que tipificaban la carestía, la censura a los medios de comunicación, la corrupción administrativa, el turismo parlamentario, la inoperancia de la justicia y la persecución a los dirigentes políticos de izquierda. Con estos ingredientes lo que logró cocinar fue un mazacote incoloro y desabrido que sólo apetecía a algunos miembros de las huestes sindicales.

El hecho de tener que abrir la temporada con un trabajo que nadie estaba dispuesto a defender acrecentaba la ira de los miembros del grupo que no se cansaban de increpar la conducta de Cerón.

Sin embargo, una vez que los ánimos se sosegaron, cada cual ocupó su sitio, desde donde dejaron que los hechos siguieran su curso y unos pocos minutos después el incidente parecía olvidado.

Richy, el timbalero, un caleño espigado de afro y pantalones ceñidos de color rosado, ocupaba un asiento de la orilla y tenía a su derecha a Alex, el trompetista y un poco más allá, en el puesto del rincón, a René Mendoza.

El trompetista, cuyo comportamiento bastante infantil contrastaba con la robustez de su cuerpo velludo en demasía, encausó la charla hacia el terreno de su predilección, en el cual se movía con tropiezos, resbalones y todo tipo de dificultades; pero del que jamás quería salir por no abandonar el estado de fascinación que le producía.

—¿Usted cree que Lyda va hoy a la función?

—De pronto... no sé.

—¡Cómo que no, hermano, deje ese pesimismo!

—Yo no estoy diciendo que no va, sino que no sé.

—No, Richy, tiene que ir... tiene que ir —y agregó frotándose las manos mientras que en sus ojos azules aparecía un brillo inusual—: Esta vez no se me escapa, Richy, se lo juro.

Y René Mendoza, que como suele decirse, las cogía en el aire, buscó penetrar con cautela en el tema al cual era en especial afecto.

—¿De qué hablan ustedes? —dijo con una sonrisa y ojos brillantes de malicia, sabiendo perfectamente de qué se trataba.

—De unas peladas que conocimos la última vez.

—¿El año pasado?

—Nooo. Hace un par de meses.

—Cuando vinimos a tocar en el club —complementó Alex un tanto entusiasmado y Richy lo puso al corriente.

—El hombre jura —dijo mirando de reojo a Alex— que le tienen preparada full recepción.

—Ahh, ¿si? Cuente a ver —René giró un poco en su puesto haciendo evidente su interés y antes de que el interpelado emitieiera una palabra, el caleño complementó la información.

—Imagínese que conocimos un par de mujercitas... ¡pero a todo dar! Y el hombre después de que le pega tronco de masajeada y le promete quién sabe qué más... ¡Se pierde!... No llama, no escribe, nada de nada, mejor dicho. Y ahora que regresamos aspira a que esté en el aeropuerto esperándolo. ¿Cómo le parece?

—Ah, yo no sirvo para estar pegado al teléfono todos los días —se defendió Alex—. Que qué hubo mamita, que cómo estás, que tranquila que algún día nos vamos a volver a ver... ¿Oyó?

—No. No es que tenga que estar llamándola a diario; pero de vez en cuando al menos.

—Síí... y la cuentica de teléfono ¿qué?

—Aaah, bueno, entonces no espere nada. Quien no da que no pida. Cierto, ¿René?

—¡Hombre! —dijo René poniéndose de parte del caleño.

—Tú tranqui, que yo tranco —intervino Alex entusiasmado usando una de sus expresiones favoritas y con autosuficiencia agrega—: Le voy a aplicar la técnica Yopal.

Los dos que sabían a qué se refería se echaron a reír y René, como en un preámbulo de risa les pregunta:

—Técnica Yopal ¿qué es esa vaina?

—Me encanta tu optimismo, mompa—, se burló Richy y aún riendo comenzó a contarle a René que en un viaje reciente a Yopal conocieron a dos mujeres que ahora, según sus palabras, no podían sacarse de la cabeza.

Dijo que en una noche tibia y clara como ninguna, caminaron con ellas largo rato sobre la orilla arenosa y ancha de un río en busca del sitio que las dos amigas, que los guiaban, denominaban refugio.

Atrás habían quedado las risas y las voces de las personas con las que compartían unos minutos antes; la melodía tropical que mantenía en auge el jolgorio, cada vez se hacía más leve.

Richy caminaba abrazado a su acompañante y Alex y su compañera ocasional los seguían un tanto rezagados. Cuando Alex vio que Richy pasó su brazo sobre los hombros de la amiga, él lo imitó y en adelante había venido haciendo lo que veía hacer a su amigote.

La caminata se prolongó durante la siguiente media hora, hasta llegar a un paraje donde la ribera del río se hacía cada vez más estrecha y luego prácticamente desaparecía porque la vegetación avanzaba hasta el mismo punto donde las aguas discurrían.

Los de adelante se detuvieron y se sentaron cerca de uno de los almendros que abundaban en el lugar y Alex y su amiga hicieron lo mismo dejando lo que consideraron una adecuada distancia entre ellos y la otra pareja. La tierra fértil los recibió sobre su gruesa alfombra de hierba y sin romper la armonía entraron a formar parte de una escena donde la luna ponía un leve toque de metal a las cosas mitigando los ardores del día y envolviéndolo todo en una tibieza acogedora y grata.

Sin prologar los hechos Alex la besó en la boca con agresividad y ella como si hubiera estado esperando esa señal se desató en caricias y unos segundos después, con movimientos ágiles y precisos, le sacó la camisa de la pretina e introdujo su mano delicada entre el cinturón y la piel en busca del miembro que, ya erecto, dificultaba un tanto la acción.

La mujer no daba tregua y mientras lo besaba le recorría el cuerpo con las manos en una caricia única y prolongada que no interrumpió para sacar los botones de los ojales, ni para desunir los dientes de las cremalleras; tampoco para soltar la hebilla del cinturón, ni para separar las partes de un gancho; ni siquiera interrumpió su caricia para liberarse o liberarlo de una prenda.

Pronto se deshicieron del nailon y las sedas y recibieron sobre la piel la claridad que la luna derramaba sobre los seres y las cosas.

Alex, de cara a las estrellas, sintió la caricia húmeda de unos labios y una lengua en torno del extremo más distante de su rígida virilidad y enseguida vio a la mujer erguirse sobre las rodillas que se apoyaba una a lado y lado de su cuerpo. Casi de inmediato la vio buscar frenéticamente con el huésped en la mano la hendidura de su cuerpo en donde lo quería alojar, y cuando lo sintió avanzando triunfal por el laberinto estrecho, entrecerró los ojos mordiéndose un poquitín el labio inferior para iniciar un viaje de placer infinito del que jamás quería regresar.

Alex sintió en la yema de sus dedos el palpitar acompasado y casi imperceptible de los pezones cuando se endurecieron y bendijo a la amiga cuando comprendió que en la espiral que dibujaban sus caderas lo llevaba con ella de galaxia en galaxia a recorrerlas todas.

. . . .

Cuando regresaron, al cabo de un tiempo sin medida, estaban exhaustos pero en extremo complacidos y entraron silenciosos en una paz amplia y profunda que se extendió hasta el momento mismo en que oyeran la voz de Richy desde el sitio en que se hallaba.

—Vámonos, muchachos, que nos deben estar esperando.

Se encontraban en la parte posterior de una casaquinta a la que accedieron por un desnivel leve del terreno que se prolongaba hasta la orilla misma de la piscina. Luego se erguía la edificación de generosas proporciones a la que llegaron casi enseguida; sin detenerse, la amiga de Richy subió a un jeep que había en el garaje y puso el motor en marcha; no esperaban ser ayudadas; pero tampoco rechazaban la colaboración que los dos músicos atinaban a prestar cuando intuían sobre la marcha de las acciones el paso siguiente.

Emprendieron el regreso en medio de un ambiente salpicado de bromas y alusiones jocosas a los momentos previos.

—Cuando llegamos a la discoteca, El Enano estaba cantando un bolero y algunos parroquianos bailaban pegaditos; pero tan pronto terminó ya estábamos dándole otra vez a la salsa. Antes de que empezáramos, la gente ya estaba de pie en la pista, ¿cierto Alex?

—Seguro.

—Al sitio habíamos llegado por invitación del dueño.

—Sí —interrumpióió Alex y complementó—, el hombre nos oyó tocar en el colegio y al final se acercó y nos invitó a su negocio.

—Era como la versión rural de una disco —explica Richy—. Casi a la entrada había una pista de baile enorme; en seguida un salón alargado lleno de mesas y asientos, y en uno de los costados, el bar. Más atrás, en un solar grande que llegaba hasta el río, había algunos quioscos, todos con su caminito de gravilla. En uno de esos quioscos el hombre nos había organizado todo: traguito, soda, agua helada, pasabocas, cigarrillos... de todo, mejor dicho.

—Y un poco de mujeres que yo no sé de donde salieron. El caso es que cuando llegamos cayeron ahí. Como si nos hubieran estado esperando, ¿cierto, Richy?

—Sí, y antes de desocupar el segundo frasco ya estábamos tocando.

—Al rato llegaron un par de veteranas... pero ¡ay Dios mío! Todo el mundo tenía que ver con ellas.

—Cuando dejamos de tocar cayeron a donde estábamos. El Richy se puso a bailar con una y yo ahí pegado a la silla tratando de encarretar a la otra. Que era un lulo también, ¿cierto Richy? No la sacaba a bailar porque sabía que todos se iban a fijar en mí, y con lo tenso que estaba seguro que la iba a pisar o a hacer quién sabe qué embarrada. "¿Y a usted es que no le gusta bailar?", me dijo de un momento a otro. "Claro que sí", le dije, me sampé un trago así de grande y nos fuimos de la mano para la pista.

—Terminando esa tanda salimos de una a buscar el tal refugio, ¿cierto?

—Aaah, es que El Refugio se llama la finca desde donde regresamos en jeep. O sea, donde vive la mujer con la que yo estaba antes.

Para ese momento la euforia y la bufonería que parecía contener en ingentes cantidades el breve cuerpo de El Enano, se liberaron y tomaron forma de transmisión radial de una etapa de la Vuelta a Colombia. Parodiando a un narrador deportivo, como solía hacerlo para ironizar sobre algunos acontecimientos internos del grupo, comenzó a decir:

"Aquí, desde el móvil del aire llevando para todo el país las incidencias de la etapa más exigente de la vigésima cuarta o vigésima quinta edición del La Vuelta a Colombia. Sobre la cinta de asfalto vemos el lote de cinco pedalistas que están dando la pelea por ocupar un lugar en el pódium allá en la meta, en lo más alto de esta empinada y agreste montaña, donde culminará la fracción de hoy que con sobradas razones está considerada como premio de montaña fuera de serie.

Haciendo su mejor esfuerzo, haciendo el gasto, reventando un pulmón, llevando a su rueda a los cuatro competidores que lo secundan, vemos a Ramiro Cerón que viste de morado y guayabo... perdón, morado y guayaba, colores distintivos del equipo de los Bohemios, del cual es el capo. De seguir pedaleando de la endiablada forma en que lo está haciendo, quienes toman parte en esta expedición no lo verán ni en la meta, allá en Pasto, porque cuando lleguen él estará descansando en la habitación de cualquier hotel. Para que le cuente al país lo que está pasando en el lote que persigue, mejor dicho en el pelotón más grande, le doy el cambio al legendario, casi mítico Ernesto Mallarino para que nos entregue los pormenores de la serpenteante y multicolor caravana, que rauda se desliza por la bella geografía de mi patria. Adelante campeón".

El aludido como de costumbre reducía su participación en estas lúdicas que solían surgir frecuentemente, a una risa tenue y silenciosa, pero suficiente para que el sordo ronroneo que surgía de lo más profundo de su pecho delatara su condición de fumador empedernido. Entonces un joven actor experto en imitar su voz y sus ademanes, tomaba la palabra por el integrante de mayor edad del grupo que ya frisaba los sesenta.

"Gracias viejo queeerido. Recibiendo el cambio e informando. Aquí móvil número dos acompañando el frenético pedalear de nuestros escarabajos que nos deparan a diario las emociones que nos hacen vibrar, que nos recuerdan con cada pedalazo que Colombia palpita en sus carreteras, que Colombia dice presente en los músculos, en la sangre y en la verraquera de su juventud que literalmente se traga sin atragantarse los caminos de la patria. Vemos también en este lote que persigue a todos los gregarios del equipo nacional, que no resignan sus aspiraciones a estar en los lugares de privilegio. Por la servilleta arrugada de esta montañosa región de nuestra bella patria vemos la oruga multicolor. Aquí van los guerreros del camino; pero ninguno se atreve a sacudir el palo de guayabas. Ya llegará el momento para eso y las maduras se volverán mermelada. Por ahora regulan su paso como si entendieran que el escapado Ramiro Cerón será casado y controlado en su debido momento. Quiera o no, será absorbido por el grupo y entrará al redil".

Los pasajeros que por la ubicación de las sillas que ocupaban, tenían más cercanía con el colectivo teatral que viajaba casi en un bloque compacto de puestos aledaños, no pudieron permanecer ajenos al juego que se desarrollaba y aunque en principio algunos mostraron extrañeza y hasta alguna leve molestia, pronto entendieron el código de lo que estaba sucediendo y lo encontraron divertido.

Entre tanto, casi ajeno a la situación que se estaba viviendo a bordo del vuelo número 3825 del avión de Avianca, Víctor Lara trataba de ordenar los temas que serían materia del taller que se realizaría en San Juan de Pasto, con la gente de teatro que había reservado cupo con antelación y que orientaría él.

En la primera jornada reduciría sin consideración los pasos protocolarios y entraría casi de inmediato en materia. Comenzaría a explicar la dinámica de la primera actividad, que no era otra que un juego infantil en el que podían tomar parte personas de cualquier edad sin detrimento de lo lúdico ni lo pedagógico. Se proponía no hacer ninguna alusión teórica de los beneficios esperados, deseando que fuera el punto a donde llegaran los participantes, terminada la primera sesión y por requerimiento suyo, apoyándose en algunas preguntas puntuales preestablecidas. Este método, probado ya en múltiples ocasiones, le haría posible evidenciar las fortalezas y debilidades individuales de los talleristas, con el fin de poder diseñar una ruta que le permitiera estimular y potenciar aspectos como la concentración, la coordinación, el ritmo, el sentido grupal, la sensibilidad y la expresión, entre otros.

Y aunque por momentos abandonaba el curso de sus pensamientos para comentar brevemente alguna de las ocurrencias de los "locutores deportivos", o simplemente para permitir que la risa surgiera, pronto estaba de regreso dando forma al proyecto que se le había encomendado.

Por otra parte y gracias a que el azar los juntó, Ramón Paz, Fabiola Moreno y Amalia Rey, que ocupaban sillas aledañas, mantenían una animada conversación que por momentos desataba la hilaridad en los tres.

—Lo primero que haré en cuanto lleguemos será presentármele al encargado de prensa. Parece ser muy eficiente porque según dijeron, ya tiene agendadas varias entrevistas en la radio y en los periódicos que reseñarán las actividades de la gira —dijo Fabiola respondiendo una pregunta que le hiciera Amalia.

—Y usted disgustadísima, por supuesto —replicó con ironía Amalia antes de liberar la estridente risa que la caracterizaba.

—Ni tanto —se defendió—, esas compañías por lo general no resultan muy gratas.

—¿Y si es bien churro? —acotó Ramón.

—En ese caso dejaré que me lleve a donde quiera. Estaré disponible para él y ojalá se sobrepase... no un poco, sino mucho. En el primer intento que haga por tomar mi mano en un taxi o que busque que se rocen nuestros cuerpos en algún ascensor, se lo permitiré... incluso uno o dos besitos me aguantaré y si surge una propuesta...

—¿Deshonesta? —anticipó Ramón irradiando picardía.

—Claro. Le diré que sí, pero que lo hagamos a mi manera.

—¿Cómo? —quiso saber Amalia.

—Sobre el escenario. ¿No les parece genial?

—Sí —respondió Amalia con un entusiasmo inusitado y si quiso agregar algo, su risa no se lo permitió.

Ramón reía un tanto desconcertado, pero en su expresión no estaba ausente la malicia y quería saber ya el paso siguiente.

—¿Y entonces? —inquirió Amalia.

—Entonces lo citaré en el teatro, sobre el escenario, en la noche, cuando todos se hayan ido. Lo esperaré en el proscenio, a oscuras, con el telón abierto. Tendrá que entrar completamente desnudo, tal como, supuestamente, me encontrará en ese espacio que para nosotros los actores es un altar.

—¿Y? —requirió Amalia que no parpadeaba ni quitaba los ojos de los de su compañera.

—Entonces será cuando uno de ustedes prenda las luces y el grupo en pleno estará ocupando las primeras sillas —sus interlocutores no podía poner freno a sus risas y Fabiola concluyó—: Eso es lo que ha debido hacer la boba de la Gladys con el curita ese que la asedió todo el tiempo en Chordelet.

—¿Dónde?

—En ese pueblo del Ecuador, cuando nos alojamos en la congregación religiosa esa. El cura encargado de acompañarnos se le pegó a la pobre Gladys como una sanguijuela.

—Pero tenía buen gusto el hombre.

—Claro, ellos siempre obtienen lo mejor.

En una transición brusca, como solía hacerlo, Ramón Paz les recordó a las dos actrices que no dejaran de contarle todo fiasco por insignificante que pareciera, que les sucediera en escena a ellas o a cualquiera de los compañeros, ya que estaba recopilándolos para CURIOSIDADES, la sección de la revista para la que elaboraba el horóscopo personal desde hacía algunos meses.

—¿Como qué?

—Metidas de pata, embarradas. Como la del Borrás en Ibarra,

a propósito del Ecuador. El hombre hacía el Godo Primero en Tito Andrónico y en el momento de mayor tensión, cuando Lucio les echa esa carreta de venganza a los guerreros y termina diciendo: "Mostraos arrogantes e impacientes por vengar vuestras ofensas"... el bobo responde: "Os seguiremos a todas partes a donde quiera que nos guiéis"... y apoya con fuerza su espada en el piso para poner más dramatismo, pero ésta se hunde hasta la empuñadura por la rendija que hay entre dos tablas. Pues se fue de geta. Se tiró todo. La gente se reía y nosotros que tuvimos que esperar para poder continuar, no nos podíamos mirar porque nos daba risa.

—Sí, sí... me acuerdo, yo estaba en escena, con una bandera y aunque tenía esa máscara metálica, tuve que voltear un poco la cara para poder reír. No me aguantaba.

Después de las palabras de Amalia, Fabiola empató:

—Y en "La vuelta al mundo en ochenta días", ¿qué me dicen?
—Cuente, cuente, que yo no estaba ahí —urgió Ramón.
—Pues como a Camilo tocó hospitalizarlo, un actor de un grupo local lo reemplazó. Se le dijo que entrara y se desplazara así como en semicírculo hasta el proscenio. Ahí tenía que estar hasta el final y salir después de todos, no era más. El hombre leía y leía ese libreto y cuando tenía que entrar, entró con las manos en las sienes y los índices como cuernos bramando como un toro. La acotación decía: "ENTRA SACERDOTE BRAHAMANO".
—Esa está muy buena, la compro —dijo Ramón y sacó una libreta en la que algo escribió.

La voz de la auxiliar de vuelo comenzó a oírse a través de los altavoces pidiéndoles a los pasajeros que ocuparan sus asientos y se abrocharan los cinturones, ya que nos disponíamos a aterrizar.

En el aeropuerto Antonio Nariño de la ciudad de Pasto, en predios del municipio de Chachagüí, el encargado de recibirnos nos condujo a un autobús, donde después de acomodar nuestros equipajes nos sentamos a oír el saludo protocolario de bienvenida que a través de él nos presentaba el comité regional del MIRC en Nariño; saludo en el que abundaban los consabidos: "artistas revolucionarios", "trabajadores del arte", "saludo fraternal", "arte popular", "vinculación a las masas" y demás terminología que manejaba la militancia por aquellos días. Concluido el saludo nos dio a saber que el alojamiento sería en las casas de aquellos compañeros, simpatizantes y amigos del partido que voluntariamente habían ofrecido cupos con una, dos, o tres comidas, de acuerdo a sus capacidades.

En ese momento muchos de los actores se revolvieron en sus puestos y hubo comentarios en voz baja, pues, se generalizaba una inquietud producida en algunos por la inminente posibilidad de tener que pagarse sus comidas y en otros, quienes no contaban con recursos, ante el posible hecho de tener que pasar los días con una sola ración. Hubo también, aunque pocos, algunos en quienes esto no causó ningún efecto, pues tenían por costumbre ausentarse durante las comidas para disfrutar lo que les apetecía, ya que podían costearlo.

Dijo también, al retornar al cauce de sus palabras, que había un restaurante a donde irían quienes no contaban con las comidas completas en sus alojamientos. Como es de suponer esto cambió el ánimo en todos los posibles afectados, que lo expresaron con un aplauso y expresiones de júbilo.

Luego nos entregó a cada uno la programación general con todos los detalles, impresos en unas hojas de tamaño carta. Finalmente anunció que el autobús, al llegar a la ciudad, haría un recorrido para dejarnos en los alojamientos, asignados según la lista que recibiéramos con antelación; pero ante una propuesta de Ernesto Mallarino lo primero que hicimos al llegar a Pasto fue dirigirnos al teatro, donde se quedaron los encargados de montar la escenografía para esa noche, pues de no ser así no estaría armada para la hora requerida.

A mí me correspondió alojarme en la casa de un radiotécnico raizal de barba de chivo y pestañas largas y lizas como púas. Su ágil conversación, donde imperaba la franqueza, era matizada a cada momento con chistes de pastusos que parecían divertirle como a nadie. Casi al final del almuerzo aquel primer día me dijo:

—¿Sabes, bámbaro? de verdad que me caes bien... Te había ofrecido una comida diaria; pero pensándolo bien... creo que pueden ser tres. Eso sí, no vayas a creer que todas van a ser tan buenas como ésta —dijo echándose hacia atrás y señaló los platos con un movimiento amplio mientras reía.

Después del almuerzo me dirigí a mi habitación en el extremo nororiental del segundo piso de la vieja casona. Era evidente que buscando ventilar el cuarto habían dejado abiertas las dos hojas de madera de la ventana y un viento helado que venía del Galeras penetraba inflando como velas la cretona floreada de las cortinas. Después de cerrarle el paso al intruso, me tiré en la cama con la piel erizada y el libreto en la mano, pues el personaje que hacía en la obra de esa noche era un reemplazo y aún no me sentía seguro. Aunque todo parecía indicar que la función se suspendería, era mejor ganar tiempo y comencé a avanzar por las primeras líneas mientras el viento afuera silbaba furioso en los filos de las cornisas. No debió pasar mucho tiempo antes de que me durmiera y sólo a eso de las tres, respondiendo a unos golpecitos moderados en el roble de la puerta, me desperté con esa lenta vertiginosidad con que se emerge a la superficie en una piscina. En principio no hallé el menor indicio de un lugar conocido; pero de inmediato reconocí la voz de la mucama que nos atendió en el comedor.

—Alguien en el teléfono pregunta por el señor.
—Gracias —me apresuré a decir mientras me dirigía a la puerta.

Era el asistente de dirección que me citaba para un ensayo en el teatro a las cuatro de la tarde, pues, Ramiro acababa de llegar a la ciudad y la escenografía y las luces estarían totalmente montadas para esa hora.

Durante el ensayo Ramiro se mostró diligente y dócil; se diría que buscando compensar su falta o queriendo atenuar la andanada de críticas que sin duda se cernirían sobre él en el momento de la reunión que inexorablemente se convocaría para ese o el siguiente día. Pero pronto me di cuenta de que con Mauro Muñoz mantenía una relación más estrecha, bromeaban acerca del incidente, en los breves momentos en que se cruzaban o quedaban a solas durante el ir y venir del ensayo.

Era que Mauro Muñoz y Ramiro Cerón asumían deliberadamente, por momentos, la actitud de dos escolares en pugna, creando entre ellos una atmósfera de hilaridad y broma, de la que salían y entraban con facilidad, según las exigencias del ensayo. Para muchos fue una situación inadvertida y algunos que los oían reír no entendían debido a qué, pues ellos hábilmente ponían como puntos suspensivos a lo que estaban haciendo o diciendo cuando alguien se acercaba.

Como en general Mauro tenía una actitud más abierta conmigo, ese día actuaba frente a mí sin mayores prevenciones, pues tal vez sabía que en ninguna reunión yo iría a denunciar aquello como una actitud cínica, de burla y ofensa contra el grupo, que era a lo que sin duda todos temían. Su juego transcurría paralelo al ensayo y en un momento en que Muñoz se disponía a entrar a escena, Mauro advirtió que los cordones de sus zapatos estaban sueltos, y buscó apoyo en Ramiro que estaba cerca.

—Téngame esto un minuto, por favor —dijo mientras le alargaba la bandeja llena de vasos con té aguado y hielo que los espectadores verían como whisky; Ramiro hizo ademán de recibirla, pero antes de lograrlo, como respondiendo a un impulso, Mauro aprovechó la ocurrencia que acababa de tener.

—¡No! Mejor amárrame los zapatos —sus ojos y una risa contenida delataban un doble propósito.

—¡Ah! No jodás —se rebeló Ramiro, dando la espalda; sin embargo, antes de que pudiera dar dos pasos escuchó la amenaza.

—Si no me amarras digo dónde estabas anoche —Cerón giró de inmediato, y lo miró como diciéndole "está bien, ganas." Y se entregó a hacer lo que le pedían. Mauro, dándose por vencedor de aquel "pasaje", no quitaba la vista del escenario, pendiente de su pie de entrada, que era una señal involuntaria de uno de los actores en escena.

Entre tanto Ramiro le amarró los zapatos; pero el izquierdo con el derecho y en cuanto terminó le dijo: "Listo", dándole la espalda. Mauro hizo su entrada a escena trastabillando en forma aparatosa e inexplicablemente no hizo que los vasos rodaran por el piso. En cuanto pudo recobrar el equilibrio, sabiendo ya lo que pasaba con sus zapatos, se los sacó con rapidez e hizo la escena en medias. Cuando salió contenía la risa y entre bambalinas injuriomadriaba a Cerón reconociendo su derrota.

—Acabas de condenarte tú mismo porque ahora no sólo voy a decir dónde estabas anoche, sino con quién —contraatacó Mauro haciéndose el serio.

—Todo eso lo pienso contar en la autocrítica que me voy a hacer. Y ya le dije a Mallarino que me dejara hablar de primero —se defendió Ramiro queriendo restarle importancia a la amenaza.

—Bueno, pero se lo diré a Lince también —arremetió de nuevo.

—A Lince no lo veras sino en Cartagena o en Santa Marta y para eso falta más de un mes. Para entonces cosas peores habremos visto.

—¿No has oído hablar de un aparatito llamado teléfono?

—No creo que vayas a llamar exclusivamente para chismear. No eres capaz.

—Desde luego que no —recogió el halago—, pero El Enano sí. No creas que la sapería se limita a los almuerzos domingueros que Lince le ofrece en su casa.

—De todas maneras Sonia se lo va a contar todo. Me dijo que lo haría para zafarlo cuando comience a asediarla mientras estamos de gira —dijo Ramiro aportando una rueda más al engranaje de mentiras que entre los dos habían puesto a andar.

Para quienes no estuvieran al tanto de los mecanismos internos de La Carreta habría que decir que allí las culpas se purgaban con una autocrítica ante los demás miembros del grupo reunidos en pleno. Comúnmente esto lo hacía el desdichado que se encontraba en la picota, tras la lluvia de ácido sulfúrico que arreciaban las críticas sobre él. Pero algunos, diestros en el arte de los recursos, las conjuraban con el reconocimiento que de su valentía y su franqueza suscitaban después de su autoenvilecimiento.

También habría que contar que Lince no solía ir a la giras; pero a ciertas ciudades como Cartagena, Santa Marta, Barranquilla, Cali o

Medellín, llegaba coincidencialmente los días de descanso y luego de convocar a una reunión, que muchos consideraban innecesaria y onerosa para el grupo, en la que se ponía al tanto de los acontecimientos, se dedicaba a disfrutar de la estadía con su mujer que era actriz del grupo en el elenco.

Lince era quizá la única persona del conjunto que había logrado mantener los vínculos laborales con la universidad para la que trabajaba, aunque se había encargado de presionar a los demás a involucrarse de lleno en el elenco hasta que dejaron sus trabajos o las carreras que cursaban: "Tienen que decidirse, compañeros, porque yo no estoy dispuesto a trabajar con gente que está aquí a medias".

Finalmente habría que decir que la víspera del viaje a Pasto, Ramiro fue al encuentro de Sonia cuando la vio venir por la esquina. Ambos avanzaban en direcciones opuestas por la misma acera cuando a él se le ocurrió arrancar una margarita amarilla del antejardín frente al cual pasaba, y con el tallo entre el pulgar y el índice, se lo ofreció cuando la tuvo al frente.

—¡Gracias! —dijo ella tomándola y los rasgos de su cara se volvieron de miel. Su ingenuidad, en muchos aspectos, aún permanecía intacta y por eso tomó el hecho como espontáneo y significativo.

—El ensayo aún no empieza. ¿Qué tal si damos un paseo?

—¡Por qué no! —dijo ella girando para quedar hombro a hombro y echaron a andar.

Sonia era una rubia de unos diecisiete años de cara redonda y limpia, más bonita que fea. Tenía a su favor el encanto y la frescura de la edad. Había aparecido un día por el teatro con su jardinera de cuadros grandes y su suéter de lana azulcielo también; tal vez venía directo del colegio, pues llevaba los libros aún y comenzó a escudriñarlo todo. Durante cinco o seis meses había estado asistiendo sin faltar un sólo día a las reuniones. En principio se colaba en los ensayos para mirar desde el rincón más oscuro de la sala; pero al poco tiempo ella misma se encargaba de cerrar las puertas cuando todos habían entrado. Pronto se familiarizó con el repertorio de La Carreta y llegó incluso a memorizar escenas completas, así como los desplazamientos de muchos de los actores.

El paseo duró a lo sumo diez minutos; pero cuando regresaron venían tomados de la mano y ya tenían planes para la despedida de esa noche, pues, el grupo estaría ausente casi los tres meses siguientes.

Bueno, pero esto a qué viene, podría alguien preguntar. Pues, a que Lince la última semana venía asediando a la chica en una situación un tanto insólita que ya tenía visos de adquirir normalidad; se les veía con mucha frecuencia hablando un tanto apartados, y por las respuestas risueñas, ruidosas y espontáneas de la colegiala, así como por algunas expresiones y fragmentos de sus frases, que trascendían el círculo de intimidad en que Lince la quería aislar, se podía inferir que la chica era objeto de sus lisonjas. Eso era suficiente para que ninguno de los miembros del grupo osara interponerse entre ella y el director general si no quería ser objeto de su venganza.

Cuando esa noche Ramiro la vio acercarse con ese vestido negro pegado al cuerpo que sólo se ampliaba un poco abajo de las caderas para caer libremente hasta una cuarta arriba de las rodillas, se consideró en extremo afortunado, pues, parado allí, cerca del edificio de Avianca, cuando habían pasado quince minutos después de lo acordado, llegó a pensar que la chica no vendría. Ahora viéndola caminar hacia él le pareció más alta, la encontró más guapa y no se explicaba cómo no había reparado antes en lo atractiva que era. ¡Quién iba a creer lo que era capaz de ocultar aquel uniforme!, pensó y se sintió algo tenso por no haber tratado de mejorar en algo su aspecto.

¿A dónde irían? Sin duda no se iban a aparecer en El Goce Pagano, ni en La Teja Corrida, ni en El Boliche, donde seguramente se encontraría con algún conocido; se irían lejos de la quinta y quizás del centro.

—Estás muy guapa —le dijo Ramiro cuando la tuvo cerca. Y ella mientras juntaba su mejilla a la de él, en un saludo convencional, con un tinte de picardía y burla en la voz, preguntó:

—¿Verdad?

—Verdad, estás muy bella —la chica hizo un giro y de nuevo quedó frente a él, una ligerísima genuflexión; en seguida tomó una de las manos de Ramiro y echaron a andar por la carrera séptima, sin saber aún a dónde irían.

Cuando estaban llegando a la esquina de la avenida diecinueve, Sonia se detuvo intempestivamente y sin darle tiempo para que terminara la frase, quiso saber.

—¿A dónde me quieres llevar? —en sus palabras puso algo de insinuación e ingenuidad.

Ramiro levantó los hombros dando a entender claramente que no tenía ni idea. Ninguna otra respuesta hubiera encajado mejor en los propósitos de Sonia, y queriendo cerrarle el paso a cualquier ocurrencia de última hora, puso un tinte de ruego en la voz y suficiente coquetería en los ademanes.

—¿Me dejas elegir?

—Claro, y si quieres invitar, también —bromeó Ramiro sintiendo una oleada de bienestar, pues había desechado todos los lugares que solía frecuentar, porque, sin querer, la seguía viendo como si llevara puesto el uniforme del colegio.

La chica se adelantó uno o dos pasos y tirando suavemente del brazo de él, acercó al amigo a su cuerpo.

—Bueno, pero sea el sitio que sea, no me vas a decir que no. ¿Vale?

—De acuerdo.

Sonia inició un juego al descender las gradas que llevaban al entresuelo de la taberna que hoy se llama El Rodeo. Después de trasponer la puerta se detuvo, echó una mirada al establecimiento y dijo: "Sórdido", haciéndose la seria; luego dio media vuelta y comenzó a salir. En adelante hizo lo mismo en dos o tres sitios más, calificándolos de fríos, desapacibles o cualquier cosa que se le ocurriera. Cuando Ramiro bromeó en uno de aquellos lugares diciendo: "Caro", ella queriendo llevar el juego un poco más allá, por un momento se negó a salir y sin soltarlo del brazo dijo: "Eso no es ningún defecto".

Finalmente, cuando pasaban frente al hotel Bacatá, ella hizo un giro y como si se le acabara de ocurrir, fue directo allá sin soltar la mano de Ramiro. Saludó al portero con una venia casi imperceptible y subió con agilidad el tramo de escalera que llevaba al lobby. Luego, giró hacia el costado oriental, donde estaba el bar y justo en la puerta se detuvo y tarareó un fragmento de la fanfarria que precedía a la entrada del rey Lear, en una de las escenas que por esos días ensayaba La Carreta. De inmediato con ademanes amplios hizo la mímesis de la reverencia con que un lacayo recibía en aquella escena a Ramiro, que entraba interpretando al rey.

Caminaron sobre la gruesa alfombra para llegar hasta un rincón discretamente iluminado, donde destacaba la fotografía de James Dean, en blanco y negro andando por la avenida de una gran ciudad, con ropa informal bastante holgada y un cigarrillo colgado en los labios.

Pasada la media noche abandonaron el lugar y por la diecinueve siguieron hacia el oriente hasta la tercera. Por instancias de la chica iban hacia un antrico muy cerca del Teatro Popular de Bogotá, donde, según ella, se podía escuchar el mejor repertorio de tangos de Bogotá, dato que sorprendía y revelaba otro rasgo desconocido de la adolescente. Iban algo achispados; Sonia sin perder ni un instante su predisposición al juego, que transformaba cualquier acto, por rutinario y mecánico que fuera, como el simple hecho de caminar, en algo singular, novedoso y cómico. Ramiro, por su parte, iba sorprendiéndose a cada momento con las ocurrencias y los gustos de su acompañante, que activó más su curiosidad desde que eligió aquel sitio tan tranquilo, que parecía reñir con la chispeante forma de actuar de la adolescente.

Allá en el bar del Bacatá, cuando oyó la voz gutural de Edith Piaff diciendo:

Non... rien de rien

Non... je ne regrette rien...

Le vio a ella un brillo especial en los ojos y tuvo que dejar el tema que traía para escucharla narrar con emoción partes de la vida nada fácil de la cantante en Mont Martre, de quien parecía saberlo todo.

Ahora iban a escuchar tangos, cosa que a Ramiro no le entusiasmaba en absoluto; pero que definitivamente encontraba mejor que el moverse torpemente frente a ella en una estrecha pista de baile al compás de Boby Cruz y Richy Rey, como imaginó que sucedería, mientras esperaba por ella, a las nueve de la noche cerca del edificio de Avianca.

Cuando bajaban por la avenida Jiménez para llegar a la quinta, se cruzaron con Mauro Muñoz, quien casi no se detuvo a saludarlos aduciendo que tenía que estar en el aeropuerto muy temprano y que su sentido de la responsabilidad lo llevaba derechito y solo a la cama. Subrayó con el tono la palabra solo, en una sarcástica alusión que según las circunstancias podría tornarse ingenua; y lo del aeropuerto se lo dijo a Ramiro como contándole algo que éste no supiera, para acentuar la ironía.

Casi a las tres de la mañana Ramiro y Sonia dejaron el templo de los tangos para dirigirse al apartaestudio de ella, que estaba a unas pocas cuadras de allí, donde sus padres la dejaron instalada cuando, por razones laborales, viajaron a Nueva York, dos o tres meses antes, con la promesa de que harían los arreglos necesarios para que se les uniera una vez terminado el año lectivo que cursaba.

En cuanto entraron, ella cerró la puerta y pegó su cuerpo al de él; echó la cabeza hacia atrás y mirando de reojo al espejo que colgaba en la pared dijo:

—Así es, ¿verdad? —aludiendo al afiche de Clark Gable y Vivian Leigth que los hiciera detenerse momentáneamente cuando salían del bar del Bacatá. Luego corrigió un poco la posición del cuerpo de Ramiro, le llevó con sus manos el cabello hacia atrás y volvió a unírsele como al principio.

—Así está mejor —entrecerró los ojos y con un leve estremecimiento comenzó a sentir los labios de Ramiro, que se deslizaban delicadamente sobre sus párpados, sobre su nariz y sus mejillas.

Cuando sintió en sus labios los de él se irguió en la punta de los pies y juntando con más fuerza su cuerpo, le rodeó el cuello con los brazos. Se besaban con ardor, con fiereza y mientras Ramiro le besaba el cuello y la parte superior del torso que dejaba el vestido al descubierto, ella emitía unos débiles quejidos de placer que ascendían en espirales por toda la geografía de su cuerpo hasta morir, al liberarse, en sus labios como burbujas en la superficie de un pozo de lava incandescente.

De repente puso sus manos sobre los hombros de Ramiro y se apartó de él rápido pero sin brusquedad.

—Espérame un minuto —y andando lentamente hacia atrás desapareció por la puerta que daba al dormitorio. Ramiro permaneció un instante allí, de pie; pero en seguida se dedicó a conocer el lugar. Era una estancia rectangular, alargada, que pretendía conciliar tres ambientes diferentes. Al fondo, después de un antepecho de ladrillos rústicos había una versión mini de cocina. El antepecho era la base de una tabla ancha que indistintamente hacía de barra y de mesa de comedor. Justo sobre ella pendía una lámpara, como un globo, de papel de arroz y debajo, sobre la superficie liza de la madera, se veía un adminículo que sostenía los cubiertos y algunas piezas de barro con engobe verde de Ráquira, para la sal, el azúcar y los palillos.

Un poco más acá, sobre un muro, se veía una reproducción de Tres músicos de Picasso, un original a lápiz de Gordillo y una mola arhuaca enmarcada con bordes blancos de madera y vidrio antirreflectivo.

Buena parte de las paredes restantes estaban cubiertas de anaqueles de guayacán pulido y lacado que sostenían libros ordenados sin mayor rigor.

En algunos entrepaños, delante de los libros, en los espacios que quedaban libres se podían ver algunos suvenires: una urna de retal de vidrio en cuya pared del fondo, en su interior, habían pegado una estampa de la virgen de Bojacá; delante de la estampa se erguía una pequeña cruz de recortes de espejo a la que se adhería un Cristo niquelado. Alrededor de la cruz, en su base, se veían pequeñas tiras como de espárrago de papel aluminio azul, magenta y verde botella. Todos los bordes de la urna en su parte exterior lucían unos arabescos de barniz anaranjado y en uno de los ángulos inferiores un pequeño rótulo donde se leía en tres renglones: "Recuerdo mi promesa a la virgen de Bojacá, Cundinamarca". Toda la urna descansaba sobre una base cónica de plástico rosado.

Cogida con un chinche a uno de los bordes del guayacán había una tarjeta blanca de cartulina cruda y bordes pespunteados. En la parte superior hacia la izquierda se veían en altorrelieve dos corazones de raso rojo punzó y a su alrededor, al igual que en el de toda la tarjeta, habían trazado una línea de escarcha dorada. En el centro se destacaba la palabra "felicidades" en letra gótica.

Ramiro se interesó en dos corazones planos ensamblados como en aspa por las ranuras que tenían en el centro, uno de ellos en la parte superior y el otro en la de abajo. Sobre sus superficies aterciopeladas de colores morado rojo y amarillo, habían pegados pequeños pedazos de espejo y algunas lentejuelas verdes, azules y plateadas; un galón dorado demarcaba las figuras. Cuando trataba de leer las letras diminutas que alcanzó a ver en la seda rosada que recubría los bordes de los corazones, sintió la presencia de la chica. Sonia estaba bajo el dintel en el vano de la puerta con un brazo en jarra y el otro doblado a la altura de su cabeza, con el codo apoyado en el cerco de madera de la puerta. El pelo le caía libremente en ondas doradas delante y detrás de los hombros. La expresión pícara de su sonrisa no alteraba en nada lo angelical de aquel rostro. Ramiro contempló fascinado la hermosa desnudez de su amiga y se le antojó que estaba ante "El nacimiento de Venus" de Sandro Boticcelli. Fue hacia ella lentamente, dilatando al máximo el placer en que se regocijaban sus sentidos.

Cuando estuvo cerca, al igual que antes, la besó en la frente; la besó en la cara, la besó en los labios, la besó en el cuello y en los hombros. Luego sus labios descendieron por la protuberancia firme de sus pechos y siguieron bajando por la superficie tersa y llana de aquel vientre; rodeada de besos, la hendidura umbilical se contraía en dulces espasmos de placer. Los labios siguieron explorando milímetro a milímetro toda la región hasta hallar el triángulo de musgo sedoso del color del trigo maduro. Sintió que las dos columnas que sostenían toda aquella hermosa arquitectura se separaban delicadamente cediendo ante el avance de un deseo que se anunciaba incontenible. Desde la parte posterior de su cabeza, las manos de la ninfa trataban de unirlo más a su pubis. Se amaron allí mismo sobre el piso y en muchos otros sitios de la estancia. Lo poco que quedaba de la noche les resulto desmedidamente insuficiente.

Cuando Ramiro despertó, tuvo la última de las múltiples sorpresas en que venía flotando desde el momento en que se dirigió a la colegiala desde la puerta del teatro: eran más de las ocho. Azarado, comenzó a buscar sus prendas que habían ido quedando por ahí a todo lo largo y ancho. A medida que las iba hallando se las ponía apresuradamente sin importarle que no siguieran un orden lógico. Terminó llevándose las medias en un bolsillo de la chaqueta, llamó por teléfono un taxi y se dirigió al aeropuerto deseando de todo corazón que el vuelo se hubiese retrasado.

Hacia las seis de la tarde Ernesto Mallarino dio por terminado el ensayo, mostrándose satisfecho. El director de la pieza era Gustavo Adolfo; pero a Mallarino como director de la gira le correspondía velar por la calidad de las obras y además, Lince había delegado sus funciones en él. Quienes han estado por algún tiempo en este oficio saben muy bien que de no estar haciéndoles permanentemente mantenimiento a las obras, durante las giras, merman su calidad; aunque los actores en esta misma dinámica vayan ganando en destreza y seguridad.

La mayoría de los que tomamos parte en el ensayo decidimos quedarnos en el teatro hasta la hora de la función. Así podríamos preparar con calma nuestro vestuario y nuestra utilería; además nos podríamos maquillar a nuestras anchas.

Cada actor acostumbraba a tomar y a dejar su vestuario y su utilería en el sitio que para tal fin y de acuerdo a las circunstancias elegían los encargados. Si fuere necesario cambiar una cremallera, pegar unos botones o coger un dobladillo, lo asumía el actor que usaba la prenda; por tanto, si no se estaba en condiciones de pagarle a una costurera o a un artesano en el caso de la utilería, había que arreglárselas por sus propios medios. Así que, era frecuente ver en los momentos previos a las funciones, a más de uno dedicado a esos menesteres.

La labor de maquillarse, que recaía también en cada actor, se llevaba a cabo casi siempre en lugares mal iluminados, de pie, ante pequeños espejos que colgábamos o recargábamos por ahí. Los elementos los compraba la compañía para uso común y casi siempre escaseaban; por tanto, estar en el teatro con anticipación resultaba beneficioso.

El auditorio del colegio universitario era un rectángulo alargado desprovisto de telones, de parrilla y de equipo de luces. Todo se reducía, pues, a un salón con sillas y una tarima completamente desnuda. Aunque para no faltarle a la verdad, lejos estaba de ser el escenario que nos ofreciera las peores condiciones, ya que a menudo nos encontrábamos en espacios más hostiles, como aquella vez que llegamos a Carmen de Bolívar el mismo día que regresara el fluido eléctrico después de dos años de ausencia. En esa ocasión el piso del recinto aledaño al escenario que fungía como camerino, se encontraba invadido de maleza y en sus paredes de ladrillos desnudos no cabía una telaraña más.

Sin embargo, viendo las condiciones en que vivían los lugareños, uno se sentía inhibido para formular cualquier requerimiento, que a todas luces parecería superfluo.

Los actores encargados de montar la escenografía, las luces y en general de vestir el escenario, que eran escogidos por el asistente de dirección de cada obra, en aquella ocasión, en el universitario de la ciudad de Pasto, habían formado con algunos bastidores, tres entradas a escena en cada lateral y con un telón en el fondo, un estrecho corredor que permitía salir por un lado y entrar por el otro si fuere necesario.

Como casi todos los teatros de ese tipo, no contaba con camerinos; pero tenía a su favor que en la parte posterior habían dejado una puerta lateral, algo estrecha, por la que se podía acceder a un amplio corredor que enmarcaba a un patio espacioso y bien baldosinado.

En un sector de aquel corredor los encargados tendieron sobre

el piso, plásticos y sobre éstos, distribuyeron el vestuario y la utilería. Ahí también, sentados sobre los fríos baldosines, fumando
un cigarrillo, dejábamos transcurrir las escenas mientras llegaba
el momento de entrar de nuevo al escenario. Desde ahí vi una vez
más a Ramón prepararse para hacer el efecto de los disparos que
segaban la vida de algunos personajes en la obra. Ramón cubría su
cabeza con una bufanda larguísima de lana, dándole vueltas y más
vueltas como si fuera una venda, sin dejar al descubierto más que
un espacio reducido ante los ojos. En su mano derecha terminaba
de enrollar una larga tira de tela gruesa que venía desde el hombro
cumpliendo igual función y luego se calzaba un guante. Después,
desde un lugar estratégico que elegía con suficiente anticipación,
se ubicaba con un trozo de riel, unas mechas de las usadas en el
juego del tejo y un martillo, para poder ver con claridad lo que
sucedía en escena, ya que oír en aquellas condiciones le resultaba
obviamente imposible. Ramón Paz ya tenía la medida exacta de
las acciones que veía y sabía el momento preciso en que tenía que
actuar. Colocaba sobre el riel uno de los triángulos de papel rojo
que contenían pólvora negra y le asestaba un martillazo, luego otra
mecha y otro golpe, luego otro, y así hasta completar cinco disparos que debían oírse en escena. Lo importante era calcular que el
martillo cayera siempre sobre el triángulo de la mecha para evitar
el choque delator de los metales, y es que aquel día pude darme
cuenta de que cuando el martillo descendía en su mano, él ya tenía
los ojos cerrados con fuerza. Esto ahora parecerá inverosímil; pero
para muchos de los efectos de sonido e incluso algunos visuales no
se hallaba una solución menos rudimentaria.

Los asistentes aquel día comenzaron a llegar desde muy temprano y por lo menos diez minutos antes de la hora anunciada
ya los teníamos en su totalidad ocupando sus sitios, lo cual nos
permitió iniciar la función a las ocho en punto. Para lograr lograr
tal efecto dábamos a saber en la boletería que la función comenzaría puntualmente. Queríamos modificar la costumbre arraigada
en nuestro país de comenzar las funciones con media hora o más
de retraso.

El estreno en San Juan de Pasto, finalmente, se dio dentro de lo que podríamos llamar normalidad. El público de ese día fue el mismo que tuvimos en los subsiguientes espectáculos, ya que la mayoría de la gente accedió a la temporada por el sistema de abono, consistente en comprar con anticipación el paquete completo de entradas, favoreciéndose con descuentos importantes en el precio. Era un público básicamente conformado por la militancia y los simpatizantes del MIRC. Las obras en general fueron bien recibidas por lo que no recuerdo haber oído ningún comentario adverso. Bueno, si hemos de ser francos hay que decir que igual sucedía en todas partes donde el público estaba conformado de esa forma. Los comentarios no rebasaban los linderos del elogio y salvo contadas excepciones alguien aventuraba un análisis discreto que se circunscribía a la esfera de lo ético y lo "correcto", sin llegar a revelar inquietudes estéticas ya que nuestros trabajos tenían el aval de la cúpula del partido, lo que sin duda actuaba como un factor inhibitorio.

En cambio, las funciones en las universidades, en los colegios y en los barrios populares; así como las realizadas en los pueblos y en el campo, donde el público era, lo que podríamos llamar heterogéneo, nos brindaban la oportunidad de recoger comentarios e impresiones espontáneas y desprevenidas que constituían aportes de gran valor. Total que sí, el estreno en Pasto se dio dentro de lo que podríamos llamar normalidad. De esa forma iniciamos aquella gira que en principio parecía que comenzaría mal. . . . .
. . . .

No sé desde cuándo voy desplazándome por este sendero prolongado y estrecho que no piso, en donde no encuentro ni la más ínfima partícula de materia que me referencie en dónde estoy. Liberado de la gravedad, voy como flotando en un río de aire tibio que insufla a la levedad de mi cuerpo un placer que quisiera prolongar por siempre. Ese punto, como una luna diminuta, que a lo lejos vi cuando inicié mi trasegar por este espacio que me parece un ducto, se ha ido agrandando, como si se me acercara o yo a él. Mi padre en el tejado de la casa donde transcurrieron mis primeros años, está colocando las últimas tejas que cubrieran nuestra morada; pero de inmediato lo veo amarrando unos festones en el patio y pintando en las paredes unas campanas y unos bastones navideños. Luego está en su cama convaleciente después de caer de un andamio desde donde sentaba unos ladrillos de aquella misma casa.

Ahora es mi madre la que está atizando el carbón de piedra que arde en la estufa mientras las ollas hierven... La veo también planchando las camisas de mi padre. Hace una pausa, destapa la plancha y la carga con algunos pedazos de carbón de palo, vuelve a taparla y con el fuelle de madera y cuero aviva las brasas por el orificio que han dejado para tal fin en el hierro colado de la plancha.

Aura Inés, mi hermana mayor, con un peine desdentado peina la lana amarilla de Monina, su muñeca de trapo. Betty y Mapy se empeñan en hacer flotar sobre el agua de un abollado platón de aluminio a medio llenar, unos patos, unos cisnes y un pequeño barco. Margarita, la de la casa del frente y yo estamos escondidos aguantando la risa, mientras Alberto, el de la esquina, cuenta en voz alta antes de emprender nuestra búsqueda.

Ahora estoy con Fanny, la hija del peluquero, en el humedal que llamábamos laguna; ella simplemente deja que mis labios inexpertos se unan a los suyos, pero cuando vuelvo a besarla, es Clara la que está conmigo y se pega a mis labios como a una fruta que quisiera devorar, y con su mano lleva una de las mías y la abandona sobre la protuberancia jadeante de uno de sus pechos.

De nuevo vuelvo a estar en un escenario, "¡Id a buscar los cepos! Por mi vida y honor que estará aquí hasta mediodía", digo y Regania agrega: "¡Hasta mediodía! ¡Hasta la noche, señor, y aún toda la noche!". El conde de Kent se atreve a protestar: "Verdaderamente, señora, si fuese el perro de vuestro padre, no me trataríais así". "Pero como sois un bribón, sí, señor", le contesta Regania. Gloster y todos los que están en escena esperan que yo continúe con mi parlamento, pero no sé qué contestar y me entra una angustia infinita porque he olvidado por completo mis líneas. Los espectadores se revuelven en sus sillas y en seguida comienza a oírse un murmullo sordo que va creciendo y deriva en rechifla. Finjo tener un desvanecimiento y me desplomo.

Ahora estoy en el teatro Cristóbal Colón de Bogotá, terminé de maquillarme, me miro en el espejo y veo de cuerpo entero a Lucero del Alba, entonces me apresuro a tomar el sombrero para ponérmelo y entrar a escena, pues las dos mitades del telón de boca ya se están separando para dejar ante los espectadores el escenario plenamente iluminado; con un movimiento involuntario y desmedido lo que consigo es que inexplicablemente el telón de fondo, detrás del que me encuentro se levante velozmente y quedo expuesto a los ojos del público, que comienza a reír sin control alguno. Justamente en ese momento advierto que estoy completamente desnudo. No sólo no era cierto, como equivocadamente creí, que me hubiera puesto correcta y totalmente las prendas de mi personaje, sino que por alguna extraña razón tampoco llevo ropa interior. Comienzo a experimentar la situación más angustiante que me haya correspondido vivir sobre un escenario. Por fortuna en una solución de Deus ex machin a la usanza del teatro antiguo, una fuerza sobrenatural me impulsa hacia arriba y ahora me encuentro entre las nubes y el teato... entre las nubes y la ciudad; allá abajo, a lo lejos veo el santuario de Monserrate pequeñito.

La diminuta luna ha seguido creciendo y ahora es una luz viva que destella en todas direcciones, un resplandor que invade todo el espacio en que me encuentro... siento que me deshago, que me desintego... ya sin forma siento que soy aire... soy una infinidad de partículas de luz flotando y en cada una de ellas estoy completo y a la vez cada una de ellas es un fragmento de mi ser; como si fuera un mosaico de infinidad de piezas, o un espejo quebrado en mil pedazos que son cada uno un fragmento y a la vez el todo. Es lo único que ahora puedo ver... no, ver no, oír tampoco... es una percepción extraña en la que al parecer no intervienen los sentidos. Floto... floto... las miríadas de partículas que soy no dejan de flotar y en un éxtasis de indescriptible plenitud y armonía del que estoy seguro jamás voy a retornar, como libre de lo terrenal, comprendo que volvemos a ser lo que empezamos siendo: Polvo de estrellas.

&&&

FIN

Editorial Eva se desvive por su comunidad lectora, por lo que estaremos a la espera de tus comentarios, sugerencias, entre otros.

email: editorialevapap@gmail.com

Las hermanas Argueta
(L.H.H.)
Heredia, Costa Rica.